新潮文庫

魔性の子

十二国記

小野不由美著

新潮社版

4738

目次

魔《ま》性《しょう》の子

十二国記

イラスト　山田章博

積水不可極
安知滄海東
九州何處遠
萬里若乘空
向國惟看日
歸帆但信風
鰲身映天黑
魚眼射波紅
鄉樹扶桑外
主人孤島中
別離方異域
音信若爲通

——王維——

*

雪が降っていた。

大きく重い雪片《せっぺん》が、冷えた空気の中を沈《しず》み込《こ》むようにして降りしきっていた。天を仰《あお》げば空は白、そこに灰色の薄《うす》い影《かげ》が無数に滲《にじ》む。踊《おど》るように舞《ま》い落ちたそれは、染《し》み入る速度で宙を横切り、目線で追うといつの間にか白い。

彼《かれ》は肩《かた》に軟着陸《なんちゃくりく》したひとひらを見る。綿毛のような結晶《けっしょう》が見て取れるほど、大きく重い雪だった。次から次へ、肩から腕《うで》へ、そうして真っ赤にかじかんだ手に留まっては、水の色に透《す》けて溶《と》けていく。

彼がそこに立ってもう一時間が過ぎた。小さな手も剝《む》き出しの膝《ひざ》も、熟《う》れたように赤くなってすでに感覚がない。さすっても抱《だ》き込んでも冷たいばかりで、それでもう、ぼんやりと降りしきる雪を眺《なが》めながら、ただ立ちつくしている。

北の中庭だった。狭《せま》い庭の隅《すみ》には使われなくなって久しい倉が建っている。土壁《つちかべ》に入った亀裂《きれつ》が寒々しい。三方を母屋《おもや》と倉に、もう一方を土塀《どべい》に囲まれていたが、風もなくただ寒いばかりのこのときには、ほとんど恩恵《おんけい》をもたらさなかった。庭木と呼べるほどの樹木もない。夏が近くなればシャガの花が咲《さ》いたが、いまは剝き出しの地面が白く斑《まだら》に染まっているだけだった。

（強情《ごうじょう》な子やね）

祖母は関西から嫁《とつ》いできた。いまも故郷の訛《なまり》が消えない。

（泣くくらいやったら可愛気《かわいげ》もあるのに）

（お義母《かあ》さん。そんな、きつく言わなくても）

（あんたらが甘《あま》やかすし、依怙地《いこじ》な子になるんやわ）

（でも）

（近頃《ちかごろ》の若い者《もん》は子供の機嫌《きげん》を取るしあかん。子供は厳しいくらいでちょうどよろし）

（でも、お義母さん、風邪《かぜ》をひいたら）

（子供がこれくらいの雪で風邪なんかひくわけないわ。——ええね、正直に謝《あやま》るまで、おうちの中には入れへんからね）

——そもそもは、洗面所の床《ゆか》に水を零《こぼ》して拭《ふ》かなかったのは誰《だれ》か、という、そんな些《さ》細《さい》な問題だった。弟は彼だと言い、彼は自分ではないと言った。彼にはまったく身に覚えがなかったので、そう正直に言ったまでのことだ。彼はつねづね祖母から、嘘《うそ》をつくのは最もいけないことだと躾《しつ》けられてきたので、自分が犯人だと嘘をつくことはできなかった。

（正直に言うて謝れば済むことでしょう）

祖母が厳しく言うので、彼は自分ではないと繰《く》り返すしかなかった。

（あんたやなかったら、誰やの）

犯人を知らなかったので、知らないと答えた。そうとしか返答のしようがなかった。

（どうしてこんなに強情なんやろね）

ずっと言われ続けていることではあるし、彼は幼いなりに自分が強情なのだと了解《りょうかい》していた。「強情」という言葉の意味を正確に知るわけではないが、自分は「強情」な子供で、だから祖母は自分を嫌《きら》いなのだと、そう納得《なっとく》していた。

涙《なみだ》が出なかったのは、困惑《こんわく》していたからだった。祖母は謝罪の言葉を求めているが、謝罪すれば祖母が最も嫌う嘘をつくことになる。どうしていいか分からなくて、彼はひたすら途方《とほう》に暮れていた。

眼《め》の前には廊下《ろうか》が横に延びている。廊下の大きなガラス戸の向こうは茶の間の障子で、半分だけガラスが入ったそこから、中で祖母と母とが言い争いをしているのが見えていた。

二人が喧嘩《けんか》をするのは切ない。いつも必ず母が負けて、決まって風呂場《ふろば》の掃除《そうじ》に行く。そこでこっそり泣くのを知っていた。

——おかあさん、また、泣くのかなあ。

そんなことを考えてぼんやりと立っている。少しずつ足が痺《しび》れてきた。片足に体重を載《の》せると、膝がきしきし痛んだ。足先は感覚がない。それでも無理に動かしてみると冷たい鋭利《えいり》な痛みが走った。膝で溶けた雪が冷え冷えとした水滴《すいてき》になって、脛《すね》へ流れていくのが分かった。

彼が子供なりに重い溜息《ためいき》をついたときだった。ふいに首筋に風が当たった。すかすかするような冷たい風でなく、ひどく暖かい風だった。彼はあたりを見廻《みまわ》した。誰かが彼を憐《あわ》れんで、戸を開けてくれたのだろうと思ったからだ。

しかしながら見廻してみてもどの窓もぴったり閉ざされたままだった。彼のほうを覗《のぞ》き見る人影すらない。

首をかしげてもう一度あたりを見廻す。暖かな空気は、いまも彼のほうに流れてきていた。

彼は倉の脇《わき》まで目をやって、それからきょとんと瞬《まばた》きをした。倉と土塀のごくわずかの隙間《すきま》から、白いものが伸《の》びていた。それは人の腕に見えた。二の腕まで素肌《すはだ》を剝き出しにした、白いふっくりとした腕が倉の陰《かげ》から差し出されているのだった。腕の主の姿は見えない。おそらく倉の陰に隠《かく》れているのだろうと、彼は思った。

ひどく不思議な気がした。倉と塀の間には、ほんの少しの隙間しかない。狭い隙間に落ち込んだ野球ボールが取れなくて、弟が泣いたのは昨日のことだ。彼や弟の小さな身体《からだ》をもってしても、その隙間には腕より他《ほか》に入らなかった。見たところ大人の腕のようだが、いったいどうやってあの隙間に身を隠しているのだろう。

腕は肘《ひじ》から下を泳がせるようにして動かしていた。それが手招きしているのだと悟《さと》って、彼は足を踏《ふ》み出す。凍《こご》えて痺れた膝が、音がしないのが不思議なほどにぎくしゃくした。

怯《おび》える気になれなかったのは、暖かい空気がその方角から流れてくるのに気づいたからだった。彼は本当に寒かったし、本当にどうしていいか分からなかったので呼ばれるままに歩いた。

雪はすでに地面を覆《おお》って、彼の小さな足跡《あしあと》を残すほどになっている。白かった空は墨《すみ》を暈《ぼか》したように色を変えている。

短い冬の日が暮《く》れようとしていた。

一章

1

広瀬《ひろせ》が校門を入ると、校舎へ至る前庭にはモノトーンの制服が溢《あふ》れていた。学校には独特の喧噪《けんそう》が流れている。それは高校に特有の空気というより、長期の休み明けに特有の空気だ。ごく微《かす》かに海の気配がする風に、遠くから蟬《せみ》の声が運ばれてきていた。

生徒たちは白とグレイの制服を着ていた。明るいスカイグレイのネクタイは、見た目にはいかにも涼《すず》しげだったが、当人たちにしてみれば暑くて堪《たま》らないだろう。多少なりとも涼《りょう》を取ろうと衿《えり》を緩《ゆる》めた生徒が、校門の脇《わき》に控《ひか》えた教師に窘《たしな》められていた。

広瀬はそれを見てなんとなく微笑《ほほえ》み、それから自分も衿を緩めたままでいるのに気づいた。慌《あわ》てて鞄《かばん》を脇に挟《はさ》み、ネクタイを締《し》め直す。ほんのわずか、苦笑《くしょう》が漏《も》れた。

広瀬がこの高校に在籍《ざいせき》していた当時、制服にネクタイなどというものはなかった。愛想のない開襟《かいきん》シャツと黒い学生ズボンの夏服が、白いシャツとグレイのズボン、同じくグレイのネクタイという現在の形になったのは、広瀬が卒業した次の年からだ。ネクタイなんてものは生真面目《きまじめ》な教師しか身につけないものだった。その生真面目な教師——

正確には単なる教生だが——になってしまった自分が可笑《おか》しかった。
広瀬は教師たちに交じって職員用の玄関《げんかん》から校舎に入る。見覚えのある顔が幾人《いくたり》も通り過ぎて、それに会釈《えしゃく》を繰り返しながら鞄の中に手を差し入れた。校舎の見取り図を引き出して建物を確認《かくにん》する。あたりを見廻《みまわ》し、特別教室を探した。

広瀬がこの私立高校を卒業したのは三年と少し前のことだ。偏差値《へんさち》で言えば上のクラスの男子校で、歴史もあったので一応名門校の部類に入った。有名大学への進学率はそれなりに良かったが、その他にはこれといった特徴《とくちょう》もない。特に面白《おもしろ》い高校ではなかったが、特に厭《いと》うほど嫌《いや》な学校でもなかった。

このタイプの名門校にしては珍《めずら》しく高校だけの学校で、一学年は六クラスしかなかった。そのクラスも概《おおむ》ね四十人学級で、都会の学校にしては小さいと言ってよい。広瀬が在学していた当時には市街地の真ん中に古い煉瓦《れんが》造《づく》りの校舎が建っていたが、昨今の風潮に従って市街の外れに移転した。三年前、広瀬が卒業した翌年度のことだ。

そういうわけでこの学校に足を踏《ふ》み入れたのは、教育実習の根廻しを開始したときが初めてだった。来ようと思えばいつでも来られたが、なんとなく気後《きおく》れがした。

学校という場所はそこに在学している間は自分のテリトリーであるものだ。そこは彼《かれ》の生活の場であり、家の延長線上にあるとても近しい場所だ。それがしかし、卒業するやいなや他人の場所になってしまう。彼は部外者になり、侵入者《しんにゅうしゃ》になる。ましてや広瀬の場合のように、卒業したあとに移転されて制服までもが変わってしまうと、見知らぬ学校と差異がなかった。

まだ建設途中だった新校舎を一度だけ見物に来たことがある。海に近いこのあたりには荒涼《こうりょう》とした休耕地ばかりが続いていた。その中で、凪《な》いだ海を背景に何かのパビリオンのように建ち上がりつつあった建物群。平板な土地の真ん中を広い道路が貫《つらぬ》いていて、学校のすぐ近くでは巨大《きょだい》な団地が増殖《ぞうしょく》している途中だった。そのまだ建設中の建物と、同じく建設中の学校と、二つながらに奇妙《きみょう》な姿を曝《さら》して、まるでタンカーか空母でも浮《う》かんでいるような印象を受けたことを覚えている。

現在では建設途中だった団地群は完成し、荒れた休耕地には家が立ち並び、大規模なニュータウンを形成している。私鉄の路線も延長され、真新しい駅舎の前には繁華街《はんかがい》が広がりつつあった。どこにでもありそうな凡庸《ぼんよう》な風景が広がっていたが、それでもここが広瀬にとって異境であることには変わりがない。

母校という言葉によって呼び起こされる感傷に結びつくものは、ここには何一つ存在しなかった。煉瓦造りの校舎や校舎よりも伸《の》びた鬱陶《うっとう》しいほどの樹々《きぎ》はもちろん、歴史というには黴臭《かびくさ》すぎる空気も、伝統と呼ぶにはあまりにも野暮《やぼ》な雰囲気も。

広々とした明るい学校だった。瀟洒《しょうしゃ》な校舎の間に立つ樹木がひ弱な影《かげ》を落としている。

あちこちに幾何学的《きかがく》に配置された芝生《しばふ》は、ふっさりとした緑を輝《かがや》かせていたが、清潔すぎて植物が繁茂《はんも》している印象はなかった。正門から中庭へと向かう道の両脇に並んでいるのは桜《さくら》だろう。幹の太さからいって旧校舎の桜並木《さくらなみき》を移植したのに違《ちが》いないが、等間《とうかん》隔《かく》に並べられ、きちんと剪定《せんてい》されてしまうとまったく印象を異にした。

母校に帰った感慨《かんがい》は当然のことながらなかった。寄る辺を失った懐《なつ》かしさが浮遊《ふゆう》する。奇妙に頼《たよ》りない気分になった。それは広瀬が滅入《めい》ったときに必ず感じる独特の気分によく似ている。——故国喪失者《そうしつしゃ》の感傷に。

2

広瀬の担当教官は後藤《ごとう》という理科教師だった。私学のこととて教師の異動は少ない。広瀬の在学中にいた教師はほとんどがいまもこの学校で教鞭《きょうべん》を執《と》っている。後藤は化学の担当で、広瀬が一年生のときクラスの担任だった。ずいぶん世話にもなったし影響も受けた。

広瀬は後藤が気に入っていたし、後藤も広瀬が気に入っているようだった。後藤は必要のない限り職員室には戻《もど》らず化学準備室を住処《すみか》にしていたが、広瀬はそこに三年間入り浸《びた》っていた。おかげで化学には親しみがあったし、そのせいで化学だけは成績も良かった。それで大学は理学部に進んだが、広瀬としてはべつだん研究者になりたいわけではない。かといってサラリーマンになるのも嫌だったので教職を目指した。決して後藤に教師の理想を見て触発《しょくはつ》されたわけではなかったが、やはり全部が後藤の影響と言ってもいいだろう。

特別教室はひとまとめにされて特別教室棟《とう》という一郭《いっかく》を作っていた。八月にあったガイダンスで、この日、真《ま》っ直《す》ぐ化学準備室に来るよう指示されていたが、その化学準備室がどこにあるのか分からない。まったく馴染《なじ》みのない閑散《かんさん》とした特別教室棟を、見取り図を頼りに歩くのには疎外感《そがいかん》を伴《ともな》った。三階の端《はし》に化学実験室を見つけた。その隣《となり》にあるのが化学準備室だった。

広瀬は準備室のドアを軽くノックする。すぐにダミ声で応答があった。

「おう」

失礼します、と声をかけてドアを開けると、クーラーの冷気と一緒《いっしょ》に油のにおいが流れてきた。化学準備室にはそぐわない、テレビン油のにおいだった。

「よう。一応大人の恰好《かっこう》をしているじゃねえか」

揶揄《やゆ》するように笑った後藤は、広くもない準備室の窓際《まどぎわ》に置いたイーゼルの前に立っていた。後藤は趣味《しゅみ》で絵を描《か》いた。素人離《しろうとばな》れした上手《うま》さで、必修の美術クラブを美術教師と一緒に担当していた。いまはべつに絵筆を構えているわけではなく、単に絵の仕上がりを見ているようだった。

壁の一面には戸棚《とだな》が並んでいる。反対側の壁《かべ》に袖《そで》を当てるようにして机が三つ並んでいた。そのうちの一つ、イーゼルの脇にある机の上には筆洗《ひっせん》や絵具、パレットなどが散乱している。他の二つの机の上には一応教材らしいものが置いてあったが、そこも混乱を免《まぬか》れていない。床に放置された実験用具やカンバス、壁に貼《は》られた周期表やメモ、どこもかしこも雑然として、かつてよく通った準備室と滑らかに重なった。

少しも変わっていない後藤の顔を眺《なが》め、ようやく広瀬は笑った。帰ってきた、という思いがやっとした。

「お久しぶりです」

広瀬が言うと、後藤は破顔する。八月に行なわれたガイダンスで会っていたから久しぶりではないのだが、準備室にいる後藤を見ると久しぶりに会ったという気がしてならない。

「一丁前にネクタイを締める年頃になったな」

「おかげさまで」

広瀬が会釈すると後藤はドアを入ってすぐの机を示した。

「丹野《たんの》先生の机を使えや」

化学の担当は後藤と丹野の二人だった。老齢《ろうれい》で温厚な教師である丹野は、テレビン油のにおいに降参してほとんど準備室に寄りつかない。丹野の机の上には後藤の私物が当然のように置かれていて、それさえも在学中のままで懐かしかった。

「遅刻《ちこく》しねえようになったじゃないか」

「人間は成長する生き物なんですよ」

広瀬が言うと、後藤は声を上げて笑った。

広瀬の両親が転勤のため引っ越ししたのは高校二年の冬だった。その時節から転校もないだろう、というわけで、広瀬だけがこの街に下宿して残った。そのまま地元の大学に進学して、生まれて育った街にとうとう居座《いすわ》っている。

独り暮らしを始めてからというもの、強制的に学校に送り出してくれる者がいないのでつい遅刻することが多かった。いい加減にしろと三年の担任に叱責《しっせき》されたのは、一月《ひとつき》連続で遅刻したときのことだ。叱責されると欠席が増えた。要は学校が嫌《きら》いだったらしい。

広瀬は実際のところ、学校に馴染めない子供だった。同級生に溶け込むことができず、教師と折り合いをつけることが苦手だった。勉強自体は決して嫌いではなかったが、学校という檻《おり》の中に何がしかの時間、他人と閉じ込《こ》められることがどうしても苦痛でならなかったのだ。親がいる間は喧嘩《けんか》をするのも面倒《めんどう》なのできちんと学校に通ったが、独りになってからは箍《たが》が緩んだように学校をさぼるようになった。登校拒否《きょひ》というほど深刻な事態ではなかったが、単に怠惰《たいだ》だというには根が深かったかもしれない。
幾度かの小競《こぜ》り合いの末にも一向に改善される様子のない広瀬に、担任は頭を抱《かか》えた。担任は結局、広瀬と親しい後藤のところに苦情を持ち込んだ。

「人間というのはくさやと同じだ」

後藤はそう言った。

「馴《な》れないうちは臭《くさ》くて鼻持ちならないが、馴れると結構味わいがある。臭いといって投げ出しちゃ、死ぬまで食えない」

これに対して広瀬は、一生食えなくていいです、と答えた。実際広瀬はそのころ、山《やま》奥《おく》に庵《いおり》を結んで隠れ住むための方策を真剣《しんけん》に模索《もさく》していた時期だった。それでも後藤の言葉にどこか慰《なぐさ》められたのだろう、以来少しだけ他人に対して鷹揚《おうよう》になった。高校の三年間で、そんなことが数え切れないほどあった。

広瀬はつまり、少しばかり扱《あつか》いにくい生徒で、その広瀬がきちんと小言に耳を傾《かたむ》けるのは後藤が相手のときだけだった。他の教師もそれを知っていたので、広瀬が後藤のところに入り浸るのを黙認《もくにん》していた節がある。いまから考えると後藤にはずいぶん迷惑《めいわく》をかけたと思う。

「それじゃ、職員室に行くか」

後藤は腰《こし》に提《さ》げたタオルを取って手を拭《ぬぐ》う。それは彼が気持ちを切り替《か》えるときの癖《くせ》のようなものだった。はい、と頷《うなず》いて広瀬は鞄を机の上に置く。澄《す》ました顔で部屋を出ていく後藤のあとに続いた。

不思議にもう疎外感は感じなかった。特に用があるわけでもないのに後藤が広瀬を準備室に呼んだのは、ひょっとしたらこのためだったのかもしれない、となんとなく思った。

3

職員室で職員会議に参加して、それから始業式に出た。今年の教育実習生は十人と少しで、理科の教生は広瀬だけだった。そのうちの八人が広瀬の同級生だったが、ほとんどの者に見覚えがない。

広瀬は生来友人の少ない性格だった。彼は学校で昨夜観《み》たテレビの感想を伝え合うことに興味を持てなかった。学校の外で教師や同級生の論評を交換《こうかん》し合うことには、さらに興味が持てなかった。それ以上の会話をするためにはその段階を我慢《がまん》しなければならないのだと分かっていても、高校生だった広瀬には敢《あ》えて苦行に挑戦《ちょうせん》する意欲を持つことができなかった。広瀬は独りでいることが苦痛でなかったし、孤立《こりつ》することが恐《おそ》ろしくなかった。クラスの中には学年が終了《しゅうりょう》するまでついに会話をすることのない者が少なからずいた。準備室に入り浸る連中とは多少会話をしたが、学校の外で会うことはなかったので、高校の三年間で得た友人といえば強《し》いて挙げるなら後藤だけだろう。

整列した生徒たちの前に並ばされ、校長に紹介《しょうかい》されている間、広瀬はそんなことをとりとめもなく考えていた。

始業式を終えると、担当クラスのホームルームに向かう後藤のあとに続く。

後藤は現在、二年六組の担任だった。

「担当は週に十六時間だ。二年の化学が四回と一年の理科Ⅰが二回。おまけにホームルームと必修クラブがつく。全部お前に任すからな」

「任す、って」

「一回くらいは手本を見せてやるよ。あとは好きにやんな。俺《おれ》は温かく見守ってやるから」

「見守る、だけなんでしょうね」

「無論、見守るだけだ」

ニンマリとする後藤に、はいはいと広瀬は呟《つぶや》いてみせた。

「よし。全員揃《そろ》っとるな」
教壇《きょうだん》の上から教室を見渡《みわた》した後藤の第一声で、ホームルームが始まった。広瀬は教壇脇《わき》に貼られた時間割の前で痛いほどの視線の中に立っていた。好奇心を露《あら》わにした視線と、意図的に逸《そ》らされた視線。生徒たちの興味が自分のほうに向いているのが分かった。

後藤はドラ声を張り上げて伝達事項《じこう》を要領よく伝える。歯切れのいい、妙に聞きやすい抑揚《よくよう》のついた口調が懐かしかった。

後藤の話題が十日後に予定されている体育祭のことに及《およ》んで、生徒の注意が教壇のほうへ集中した。視線の包囲がようやく解けて広瀬は軽く息をつく。

「これはまた生徒会のほうから何やら言ってくるだろうから、破目を外さん程度に勝手にやれ」

後藤らしい言いぐさだった。

「何をしようと勝手だが、俺ぁ責任を取らんからな。手前《てめえ》で責任を取れる範囲《はんい》にしとけよ」

微《かす》かに笑って、広瀬は視線を後藤のほうから生徒たちのほうに移した。生徒たちの反応は様々だった。広瀬にとって後藤は良い教師だったが、クラスメイトの誰《だれ》にとっても良い教師だったわけではない。野卑《やひ》だという者もいれば、理解者ぶっているのが気に食わないという者もいた。後藤の言葉を額面通りに受け取って、無責任な奴《やつ》だと言う者もいた。そのように、いま目の前にいる生徒たちも、様々な表情を覗《のぞ》かせている。広瀬は教室を見渡してほのかに苦笑《くしよう》する。同じ年頃《としごろ》の子供ばかりが四十人。学校であれば当然のことだが、一旦《いつたん》学校を出てしまうとこれほど奇異な光景もない。同じ歳《とし》の、同じ服に身を包んだ、同じような顔の人間の群れ。誰もが優等生然とした顔つきで、それがずらりと並んでいるのは鶏卵《けいらん》のパックを思い出させた。

そんなことを考えながら教室を見渡して、広瀬はふと視線を止めた。

教室の後ろのほうに、少しばかり目を引く生徒が坐《すわ》っていた。一瞬《いつしゆん》よりも長い間視線が釘《くぎ》づけになったが、広瀬にはその理由が分からなかった。

彼はべつに特異な姿形をしているわけではなかった。特別醜《みにく》くもなく、特別鮮《あざ》やかでもない。よそ見をしているとかことさら何かの表情を浮かべているとか、そんなわけでさえなかった。他の生徒と同じように表情のない顔で壇上にいる後藤のほうを静かに見ている。それでも明らかに周囲の者とは違う。どこがと問われて答えられはしないが、それでも違うと断言できた。

強いて言えば、雰囲気が違うのだろうか。纏《まと》っている空気、放射している気配、そんなものがひどく変わっているように思えた。

変わった奴がいる、と内心独白したとき後藤が広瀬に声をかけた。教壇の上から手招きされて、慌《あわ》てて足を踏《ふ》み出した。

後藤は、今年もまた楽ができるシーズンが来た、と言って広瀬を紹介した。

「教生の広瀬だ。適当に可愛《かわい》がってやれや」

後藤がそう言うと、教室のあちこちから乾《かわ》いた笑いがまばらに起こった。後藤は広瀬に出席簿《しゅっせきぼ》を突《つ》きつける。

「出席取って、このプリントを配って終われ。俺は一足先に戻って寝《ね》てるからよ」

教卓《きょうたく》の上に置いたプリントを示す後藤に広瀬が頷き返すと、後藤はにんまりと笑って教室を出ていく。広瀬の初仕事を見守るつもりはないようだった。

広瀬ですよろしく、と声をかけてから指示されたようにプリントを配布した。大雑把《おおざっぱ》に分けた紙の束《たば》を最前列の者に渡し、それが後ろへ廻《まわ》されていくのを見ながら、もう一度生徒の顔を眺め渡した。やはり視線が「彼《かれ》」のところで止まる。

「彼」は前に坐った者が手渡してきた紙の束から一枚を抜《ぬ》いて、残りを後ろの者に渡す。何の音も立てず、空気でさえ動かさないように見えた。あまりにも静か――というより、存在感がないのだ。ここに在る、という主張がまったく感じられない。見事に存在感がないゆえに、空席があるような欠落を感じさせて、それでかえって広瀬の注目を引いた。

余ったプリントが返ってくるのを受け取りながら、面白《おもしろ》い奴がいるものだ、と広瀬はそう思っていた。

広瀬が出席を取る際に、「彼」は「高里」と呼ばれて返事をした。ごく静かな語調だった。強すぎず弱すぎず、平坦《へいたん》で情動を感じさせない。それで台本を棒読みしているような印象を受けた。

「タカサトと読んでいいんですか」

なんとなく確認《かくにん》したのは「彼」にもう少し喋《しゃべ》らせてみたかったからだった。「彼」はただごく短く、はい、とだけ答えた。

4

化学準備室に戻ると、ちょうど後藤がビーカーにコーヒーを注いでいるところだった。出席簿を差し出すと、後藤は自分の机の上を示して、戸棚からもう一つビーカーを引っ張りだす。指示通り机の上に出席簿を載《の》せ、広瀬は書棚を開いて教材に交じって納められている広口壜《ひろくちびん》を二つ取り出した。一方には砂糖が、もう一方には粉末のミルクが入っていると知っている。

「覚えてたか」

「忘れられませんよ、こんなの」

広瀬が言うと後藤が笑う。何も書いてないラベルを貼った無色の壜が砂糖。茶色の壜が粉末ミルクだ。化学準備室に入り浸《びた》っていた広瀬には本当にお馴染《なじ》みのものだった。薬匙《やくさじ》を添《そ》えて机の上に載せると、後藤がビーカーを差し出した。ハンカチを出してそれを受け取る。取っ手のないビーカーに湯を入れると、当然のことながら熱くて持てない。化学準備室でお茶を振《ふ》る舞《ま》ってもらうためにはハンカチが不可欠だった。

「懐《なつ》かしいな」

「だろう」

得意そうに言う後藤が可笑《おか》しかった。

「最近でも生徒が来るんですか」

「お前みたいに入り浸る奴はいねえな。それでも昼休みにゃ何人か来て、好き勝手なことをしていくぜ」

広瀬は思わず笑う。

「ビーカーでラーメンを煮《に》たり、試験管でアイスキャンディーを作る連中ですか」

そういうことだ、と後藤は笑う。

「まあ、そういう連中はいつでもいるが、教生になって戻《もど》って来たのは、お前が初めてだな」

広瀬は軽く微笑《ほほえ》む。広瀬の在学中にも準備室に入り浸る連中がいたが、そのほとんどが広瀬と同じような人間だった。卒業後、彼らは多彩《たさい》な道を——研究者から医者、果ては役者や活動家にいたるまで——選んでいったが、教師になった者はいなかった。

「教師の紛《まが》い物になった気分はどうだ」

「えも言われぬ気分です」

「だろうな。面白くなさそうなクラスだろ」

頷いて広瀬は苦笑した。それからふと、

「一人、変わった子がいますよね」

ああ、と後藤は声を上げた。

「広瀬も気がついたか。高里だろう？」

そうと答える広瀬に、後藤は笑う。

「変わった奴は同類を嗅《か》ぎ分けるのがうまいな。俺は高里を見たとき、広瀬みたいな奴がいると思ったぞ」

「俺とはタイプが違《ちが》うでしょう」

広瀬が言うと後藤は天井を睨《にら》んだ。

「違うな。お前は見るからに神経質そうだったから。それでも目立つだろう？」

「俺、目立ってましたか」

「目立ってたとも。広瀬も高里もはみ出してるぶん目立つんだ」

目障《めざわ》りとも言うがな、と言って後藤は笑った。

「あいつも美術クラブだ。――ちょっと印象深い絵を描く。妙《みょう》な奴だ」

「へえ？」

「妙な奴だよ。お前より数段妙だ。広瀬のほうがずっと把握《はあく》しやすかった」

後藤の表情は奇妙に深刻な色をして見えた。

「広瀬は俺と同じはみ出し者だ。だから把握しやすかったな。高里は違うんだ」

「高里もはみ出してるんでしょう？」

「それでも違う。俺やお前は好きではみ出してるんだが、高里は中に入ることができねえんだ。全然毛色が違うからどうしたってはみ出す。そんなふうに違う」

「ずいぶん観察してますね」

まあな、と言って後藤は苦笑した。

「雰囲気《ふんいき》が他《ほか》の奴らと全然違うだろ」

「違いますね」

「変わってるというより、高里は異質なんだ」

気遣《きづか》わしげな声だった。

「何か問題でも？」

「問題なんかねえよ。お前と違って高里は出来がいい。頭はいいし、協調性はあるしな」

「その節《せつ》は御苦労をおかけしました」

慇懃《いんぎん》な一礼に後藤は笑って、

「奴は台風の目だ。本人が静かなぶんまわりが荒《あ》れる。すぐに分かるさ。面白くもねえクラスだが、一筋縄《ひとすじなわ》じゃいかないからよ」

「どうしてです」

「高里がいるからさ」

後藤はそう言って立ち上がった。カーテンを開けて光をいっぱいに入れる。腰に提げたタオルを取って手を拭うと、イーゼルの前に立った。

十号ほどの大きさのカンバスには校庭の風景が完成されつつある。校庭の一郭《いっかく》らしい景色が妙に毒々しい色合いで描《えが》かれていて、そこに妖怪《ようかい》か妖精のような姿で制服を着た生徒が幾人《いくにん》か描き込《こ》まれている。ひねこびた顔つきで植木の陰《かげ》に隠《かく》れた者、ベンチの上にのさばった蝦蟇《がまがえる》のような者、それを見ている数人の突飛《とっぴ》なポーズをとった者。画面自体は一見すると暗そうだったが、しみじみ眺《なが》めるとなんともいえないユーモラスな風情《ふぜい》と温かみがあった。

最初に後藤が描いた絵を見たときには驚《おどろ》いたが、すぐにいかにも後藤らしい絵だと思うようになった。後藤は常に学校を描いたが、その画面に人間が登場することはまずなかった。一度など、職員室に奇天烈《きてれつ》な服を着た動物がウヨウヨ集まって酒盛《さかも》りをしている絵を「会議」と題して描き、それで校長から小言をもらったのを広瀬は知っている。後藤に触発《しょくはつ》されたわけではないが、広瀬も必修のクラブは美術クラブを選択《せんたく》していた。単に画布に向かって閉塞《へいそく》していられるのが好ましかったのかもしれない。後藤のような絵を描いてみたいと思って模倣《もほう》したこともあったが、自分には画才などないことを発見しただけだった。

後藤が未完成の絵を眺め始めたのを見て取って、広瀬は黙《だま》って机に向かい、実習日誌を開いた。

翌日からは通常通りの授業が始まった。広瀬は後藤のあとをついて走り廻り、その日の午後にはもう汗《あせ》だくになりながら教壇の上に立つようになった。実習の期間は二週間しかない。正確に言えば十二日間。その六分の一にあたる二日間を無我夢中《むちゅう》で終えるころには、学校には体育祭前の浮《うわ》ついた空気が流れ始めていた。

＊＊

白い花が咲《さ》いていた。

見渡す限りの野原だった。半分に切ったボールのように半球形の空が広がっていた。野原は限りなく大きな円盤《えんばん》だった。地平線まで続く野原というものを、彼はこのときまで見たことがなかった。

彼は首を巡《めぐ》らせた。三百六十度、野原は完全な円形をしている。平坦に緑が広がるばかりで、ほんのわずかの起伏《きふく》もない。

「すごい」

そう彼は独白し、そこでようやくその場所がどこなのか分からない自分に気がついた。ここはどこだろう。彼の家のまわりにも小学校のまわりにも、ようやく道順を覚えた通学路の周辺にも、こんな場所はなかったと思う。

そして、と彼は頭上を見上げる。空は複雑な色をしていた。こんな色の空を見たのも初めてだ。

空は総じて水色をしていた。見慣れた空よりずっと色が薄《うす》いように感じるのは、空全体にごく薄く刷《は》かれた絹雲《けんうん》のせいかもしれない。その淡《あわ》い水色の中に桜色《さくらいろ》や薄緑色が暈《ぼか》し込まれている。

彼はポカンと空を見上げた。今度から空を塗《ぬ》るときには、空色でなく水色を使おう、とそう思った。絹雲が緩《ゆる》やかに流れると、空の色がまるで極光《きょっこう》のように変化して見えた。しばらく頭上を見上げたあと、さらに首を巡らせて彼は独りごちる。

――月も忘れないようにしなきゃ。

不思議な色の空には、有明の満月のように淡く白い月が昇《のぼ》っていた。その月のまわりにはごく薄く、白い点で星が見える。星座の形を辿《たど》っていると二番目の月を見つけた。

彼は眼《め》を丸くした。

――月は一つじゃなかったのかしら。

よくよく数えてみると、様々な形の月が大小併《あわ》せて六つも浮《う》かんでいる。太陽はどこにも見えなかった。

不思議だと思いながら、彼はしばらく空に見とれた。空気は寒くも暑くもなく、緩い風が吹《ふ》いて微《かす》かに好《い》いにおいを運んできた。花のにおいだと思った。それから草のにおい。

彼は深呼吸をし、視線を大地に戻《もど》した。どこまでも平らな大地には産毛《うぶげ》のような緑が広がっている。彼の膝丈《ひざたけ》ほどの草だった。細い葉の間から真《ま》っ直《す》ぐな茎《くき》が伸《の》びて、そこに爪《つめ》の先ほどの花がいくつかついている。近くを見れば花は疎《まば》らだったが、遠くを見ればけぶるほど白い。

さわ、と少しだけ強い風が吹いた。一斉《いっせい》に草が揺《ゆ》れて白い花も揺れる。小さな花はぶつかり合って、ガラスが触《ふ》れ合うような澄《す》んだ音を立てる。柔《やわ》らかく草が足を擽《くすぐ》った。

そうして彼は気づく。そこは野原ではなく湿地《しっち》だった。彼の小さな足の、ちょうど脛《すね》の中ほどまで澄んだ水が湛《たた》えられていた。これほど澄んだ水を彼は見たことがない。波も流れもない水は、本当にあるのか疑わしいほどだった。不思議なことに、彼の足には濡《ぬ》れた感覚がなかった。試《ため》しに片足を上げてみる。割り砕《くだ》いた水晶《すいしょう》のように飛沫《ひまつ》が輝《かがや》いて零《こぼ》れ落ちたが、肌《はだ》には湿《しめ》り気さえ残っていなかった。

水底は灰色の石でできていた。なるほど大地が平らなはずだ。大きな四角い石が、きちんと敷《し》き詰《つ》められていて、その上に水が湛えられているのだった。細い澄んだ緑の茎がその石から生えている。群生を作った株の陰から小魚が光を弾《はじ》いて泳ぎ出た。

彼は歓声を上げる。水の中に手を差し入れて小魚を掬《すく》いにかかった。小さな手に追いかけられても魚は逃《に》げない。それどころか指先に泳ぎ寄ってくる。彼が指を動かすと、まとわりつくようにしてみせた。

——ここはどこなんだろう。

小魚ごと水を両手で掬いあげ、彼は周囲を見廻す。彼にも、こんな場所があるはずのないことが分かり始めていた。指の間から水が漏《も》れて、魚が通ったときには擽ったいような感触がした。
——とても、綺麗《きれい》なところだ。
彼は意味もなく頷《うなず》いた。もう一度あたりを見渡《みわた》して、それから水を跳《は》ね散らかして歩き始める。彼が歩くと花が揺れて、足許《あしもと》できらきらと澄んだ音がした。

それからどれだけ歩いたのか、彼は覚えていない。ずいぶん長い距離《きょり》を歩いた気がした。いくら歩いても少しも疲《つか》れなかった。花ばかりが続く風景は一向に見飽《みあ》きなかった。彼は満足し、しごく幸福な気分で歩いた。ときおり、どこからか小鳥が飛んできて彼の頭や肩《かた》に留まった。ひとしきり遊んでは飛んでいく。

飛んでいく鳥を見送って、彼は遠くに野原の切れ目があるのに気づいた。白い花が横に切れて、深い蒼《あお》が覗《のぞ》いていた。どうやら川が流れているらしかった。

彼は川を目指して歩く。まるで逃げ水を追いかけているように、それは歩いても歩いても近くならなかった。長い時間を小魚や小鳥と遊びながら歩いて、ようやくそれが近くなってきた。

小川に見えたそれは、実は大きな河だった。対岸は遥《はる》か彼方《かなた》に見え、河底は見えないほどに深い。石畳《いしだたみ》の大地がすとんと切れ込んで、そこから先には深い蒼碧《あおみどり》の水より他に何も見えなかった。覗き込んでも水の色の薄い場所さえない。均一に深い色をしていて、底には起伏などないだろうことが彼にも分かった。

その深く広い河の縁《ふち》まで歩いて行くと、それ以上前には進めなかった。彼はまだ泳げない。水の流れはないようだが、こんなに広い河を渡れるとは思えなかった。

がっかりした思いで彼はあたりを見廻した。遠くでキラリと何かが光った。よくよく見ると蛇行《だこう》して流れる河のずっと上流に（あるいは下流に）橋が架《か》かっているのだった。

その橋は半分透《す》き通って、ガラスか何かでできているようだった。彼は笑顔《えがお》を浮かべ、河に沿って歩き出した。遠くに見える橋を目指して歩き始めた。

二章

1

三日目のことだった。三時間の授業を終え、実習日誌をつけ終えて、いよいよ帰るばかりになった段に二―六の生徒が後藤を呼びに来た。体育祭の準備で角材を扱《あつか》っていて窓ガラスを割ったと言う。慌《あわ》てて作業をしていた体育館裏に駆《か》けつけ、後藤に指示された通りに処理をした。そろそろ放課後は体育祭の準備をする居残り組で賑《にぎ》わうようになる。クラスの生徒が居残りをすれば後藤も学校に残らざるをえない。後藤が残れば広瀬としても帰りにくくなるだろう。

そんなことを考えながら、担当の職員に連絡をして準備室へ戻《もど》ろうと廊下《ろうか》を歩いていた広瀬は、二―六の教室に人影《ひとかげ》があるのを見つけた。今日は教室で居残りをするという届は出てなかったはずだが、とそう思いながら教室を覗《のぞ》き込《こ》み、そこにいるのが高里であるのに気づいた。

彼《かれ》はそこで何をしている様子でもなかった。考えごとをするとか、ぼんやりするとか、そんなふうにさえ見えなかった。自分の席に坐《すわ》り、両手を軽く組むようにして机の上に載《の》せ、視線を窓のほうに向けている。ただ、そこに存在している、それだけの気配。

「どうした、まだ残ってるのか」

開いたままの戸口から広瀬が声をかけると、高里はふっと視線を上げて振《ふ》り向き、それから静かに頷《うなず》いた。

「はい」

「準備か?」

なんとなく話をしてみたかった。それでそう訊《き》きながら教室に足を踏《ふ》み入れてみる。

高里は広瀬の顔を真《ま》っ直《す》ぐに見返した。

「いえ」

そのときだった。高里の足許《あしもと》を何かが走り抜《ぬ》けた気がした。広瀬は足を止め、視界を走り去る何かの影を目で追う。視線が追いつくよりも速く、それは視界の外に逃《に》げ去ってしまった。一瞬《いっしゅん》のことだし正視したわけでもないが、それは獣《けもの》のようなものに見えた。ぽかんと影が逃げ込んだ方向を見廻《みまわ》したが、当然のように何の姿もない。

いまのを見たか、と訊こうとして、高里の真っ直ぐな視線とぶつかった。彼の視線にはどんな色も含《ふく》まれない。急にきまりが悪くなって、広瀬はただ視線を教室の隅々《すみずみ》に向けた。がらんとした教室には乾《かわ》いた夏の空気が澱《よど》んでいるだけだった。

広瀬は苦笑《くしょう》し、もう一度高里を見る。彼はそんな広瀬をじっと見返していた。

「居残りか？」

「いえ」

「じゃ、具合でも悪いのか？」

そばに寄って訊くと、じっと広瀬を見上げて首を振る。

「いいえ」

高里の返答はどこまでも短い。広瀬は自分を見上げてくる顔をまじまじと見返した。高里の顔にはどんな表情も浮《う》かんでいなかった。悟《さと》り澄《す》ましたように静かな貌《かお》をしている。

「高里、だったよな」

すでにしっかり記憶《きおく》した名前をあえて確認《かくにん》してみる。高里はただ頷いた。

「高里は放課後のクラブには入ってないのか？」

「はい」

「どうして？」

どうしても返答以外の言葉を喋《しゃべ》らせてみたくて、そう訊いた。高里は少し首を傾《かたむ》け、年頃《としごろ》にそぐわない落ち着いた声で答えた。

「クラブに入る気がしなかったので」

喋らせてみても、高里の違和感《いわかん》は変わらなかった。高里は広瀬を拒絶《きょぜつ》するわけでもなく、かといって歓迎しているわけでもなさそうだった。単に広瀬が話しかけるから答える。そのようにしか見えない。

「何をしてたんだ？　あ、これはべつに尋問《じんもん》じゃなくて、単なる好奇心《こうきしん》なんだけど」

高里は首を少し傾け、外を見てました、と答えた。

「見てただけ？　考え事をするわけでもなく？」

「はい」

奇妙な奴だと思った。格別面白《おもしろ》いものが見られるとも思えなかったが、窓の外を眺《なが》めてみる。角度の関係で広瀬からは体育館の屋根が半分と、その上に青ガラスでできたテープのように水平線が見えただけだった。坐ったままの高里には、おそらく空しか見えないだろう。

「空しか見えんが」

「はい」

高里も顔を窓のほうへ向ける。視線の角度からいって、やはり空を見ているようだった。外は上天気だった。九月初めのいまどきでは、まだ夕暮《ゆうぐ》れの気配も見えない。雲一つないそっけない青が書割《かきわり》のように広がっているだけだった。

「面白い風景には見えないけどなあ」

はっきりと困惑《こんわく》が滲《にじ》んでしまった広瀬の声に、高里は特に返答をしなかった。口角をほんの少し上げて、笑《え》みに似た表情を作っただけだ。

なんとなく落ち着かなくて、さりとて踵《きびす》を返して教室を逃げ出すのも忌々《いまいま》しい気がして、広瀬は意味もなく高里に質問をした。体育祭にはどんな競技に出るのか、運動は好きか、学校は楽しいか、得意な教科は、一年のときの担任は、出身中学は、家族構成は。

対する高里は広瀬の眼を見て淡々《たんたん》と返答した。競技は決まっていないこと、運動は特に好きでも嫌《きら》いでもないこと、学校がつまらないと思ったことは特にないこと、得意な教科はないこと、等々。問われるままにごく短く、必要最低限の返答をする。

訊かれた以上のことを喋ることも、広瀬に何かの質問をしてくることもなかった。何かを訊けば返答があるが、質問でなければ答えない。広瀬の相手をするのが苦痛な様子には見えなかったが、積極的に広瀬と会話したいと思っている様子もなかった。

「こう言っちゃなんだが、お前、変わってるな。そう言われないか？」

無礼を承知で言ってみると、「はい」という短い返答が何の感情も窺《うかが》わせない声で返ってくる。

「だろうな」

言って笑うと、高里も少しだけ笑顔を作った。それは世馴《よな》れた大人たちが使う愛想笑いによく似ていた。野卑《やひ》な印象は受けなかったので不快感はなかったが、どうしても違和感が拭《ぬぐ》えない。落ち着き払《はら》った態度も声も、限度を大幅《おおはば》に越《こ》えていて、大人びているというよりも老成している印象を受けた。それはいかにも少年らしい彼の外観にそぐわない。どこまでもちぐはぐでひどく広瀬を困惑させた。

異質だという後藤の言葉を実感した。高里は「変わっている」というより「奇妙《きみよう》」だった。不快なところはどこにもなかったので、「異質」だとしか言いようがなかった。

何を考えているのかさっぱり分からなかったが、何か歪《ゆが》んだ思考があるようにも見えなかった。

「邪魔《じやま》だったろ？　悪かったな」

そう広瀬が言うと、笑顔の形をした顔が「いいえ」と答えた。

2

「高里って、変わってるな」

広瀬がそう言ったのは翌日の昼休み、化学準備室でのことだった。後藤は昼食を摂《と》りに出かけていた。

広瀬の周囲には四人の生徒がいた。いまも昔《むかし》も準備室を根城にする連中は変わらない、と広瀬は思う。何かが多くて何かが足りなくて、教室に居場所がない。ただ、広瀬が在学していたころはもっと破《は》天荒《てんこう》な連中が集まっていたが、いま、まわりで昼食を平らげている連中は、以前見たメンバーに較《くら》べていかにも小粒《こつぶ》な気がした。

「高里が変わってるって、よく分かりますねえ」

感心したように言って顔を上げたのは築城《ついき》という生徒だった。彼は高里と同じ二―六の生徒で、今年から準備室に来るようになったらしい。

「分かるとも。昨日喋ったしな」

昼食を摂るのに準備室くらい最適な場所はなかった。陽当《ひあ》たりはよくて、夏にはクーラーが入る。後藤は惜《お》しげもなくお茶を振《ふ》る舞《ま》ってくれる。ただしビーカーで、ではあるが。

「一見、穏和《おとな》しそうでしょ、あいつ」

築城の声にはどこかしら刺《とげ》のようなものが含まれていた。

「実際に穏和しいんじゃないのか?」

「まあ、それはそうですけど」

不満が滲んだような口調だった。それが耳に留まったのか、岩木《いわき》という生徒が築城の顔を覗き込む。

「何かあるのか?」

「べつに」

突《つ》き放すように築城に言われて、岩木は露骨《ろこつ》に鼻白んだ。彼も二年の生徒だった。クラスは二―五だが選択《せんたく》授業では二―六と合同授業になる。

「何だよ、お前、高里が嫌いなわけ？」

「べつに」

何だよ、言えよ、と絡《から》む岩木を築城はそっぽを向いてやり過ごそうとする。一年の野《の》末《ずえ》と、三年の橋上《はしがみ》がそれを興味深そうに見ていた。

「単に暗い奴《やつ》じゃないか。とっつきは悪いけどよ。それとも、あいつ裏で何かしてるわけ」

岩木が言うと、築城は吐《は》き出すように言った。

「とにかく、あいつは変なんだよ」

その語気が妙に荒《あら》くて、全員が怪訝《けげん》そうな表情をした。

「変って、何で」

橋上が訊くと、築城は眼を伏《ふ》せたまま硬《かた》い声で口籠《くちご》もるように言う。

「あいつは、ちょっと違《ちが》うから」

築城の口調に解《げ》せないものを感じて広瀬は首をかしげた。

「高里は嫌われてるのか？」

そう訊くと築城は少し狼狽《ろうばい》する様子を見せた。「好きな奴はいないと思うけど」と口の中で言ってから広瀬を見る。

「あいつには構わないほうがいいんだ」

「なんで」

尋《たず》ねても返答はない。

「何か問題でもあるのか」

「——とにかく、あいつは違うから」

岩木がこれみよがしに溜息《ためいき》をつく。

「単に無口なだけだろ。いまどき虐《いじ》めかぁ？」

揶揄《やゆ》するような声に築城は視線を落とす。少し迷うようにしてから意味ありげに声を潜《ひそ》めた。

「これは、俺《おれ》が言ったって言わないでほしいんだけど」

彼は周囲を窺うようにして言う。

「高里は、カミカクシに遭《あ》ったんだ」

広瀬は一瞬、「カミカクシ」という音にどんな文字が当てはまるのか考えてしまった。ほんのわずかの間に「神隠《かみかく》し」という文字列を思い出し、ようやくぽかんとする。

「神隠し、って。あれか、ある日忽然《こつぜん》といなくなるっていう」

築城は頷く。

「高里が小学校のころらしいですけど。本当に、ある日忽然といなくなって一年後にひょっこり帰ってきたんですって。その間、高里がどこで何をしていたのか、ぜんぜん分からないって」

「高里自身は何て言ってるんだ」

「何も覚えていないらしいけど」

「まじかよ」

　橋上が身を乗り出した。

「誘拐《ゆうかい》されたとかじゃなくて、神隠しなのか」

「らしいですよ。それで高里、一年ダブってるんです」

「バカバカし」

　岩木は言い捨てる。

「何か事情があったんだよ。単なる噂《うわさ》だろ」

　築城は岩木をねめつけた。

「本当だって。有名な話なんだから。とにかく、高里はそれで変わってるんだよ」

　広瀬はひどく困惑した。この一帯はここ数年の間に急開発された街だが、築城も高里も開発の波が押《お》し寄せる前からここに住んでいた、いわば地元民だと聞いている。「有名な話」というのは「学校で有名な話」なのではなく「地元で有名な話」なのだろうと、そこまでは想像がつく。しかし、「神隠し」とは。

「くだらねえ」

岩木の一言でその会話は終わったが、広瀬は「神隠し」という言葉を強く印象に残した。広瀬は基本的に神秘思想や超常《ちょうじょう》現象に興味のない人間だが、だからといって拒絶したいわけでもない。ましてや、高里という人間と照らし合わせてみると岩木のように軽視することが難しかった。

3

そのあとすぐの五時間目が必修クラブに割当てられていた。広瀬が昼食から戻《もど》ってきた後藤と美術室に向かうと、すでに生徒の大多数が揃《そろ》っていた。

必修クラブといっても内実は美術部と大差なかった。美術教諭《きょうゆ》の米田《よねだ》がおざなりに出席を取ると、生徒たちは三々五々美術室を出ていく。全員がスケッチブックを抱《かか》えてはいたが、その大多数が図書館か空き教室に行って勉強するなり遊ぶなりするものであることを、広瀬は自分の経験から知っている。教師もそれを黙認《もくにん》していたし、生徒のほうもそれを承知していて文化系のクラブでは最も登録者の数が多いのが常だった。中には本当に絵が好きで美術室に残る者もいる。そういう生徒たちは、後藤と米田がのんびりと会話する横でそれぞれが自分の作業を始める。

高里は残ったほうの生徒だった。彼《かれ》は美術室の隅に備品のイーゼルを広げ、共同のロッカーからカンバスを取り出した。油彩《ゆさい》をやるのか、と広瀬は妙《みよう》に不思議な気がした。彼の持つ雰囲気《ふんいき》が水彩を連想させていたのかもしれない。手慣れた仕草でロッカーから絵具箱《えのぐばこ》を取り出して広げる。広瀬は黙《だま》って高里のほうへ歩み寄った。

画布を覗《のぞ》き込《こ》める位置まで来てから声をかけた。広瀬の声に高里は振り返り、広瀬を認めて軽く会釈《えしやく》した。その顔には昨日と同じように、笑顔らしき形状が浮かんでいた。広瀬は手を挙げ、それから高里の画布に視線を向けた。向けてしばらくその絵を眺《なが》めていた。

それは確かに印象深い絵だった。広瀬はしばらくの間、高里とカンバスを見比べた。

「……こんなことを訊《き》くのは失礼だとは思うんだが」

広瀬は言い淀《よど》む。それでも訊かずにおれなかった。

「それは何だ?」

画布には色が、ただ色が塗《ぬ》りたくってあった。朧気《おぼろげ》に何かの形が見えそうな気もするのだが、形を摑《つか》もうと目を凝《こ》らすやいなや、輪郭《りんかく》が曖昧《あいまい》すぎてその形が見えなくなる。色は複雑な色をしていた。概《おおむ》ね柔《やわ》らかな色が使われていたが、ひどく不透明《ふとうめい》で美しい色とは言い難《がた》い。色も色の配置も美的とは言い難くてコンポジションというわけでもなさそうだった。

「何かの風景か？」

苦し紛《まぎ》れの科白《せりふ》に、高里は微《かす》かに眼を見開いた。

「はい」

軽く笑みを作る。少しだけ本当に近い笑みに見えた。

「どこなんだ、これは？」

広瀬が訊くと、高里は首を振った。

「覚えていません」

「覚えていないのに、絵を描《か》くのか？」

訊くと高里は生真面目《きまじめ》な表情で頷《うなず》く。

「はい」

「どうしてだ？」

「描いていたら思い出せないかと思って」

そうか、と相槌《あいづち》を打ちながら、本当に妙な奴だと呆《あき》れていた。内心肩《かた》を竦《すく》めながら高里のそばを離《はな》れて、広瀬は突然《とつぜん》、築城の言葉を思い出した。——神隠しに遭った。一年後。何も覚えていない。

高里を振り返った。それは神隠しに遭ったその間に見た風景なのか、と訊きかけて広瀬は口を噤《つぐ》んだ。うかつに訊くのは躊躇《ためら》われた。築城の言葉を鵜呑《うの》みにすることはでき

なかったたし、信じたなら信じたで、なおいっそうたやすく触《ふ》れてはならないことのような気がした。

奇妙な奴だ、と広瀬は口の中で呟《つぶや》く。

もしも神隠しに遭ったのが事実なら、高里はその間のことを本当に覚えていないことになる。そして、思い出したいと願っていることになる。確かに自分の記憶《きおく》に欠落があるのは気味の悪い話だろう。それでも、積極的に思い出したいと願っているのだ、という事実は広瀬の首をかしげさせた。

人は異端《いたん》に敏感《びんかん》な生き物だ。築城の口調はそれを象徴《しょうちょう》している。高里は神隠しに遭った。だから変わっているし、自分たちとは少し違っている。――ゆえに好意的になれない。

好悪《こうお》の情は隠しておいても相手に伝わる。高里がそれに気づいてないとは思えない。高里は「神隠し」をなかったことにしたいとは思わないのだろうか。自分の経歴から抹《まっ》消《しょう》したいと、そんなことがあったことを忘れてしまいたいと、そう思っていないのだろうか。――それとも、「神隠し」などという事件はそもそもなかったのか。

高里はクラブの間中、黙々と画布に筆を走らせていた。何度も筆を休め、考え込みながら色を置き、さらに何度もナイフで色を削《けず》り取った。その絵を描くことが――ひいては思い出すことが、彼にとっては重大事なのだと、それだけは広瀬にも理解できた。

4

五日目、金曜の五時間目はロング・ホームルームの時間にあたっていた。話題はもちろん、一週間後に迫《せま》った体育祭のことしかない。簡単に諸注意の連絡を終えると、あとはクラス委員が準備の段取りをするのを見物するだけだった。

生徒たちは雑談をしながら議事を進めていく。教師が教壇《きょうだん》にいないというだけで、クラスは段違いに騒《さわ》がしい。競技種目と準備のための役割分担を決めようとしているようだったが、単なる雑談と大差なかった。

教室の後ろに立って広瀬は教室を見守る。高里は雑談に関与《かんよ》していなかった。高里のまわりで空気が途切《とぎ》れたように、彼は完全にクラスの雰囲気から孤立《こりつ》していた。彼に声をかける者もなかったし、彼が他人に話しかけることもなかった。ただそこに坐《すわ》って、議事が進行していくのを見守っている。彼の周囲の人間は、彼がそこに存在しないかのように振る舞っていた。

すでに根廻《ねまわ》しが完了《かんりょう》していたらしく、全員の競技種目があっさりと決まる。委員長の五反田《ごたんだ》が確認するように種目ごとに板書《ばんしょ》された名前を数えていって、ふいに声を上げた。

「あれ？　一人足りないぞ」

高里の名前が足りないのだと、広瀬は気がついていたが黙っていた。高里も特に何も言わなかった。最前列の生徒が五反田に耳打ちをする。彼は慌《あわ》てて高里のほうを見た。

「高里、希望の種目はあるか？」

そう訊いた五反田の声は、少しだけ緊張《きんちょう》しているように聞こえた。高里は短く、いいえ、と答える。困ったように五反田は高里と黒板を見比べた。

「二百メートルしか余ってないんだけど、いいか？」

高里は無表情に頷いた。五反田がホッとしたように表情を緩《ゆる》ませる。

そんな様子を見守りながら、広瀬は教室の空気を読み取ろうとしていた。高里は孤立している。生徒たちは高里を無視しようとしている。そこに悪意が感じられないのが不思議だった。誰《だれ》も悪意でもって彼を孤立させようともくろんでいるわけではなさそうだった。彼らは高里から目を逸《そ》らそうとしている。——それが広瀬が感じ取った印象だった。


そのあとにはそれぞれが準備のために教室を出ていく。体育祭では一年から三年までを縦割りにして三チームに分割するのが通例だった。各学年の五、六組が——青軍と呼ばれるのが伝統だったが——一チームに編成される。金曜の五限目は全校がロング・ホームルームのせいもあって、教室には一年や三年の生徒までが出入りし始めた。後藤は生欠伸《なまあくび》をしながら準備室に戻ってしまい、広瀬は教室に取り残される。他愛《たわい》もない会話をしながら生徒たちが手作業をするのを漫然《まんぜん》と眺めていた。

「広瀬センセ、暇《ひま》だったら手伝ってくれない」

生徒に声をかけられて広瀬は苦笑《くしょう》する。

「何をすればいいんだ?」

これを適当に切ってくれ、と新聞紙を手渡《てわた》されたところをみると、どうやらハリボテの準備らしい。少し離れた位置で高里も穏和《おとな》しく鋏《はさみ》を使っていた。

「よう、広瀬さん、使われてんな」

声をかけられて顔を上げると、三年の橋上が教室に顔を出したところだった。

「見習いってのは、こんなもんさ」

「修行は辛《つら》いと決まってら。――応援《おうえん》の担当はいるか」

橋上は教室に残った連中を見渡す。生徒の一人が手を上げると、放課後応援の打ち合わせをするから、と連絡事項《じこう》を伝え始めた。

「高里。次、これな」

切った新聞紙を揃えていた高里に、青い布を差し出した者がいたのはそのときだった。

黙《だま》って布を受け取る高里を、橋上がまじまじと見つめた。

「高里、ってお前か？」

「はい」

高里の態度には、相手が教生であろうと先輩であろうと変化がなかった。何の表情もない眼《め》がただじっと相手の眼を見返すばかり。

「へえぇ」

橋上は面白《おもしろ》そうに呟いてから、

「お前、ガキのころ、神隠しに遭ったんだって？」

そう訊いた。

そのあとの教室の変化を何と表現すればいいのだろうか。広瀬には目に見えるほど濃《こ》い緊張が生徒たちを搦《から》め捕《と》ったように見えた。一瞬《いっしゅん》ののちにはそれぞれがそ知らぬ顔で作業を始めたが、それは何か不穏《ふおん》なものから必死で目を逸らそうとしているかのようだった。

「それ、本当なのか？」

橋上の好奇心《こうきしん》を露《あら》わにした声に、高里はただ頷いた。

「誘拐《ゆうかい》とかじゃなくて？　全然覚えてないって本当なのか？」

「はい」

高里は淡々《たんたん》と返答をする。べつだん不快気には見えなかった。

「記憶喪失《きおくそうしつ》、ってやつか？　すげえな」

そのとき初めて、高里の眉《まゆ》が顰《ひそ》められた。あいかわらず不快なようには見えなかったが、それでも彼がこの話題を歓迎してはいないのが、そこはかとなく感じられた。

「実はＵＦＯに連れ込まれたんだろ。気味の悪《わり》ぃ宇宙人に生体実験とかされて記憶を消されて戻されたわけだ」

高里が口を開いた。彼が自発的に言葉を発するのを広瀬は初めて見た。

「そんなことを言う人がいるんですか？」

橋上は顎《あご》をしゃくる。躊躇《ちゅうちょ》なく築城のほうに視線を向けた。

薄情《はくじょう》な奴だ、と内心独白した広瀬は、椅子《いす》が倒《たお》れる激《はげ》しい音で、とっさに表情を引き締《し》めた。音のしたほうを振り返ると、築城が血相を変えて立ち上がっていた。

「俺《おれ》じゃない」

驚《おどろ》いたことに、築城は恐慌《きょうこう》をきたしているように見えた。

「信じてくれよ、俺が言ったんじゃない」

言い募《つの》る築城を橋上が笑う。

「お前が言ってたじゃないか」

「俺じゃない。俺は、言ってない」

高里はただ視線を落としていた。少しだけ眉根が顰められていたが、それがどんな感情を表すものかは分からなかった。

「俺じゃないから、高里」

逃《に》げ出すように教室を出ていった築城を、橋上は呆れたようにして見送った。

「何だぁ、あいつは」

広瀬もまた唖然《あぜん》とした。どうしてあそこまで血相を変える必要があるのか。そうしてさらに広瀬は気づいた。その場にいる生徒の誰もが奇妙な表情を浮かべているのに。

彼らは一様に緊張し、しかもその緊張を必死で隠《かく》そうとしているように見えた。誰もがことさらのように無表情で築城の奇妙な行動には気がつかなかったふりをしようとしていた。それはあまりにも、電車の中で酔漢《すいかん》が喧嘩《けんか》するシーンを目撃《もくげき》した人間の反応に似ているような気がした。

広瀬は高里を振《ふ》り返る。高里の顔にはすでに何の表情も浮《う》かんでいなかった。到底陰《とうていかげ》で暴力を振るうようなタイプには見えない。彼が何らかの直截《ちょくさい》的な恐怖《きょうふ》を他人に対して与えるとは思えなかった。

「築城のほうがよっぽど変なんじゃないか」

橋上の呟きもまた、その場の全部の生徒によって無視された。

5

放課後になっても喧噪《けんそう》はやまない。化学準備室の窓の下ではどこかのチームが立て看板作りに勤《いそ》しんでいたし、死角に入ったどこかでは赤軍の応援団が練習をしているようだった。二―六も居残りの届が出ている。後藤がのんびりと絵筆を動かしているので、広瀬もゆっくりと実習日誌を埋《う》めていった。

そんなところに飛び込んで来たのは学級委員の五反田だった。

「先生、怪我《けが》した奴《やつ》が出たんですけど」

「怪我だぁ？　誰だ」

「築城です」

広瀬はとっさにペンを置いた。

「築城？　どうしたんだ、喧嘩か」

慌てて広瀬が訊《き》いてしまったのは、あの奇妙な光景が忘れられなかったからだ。

案に相違《そうい》して、五反田は首を横に振った。

「タテカン作ってて鋸《のこぎり》で足を切ったんです」

「ああ……、そうか」

我ながら奇妙《きみょう》なほど安堵《あんど》した。

「酷《ひど》いのか」

後藤が訊くと五反田は肩《かた》を竦《すく》める。その様子からすると特に大怪我というわけではなさそうだった。

「保健室に連れていくときには、ボタボタ血が落ちてましたけど」

「俺、行ってきます」

広瀬が立ち上がると後藤が頷《うなず》いた。


広瀬が五反田と一緒《いっしょ》に保健室に駆《か》けつけると、築城はすでに家に帰ったあとだった。

自力で帰れるようなら本当に大した怪我ではないのだろう。ホッとしつつも、どこか釈然としなかった。養護教諭《きょうゆ》の十時《とと き》は苦笑する。

「帰ったんですか」

「なんだか知りませんが、慌てふためいて帰っていきましたよ」

広瀬の在学中にいた養護教諭はすでに定年で退職している。十時は数少ない新顔教師の一人だった。

「縫《ぬ》うほどの怪我じゃなかったですから。病院に行くよう言っておきましたけど」

「そうですか……」

広瀬が五反田に向かって手を挙げると、彼《かれ》は無表情に一礼して保健室を出ていった。広瀬は十時に軽く頭を下げる。

「お手数をかけました」

いいえ、と言ってから広瀬と幾《いく》らも歳《とし》の違《ちが》わない十時は笑う。

「お茶でもいかがです。実習はどうですか」

「思ったよりも楽です」

勧められるまま、広瀬はそのあたりにある椅子に坐った。十時は手慣れた様子で冷えた麦茶を振《ふ》る舞《ま》ってくれた。

「広瀬先生は教科は？」

「理科――化学です」

「ああ、じゃあ後藤先生が担当教官？」

「そうです」

「だったら大変なんじゃないですか？　全部教生に任せてしまわれると聞きましたけど」

それはまあ、と苦笑して広瀬は湯呑《ゆの》みを手に取った。

「十時先生も居残りですか」

「体育祭と文化祭の間は最後の生徒が帰るまで帰れません。千客万来《ばんらい》ですから」

おっとりと笑ってから、十時も腰《こし》を降ろす。

「近頃の子は不器用ですからね。さっきの」

そう言って彼は机の上のノートを見た。

「築城君、ですか。彼も板を足で支えていて、大人しく鋸で切られちゃったというんですから」

「足でねぇ」

「膝《ひざ》で板の端《はし》を支えてて、脛《すね》を切ったんです。支えた彼も不器用だけど、切ったほうもなってない」

広瀬は十時を改めて見返した。

「自分で切ったんじゃないんですか」

「いや。他の生徒が板を切るのを手伝ってたようですよ」

「鋸を使っていた生徒の名前は分かりますか」

広瀬が訊くと、十時は怪訝《けげん》そうにしてもう一度ノートを覗《のぞ》き込《こ》んだ。

「付き添《そ》いに来てた彼だな。ええと、勢多《せた》君」

ほっと無意識のうちに息を吐《は》いた。

「どうかしましたか？」

十時に訊かれて慌てて頭を振る。十時はちょっと首をかしげるようにしてから、

「まあ、彼らはマシなほうです。その前に来た三年生は、自分の手に釘《くぎ》を打ち付けたんですから」

「三年生？」

妙に予感めいたものがした。十時は頷く。

「五センチもある釘を掌《てのひら》に根元まで刺《さ》して、釘のほうが勝手に刺さってきたんだ、ですからね。どんな金槌《かなづち》の使い方をすればそんなことができるんだか」

「彼は……」

十時はああ、と呟《つぶや》き、

「すぐに病院に行かせました。誰かが持ってきた古釘のようだったので。ああいうのは怖《こわ》いですから」

「いえ。そうでなくて」

広瀬は我ながら奇妙だと思う。どうしてもその生徒の名前を確認《かくにん》しておきたかった。

「それは何という生徒ですか？」

十時は目を見開き、それから三《み》度《たび》ノートに目を落とした。

「三年五組の橋上君です」

6

広瀬は準備室へと戻《もど》りながら、ひどく自分を持て余していた。

築城と橋上。それは意味ありげなことに見えた。意味などあるはずがないと分かっているにもかかわらず。奇妙な符号《ふごう》の羅列《られつ》でも見たような気がした。橋上、緊張《きんちょう》した生徒たち、逃げ出した築城、――高里。

広瀬は本部棟《とう》の階段をゆっくりと三階へ昇《のぼ》る。階と階の間で一度折れてから昇るようになっている階段の、踊《おど》り場の壁《かべ》は床《ゆか》から天井までが一面のガラス張《ば》りになっている。そのガラス越《ご》しに黄昏《たそがれ》が落ち始めた校舎の様子が見て取れた。広い中庭の芝生《しばふ》を挟《はさ》んで、各クラスの教室が並ぶクラス棟が真向かいだった。

横一文字に並んだガラスは廊下《ろうか》の窓だった。そのほとんどには明かりが入っている。踊り場のガラスに顔を寄せると、クラス棟の内部がよく見通せた。電灯の点《とも》った廊下を生徒が行き交《か》う。戸口が開け放された教室では、中で作業をしている生徒の姿までが見えた。

さっきまでの気分を忘れて、広瀬は微笑《ほほえ》んだ。お祭り騒ぎに浮かれて、常にはなく高麗鼠《こまねずみ》のように働いている彼らがなんとなく微笑ましかった。その姿を見渡すように顔を動かして、広瀬はふと目線を止めた。校舎の端の窓際《まどぎわ》に生徒が一人佇《たたず》んでいるのが目に止まったのだ。

誰《だれ》もがせわしなく動いている中で、彼だけがぼうっと動かなかった。二階の窓際に立って、芝生を見降ろしているように見えた。

広瀬は思わず瞬《まばた》きをした。もう一度、今度は深く瞬きをする。そうして眼を開けて二階の端を見る。腕《うで》を上げて掌でガラスを拭《ぬぐ》い、さらに目を凝《こ》らした。

その生徒の顔が見えるほどに距離《きょり》は近くなかった。それでも、彼の肩に手が掛《か》けられているのだけははっきりと分かった。剝《む》き出しになった腕だった。制服は半袖《はんそで》だから、肘《ひじ》までが見えるのは可怪《おか》しくはない。しかし、その腕は肩のあたりまでが露出《ろしゅつ》しているようだった。素肌《すはだ》の腕が背後から生徒に覆《おお》い被《かぶ》さるようにして垂れ、緩《ゆる》く手先だけを交叉《こうさ》させていた。一瞬、生徒が誰かを負ぶっているのかと思ったが、彼の背後には腕の持ち主の頭も肩も見えない。ただ二本の腕だけが、彼の両肩から力なく前へ下がっている。

ありえないものを見ている気がした。どうしてあの腕の持ち主の肩も頭も見えないのだろう。二の腕がほとんど付け根まで肩を越えていて、その背後には何の影《かげ》も見えなかった。腕を掛けられた生徒も、その姿勢からいって到底重いものを背負っているようには見えなかった。まるで彼の首のあたりから生えたようにして、その腕は彼の胸許《むなもと》に垂れている。彼の背後をさっきから幾人かの生徒が通っていたが、その誰もが彼の異常に気づいた様子がない。

何度もその生徒と腕とを見比べているうちに、ふいに彼が脇《わき》を向いた。彼は首だけを横に向ける。彼が見ていると思《おぼ》しき方向に二人ほどの生徒が見えた。

広瀬はほっとする。きっとあれは彼の悪戯《いたずら》なのだ。仮装《かそう》リレーで――それはこの学校の名物競技だった――使う紛《まが》いものの腕をああしてぶら下げて遊んでいたのだ。そうしてそれに気がついた者が声をかけた。きっとそうに違いない。

窓際に立った彼は何かを言って、それから窓に背を向けた。彼が窓に完全に背を向けるまでのごくわずかの時間に、その腕は背後で巻き取られたように動いて姿を消した。ちょうどそれは、腕の形をした蛇《へび》がするすると後退《あとじさ》っていったように見えた。窓を離《はな》れていく彼の背には、もちろん何の影も見えなかった。

しばらくの間広瀬はそこでボンヤリしていた。額をガラスに当てるようにしながら、眼の奥《おく》で何度も自分が見たものを再現していた。

距離があったし。

広瀬はそう独白する。

そう、距離があったし、逆光だったし。

いまは体育祭の準備中で、学校内には様々なものが溢《あふ》れている。ハリボテの人形、仮装の小道具、応援のために用意された一見して用途不明の品々。

何かの馬鹿馬鹿《ばかばか》しい事情があって、そんなふうに見えただけに違いない。

広瀬は自分にそう言い聞かせて息を吐いた。温《ぬる》い大気のせいでか額に汗《あせ》が滲《にじ》んでいる。吹っ切るべく勢いをつけて踵《きびす》を返したが、脳裏《のうり》のどこか深いところにその光景は沈澱《ちんでん》していった。

＊
＊＊

男は深夜の団地を家に向かって急いでいた。夜風がじっとりと汗ばんだ肌を撫《な》でていって、さらに汗をかかせた。

ずいぶんと酒が入っている。男は帰巣《きそう》本能に頼《たよ》って道を歩いていたが、よく似た建物が並ぶこの団地では彼の本能はあてにならない。現に他人の家のチャイムを鳴らしたことが一度ならずあった。

それを覚えている程度の理性は残っていたので、彼は何度も足を止めて頭上を見上げた。同じ体裁《ていさい》の建物が行儀《ぎょうぎ》良く並んでいる。巨大《きょだい》な墓石のようにも見えるその横腹を、彼は何度も確認する。地上十二階の建物の、非常階段に面した横腹の最上部に棟の番号が色タイルで大きく描《えが》かれていた。

——これだけ何度も確認しておきながら、間違えてしまうのはなぜだろう。

彼はそう内心で独りごちた。

まるで枕返《まくらがえ》しのようだ、と思った。

彼の郷里には「枕返し」の伝承があった。夜に「枕返し」という妖怪《ようかい》が現れて、眠《ねむ》っている者の枕を妙《みょう》なところに運んでいく。田舎《いなか》にある祖母の家に行くと、必ず「枕返し」が現れた。朝起きると足許に枕がある。それどころか、眼《め》を開けてじっとしていると布団《ふとん》の方向が寝たときとは違うような気がしてならなかった。いまから思えば単に寝《ね》相《ぞう》が悪かっただけなのだが、それでもあの奇妙な気分は忘れられない。古い田舎家の古い座敷《ざしき》で、目を覚ましたときのあの違和感《いわかん》。よくよく考えてみると、布団は昨夜のまま動いていないのだが、それでも釈然としない思いが残った。

彼は苦笑《くしょう》し、立ち止まった。すぐ先の建物をしっかりと見上げる。自分が帰るべき建物の一つ手前にいることを確認した。

わけもなく頷いて歩き出し、彼はもう一度頭上を見上げる。車の乗り入れが禁じられている道には人影がなかった。自分の靴音《くつおと》がガランとした谷間に谺《こだま》していた。背の高い建物は彼に向かって落ちて来そうな気がする。ぐるりと見廻《みまわ》すと軽い目眩《めまい》がした。

彼は頭を振《ふ》り、そうして自分が見上げている建物の屋上に何か白い光が見えるのに気がついた。

弱く淡《あわ》い光だった。屋上の縁《ふち》にぼんやりとした丸い光が点《とも》っている。彼は瞬き、それから目を凝らした。丸い光の中に、何かの影が浮《う》かび上がってくるのが見えた。

男はかくんと口を開けた。まるで何かの獣《けもの》が光の中から這《は》い出てきたようだった。それが何なのかは分からなかったが、かなり大きな四足の獣だということは分かった。犬にしては大きく、背が高い気がした。獣の姿は陰《かげ》になってよく判別できない。それでも、その背が淡く輝《かがや》いているのが見て取れた。

あれは何だ、と思う間もなく、その獣は跳躍《ちょうやく》した。まるで水の中を泳ぐような速度で彼の頭上を越え、十二階の建物の間を飛翔《ひしょう》した。

その姿が消え去っても、彼はまだぽかんとその方向を眺《なが》めていた。

三章

1

実習も一週目が終わろうとしている。この日は土曜で授業は午前で終わりだったが、生徒の大多数は体育祭の準備で午後になっても居残っていた。化学準備室は常連のうち、そういった連中に占拠《せんきょ》されることになった。

野末という一年生は橋上の怪我《けが》をどこで聞いてきたのか、懇切丁寧《こんせつていねい》に事件を解説してみせた。

「それが五センチくらいある釘《くぎ》でさ。その釘が頭のところまで手の甲《こう》に突《つ》き刺《さ》さったんだって。病院で抜《ぬ》いてもらったんだけど、抜くの大変だったらしいよ」

「ひゃあ、スプラッタ」

杉崎《すぎざき》という一年生がしきりに感動している。

準備室はクーラーが効いていた。後藤は例によって昼食を摂《と》りに外出し、生徒たちは勝手にビーカーを引っ張り出して、購買部で買ってきたジュースだの後藤が用意しているコーヒーだのを飲んでいる。

築城《ついき》は今日、欠席の届が出ていた。橋上も欠席しているという話だった。

「橋上さん、器用な人なのになあ。大工仕事も上手《うま》いしさ」

一年生の野末の言葉が、広瀬の気に引っかかった。

「そうなのか？」

野末は神妙《しんみょう》に頷《うなず》く。

「橋上さんって、実はオタクなんですよね」

言葉の意味を取りかねた広瀬に、

「橋上さんの部屋ってすごいんです。ビデオデッキなんか五台くらいあるし。それでアニメのエアチェックするんだよね。遠くの放送局の再放送を録画するのに、すっごいアンテナ立ててるんですから」

「へえ」

「で、そのビデオとかテープとか入れとく棚《たな》が部屋の壁《かべ》にぎっしり立ってて、それ全部橋上さんが自分で作ったんだって」

岩木が笑う。

「そりゃ、アレだな。猿《さる》も木から落ちる」

杉崎が笑い声を上げた。

「橋上も釘を刺す、ってか」

付き合って笑いながらも広瀬は釈然としなかった。何かが腑《ふ》に落ちない気がする。

「そういや、築城が昨日、妙だったって？」

岩木に訊《き》かれて広瀬は慌《あわ》てて振り返った。

「よく知ってるな」

「うちのクラスの奴《やつ》が見てたらしいぜ。泡食《あわ》って教室から逃《に》げ出していくの。高里と喧《けん》嘩《か》したみたいだったけど、ってさ」

「うん……。橋上がな、高里につまんないことを言って、その結果」

「つまんないことって？　橋上さんもいたわけ？」

「まあな」

「あ、わかった。例のやつだ。神隠《かみかく》し」

野末が嬉々《きき》として言うのに、広瀬は曖昧《あいまい》に頷いた。神隠しってなに、と杉崎が騒《さわ》ぎ出して、野末は虚実《きょじつ》入り交ぜた半分以上創作の話を開陳《かいちん》し始めた。

「本当に」

「信じるなよ、ほとんど野末の作り話だから」

広瀬が苦笑《くしょう》すると、野末は拗《す》ねた顔をする。

「困るなあ。簡単にネタをバラしちゃ。――でも、神隠しってのは本当らしいよ」

「へえぇ」

そのときだった。

「それ、あんまり面白《おもしろ》がって話さないほうがいいんじゃないかなぁ」

二年の坂田《さかた》だった。

「なんで」

岩木が振《ふ》り返る。

「俺《おれ》、クラスの奴に聞いたんだけど、なんかヤバいらしいんだよね……」

「ヤバいって」

訊いたのは広瀬だった。坂田は肩《かた》を竦《すく》めてみせる。

「俺も、よく分かんないんですけどぉ。聞いた奴も言いにくそうにしてたし。そいつ、一年のとき高里と一緒《いっしょ》のクラスで、なんかその話すんのヤバいって言ってましたし。それで高里をからかった奴って、ろくなことないらしいよ……」

その場にいた誰《だれ》もがキョトンとしたが、広瀬は少しばかり真剣《しんけん》にならざるをえなかった。

「ろくなことがないって？　事故とか？」

「らしいですけど。高里を虐《いじ》めたりしてもヤバいって。高里を虐めた奴はみんな怪我してるって」

「嘘《うそ》だろ、おい」

岩木が訊いても、坂田は首をかしげるだけだった。

「俺、聞いただけだから。でも、それで怪我した奴いっぱいいるし、春の修学旅行で死んだ奴いたろ。あれもそうだって噂《うわさ》」

「死んだ――？」

その話は初耳だった。広瀬は坂田の顔を覗《のぞ》き込《こ》む。

「ええ。フェリーで海に落ちて死んだ奴がいるんですよねぇ。三組の奴かな。帰り道だったんで、旅行が中止になんなくて済んだけど。新聞にも出ましたよ。見てません？」

「ああ、覚えがないな……」

「そいつ、前の日に高里が気に食わないって三人がかりで袋叩《ふくろだた》きにしたらしいんですよねえ。そいつ、死んで、残りの二人も悲惨《ひさん》なことになったって」

岩木が不満を露《あら》わにした声を上げた。

「勿体《もったい》つけんなよ、お前は」

「べつに。そんなわけじゃないけど。残りの二人、一人はトラックに巻き込まれて片足切断したんだよね。もう一人もスクーターの無免許《むめんきょ》で事故って、大怪我したし。停学くらって、そのまま退学したんだよね。つまり、三人とももうこの学校にはいない、ってわけ」

そう言ってから坂田は上唇《うわくちびる》を舐《な》めるようにした。

「一年のときにも、死んだ奴、いたらしいよ」

誰もが口を開かなかった。呆気《あっけ》に取られているのだと分かったが、広瀬だけはひどく胸騒ぎがして喋《しゃべ》れなかった。築城の狼狽《ろうばい》はこのせいだったのだ。あの場にいた生徒の奇《き》妙《みょう》な緊張《きんちょう》も、この噂のせいだったのだと理解した。

2

翌日の日曜は、準備をする連中のために校門が開かれることになっていた。後藤も一日準備室に詰《つ》めているらしい。他の教生も学校に出て、この機を利用して研究授業のリハーサルをやると聞いた。広瀬は考えた末、午後から行きますと連絡して朝早くにアパートを出た。

他愛《たわい》のない不安がくすぶって、実体を確認せずにおれなかった。野末に書かせたメモを見ながら広瀬は橋上の家を訪《たず》ねた。会って話をすれば安心する。単なる事故にすぎないことが分かって気抜けするに違《ちが》いない。

橋上の家は市街地と、学校のあるニュータウンのちょうど中間地点にある。ゆったりとした住宅地で、公園も多い。ベッドタウンという表現が似つかわしい閑静《かんせい》な街だった。その一郭《いっかく》にあった橋上の家は、一目で持ち主の経済状態が裕福《ゆうふく》であることを窺《うかが》わせる建物だった。

呼び鈴《りん》を押《お》し、広瀬と申しますが、とだけ言って橋上を呼んでもらう。すぐに玄関《げんかん》ホールの螺旋《らせん》階段を橋上が降りてきた。

「あれぇ、広瀬ってあんたのことかぁ」

「元気そうだな」

広瀬が言うと橋上は苦笑する。

「実を言うとサボリなんだ。どうせ土曜で半ドンだったし」

そう言っておどけたように顔をしかめてから二階を示した。

「上がれよ」


橋上の部屋は野末の言った通り、ビデオやそんなもので埋《う》まっていた。広い部屋の壁という壁に、天井までの高さの棚が置いてある。しっかりした造りの棚で、きちんと塗《と》装《そう》もしてあったし、野末に言われていなければ既製品《きせいひん》だと思っただろう。

「この棚、全部橋上が作ったのか?」

電気ポットを提《さ》げて戻《もど》ってきた橋上は含羞《はにか》むように笑う。

「そ。規格品だと使い勝手が悪くてさ」

「器用なんだな」

まあな、と笑いながら、橋上は擽《くすぐ》ったそうにした。

「その器用な奴が、なんで怪我なんかしたんだ?」

広瀬が訊くと、橋上は包帯を巻いた手を示した。

「これ?」

「釘を刺したんだって?」

そう尋ねると橋上は少し硬《かた》い表情をする。包帯の端《はし》を弄《いじ》ってわずかの間考え込んだ。

「……釘が勝手に刺さってきたんだ」

返答に困って広瀬がただ顔を見ていると、橋上は拗ねた子供のような顔をしてみせた。

「広瀬さん、幽霊《ゆうれい》とか信じる」

唐突《とうとつ》な質問に広瀬が呆気に取られていると、

「言っとくけど、俺は信じてない」

橋上はそうキッパリ言った。

「俺も……そういうのは信じないほうだな」

心のどこかがチリチリと音を立てた気がしたのは、一昨日に見た奇妙な光景が脳裏《のうり》に残っているからだった。

「でも、これは幽霊が刺したんだと思う」

橋上は低い声でそう言った。

「どうしてそう思う」

「釘を刺した犯人が見えなかったからだよ」

橋上はティーバッグをポットに放《ほう》り込む。電気ポットから湯を注いで蓋《ふた》をした。

「俺は入場アーチを造るのに、釘を打とうとしてた。左手で釘を構えて、右手に金槌《かなづち》持って。でも、俺の手に刺さったのはその釘じゃないんだ」

言って橋上は机の上から釘を持ってきた。それは五センチほどの、中ほどで軽く曲がった釘だった。全体に赤茶けて古い釘だと分かる。

「これが、その？」

「そう。病院で貰《もら》ってきたんだ。記念に」

妙な記念もあったものだと広瀬は思ったが黙《だま》っていた。

「釘も金槌も俺が自分で家から持っていったんだ。いわば愛用の品ってわけ。でも、それは俺の釘じゃない」

「どうして」

訊くと橋上は肩を竦めた。

「俺、そんな錆《さ》びた釘なんて持ってねえもん。錆びた釘を刺すと破傷風になるって言うだろ。なんか怖《こわ》くて、錆びた釘は捨てることにしてる。こんなふうに曲がったやつならなおさらだよ。叩いて伸《の》ばす奴もいるけど、俺がやっても真《ま》っ直《す》ぐになった例《ため》しがねえし」

そう言って橋上は釘を机の上に放り投げた。

「俺、隅《すみ》のほうで釘を打ってたんだよね。そしたらチクって左手の甲に何か刺さった感じがしたわけ。見ると、あの釘が刺さってたんだ」

「根元まで？」

とんでもない、と橋上は笑う。

「ほんの先っぽだけ。刺さるっていうより当たってるって感じ。その釘がさ、誰も支えてねえのに手の甲に斜《なな》めに当たってるわけ」

橋上の声は淡々《たんたん》としていて、かえって広瀬にはもっともらしく聞こえた。

「何だよ、これ、と思って持ってた釘を放して手の甲を顔の前に持ってきたんだ。そしたらゴン、っていきなり誰かが釘を叩いたんだよね」

「誰か」

「そ。姿は見えなかったけど、釘の頭を金槌か何かで叩いた感じだった。はずみで手を吹《ふ》っ飛ばされて、それで手を地面に突いて。そしたらまたゴンって。今度は手に釘が刺さるのが分かった」

少しだけ部屋の温度が下がった気がした。広瀬は無意識のうちに天井近くのエアコンを見上げた。

「俺、声が出なかったんだよ、びっくりして。完全に思考停止しちゃって。そしたらもう一回叩かれて。大して痛くなかったけど、慌てて手を地面から離《はな》そうとしたら離れねえの。えっと思ったらもう一回。そんで釘《くぎ》が頭まで貫通しちゃった。びっくりして、何だよこれ、って叫《さけ》んだんだからお笑いだよな」

橋上は乾《かわ》いた声で笑った。

「後ろにいた奴がどうした、って訊くから、釘が刺《さ》さったって。手が完全に地面にくっついてて、それで掌《てのひら》の下に手を入れてそうっと剝《は》がしたんだ。地面に釘の跡《あと》がついてたけど、血は垂れてなかったな。そっから痛くなって、慌てて保健室に行ったんだ」

橋上は紅茶をカップに注ぐ。苦そう、と彼は呟《つぶや》いた。忘れられていた紅茶はいかにも苦そうな海老茶色《えびちゃいろ》をしていた。

「ひょっとしたらこれで価値観変わっかなー、と思って。そんで記念に貰ってきたんだ、その釘」

「変わったか？」

広瀬は訊いてみた。自分の声も乾いた音をしていた。

「べつに。他人事《ひとごと》みたいな気がしてる。さすがにゆうべはビビったけど。寝《ね》てるとさ、またどっからか釘が刺さってきそうな気がするわけ。眼《め》を閉じるのが怖くてさ。眼ぇ閉じたら絶対眼に来るぞ、って意味もなく思って。でも、結局寝ちゃったし」

広瀬はただ頷《うなず》いた。他《ほか》にどうすればいいのか分からなかった。橋上の話には奇妙《きみよう》な説得力を感じたが、鵜呑《うの》みにすることを自分の中の何かが拒《こば》む。それで、この話に論評を加えることはできなかった。

「俺、幽霊なんて信じられないし。今もやっぱ信じてねえけど、だったらあれ、何だったのかなって。狐《きつね》につままれた、ってこういう気分のことを言うのかな。そんな気がしてる」

広瀬はもう一度ただ頷いた。

3

次の話題を見つけられないまま、広瀬は橋上の家を辞去して築城の家に向かった。築城の家の正確な位置を知る者はいなかったので、クラス名簿から住所だけを抜《ぬ》き出し、交番で道を尋ねた。

築城の家はニュータウンのはずれ、いかにも近年建ったような建て売りらしい家と、それ以前からあるような古い家とが入り乱れたあたりにあった。古いというほど古くもないが、周囲の家とは趣《おもむき》を異にしている。

呼び鈴を押すと母親が出て来て、今度も名前だけを名乗ると、彼女《かのじょ》は息子を呼びに階段を昇《のぼ》っていった。しばらくの間、上から微《かす》かに話し声が聞こえ、ややあって母親が階段を降りてくる。

「ごめんなさい、なんだか具合が悪いと言って」

あまり済まないとは思っていない口調だった。

「具合はいかがですか」

広瀬が訊《き》くと、母親は眉《まゆ》を顰《ひそ》める。

「失礼ですけど、お友達《ともだち》ですか」

顔にも名前にも記憶《きおく》がない、と彼女の口調はそうはっきり言っている。

「いえ。わたしは教生です。後藤先生から様子を見てくるよう言われまして」

内心後藤に詫《わ》びながらそう言うと、彼女はあら、と口許《くちもと》を押さえた。

「まあ、そうですか。済みません」

もっとお若く見えたものですから、という彼女に付き合って微笑《わら》う。彼女は二階を示した。

「お上がりになってください。なんですか、気持ちが悪いと言い張って。杖《つえ》を使えば学校にも行けるとお医者さまにも言われたのに、休むと言ったり。真面目《まじめ》な子なんですけど。学校で何かあったのかしら、なんて思っていたんですよ」

曖昧《あいまい》に相槌《あいづち》を打ちながら広瀬は階段を昇る。昇ってすぐの部屋が築城の部屋のようだった。

「先生なら先生と言ってくれなきゃ困るでしょ」

彼女はノックもせずにドアを開き、そう言った。広瀬を振《ふ》り返り、

「いま、お茶をお持ちしますから」

「お構いなく」

築城はベッドの中に潜《もぐ》り込んでいた。

「具合、どうだ？」

声をかけると、夏布団《なつぶとん》から顔を出す。

「広瀬って先生のことだったのか」

築城は橋上と同じことを言った。

「足はどうなんだ？」

微笑ってそう訊くと、築城は身を起こした。ジャージ姿のまま布団の上に坐《すわ》る。足を重そうに投げ出して、それで足首まで巻かれた包帯が見えた。

「うん。大したことない」

「そうか。一昨日《おととい》保健室に行ったら、もう帰ったあとだったんで」

「うん……」

「どうしてまた足なんか切ったんだ？」

訊いても返答はない。ちょうど麦茶を持って入ってきた母親が、そんな様子を見て困ったように微笑った。

「ちょっとした不注意だって、ちっとも話そうとしないんですよ。高校に入ってからすっかり口が重くなっちゃって。——わたしの弟もそうでしたけど」

広瀬の脇《わき》に坐りかけた母親に、築城は短く言う。

「お袋《ふくろ》、下に行ってろよ」

「でも」

「大した話じゃねぇから、降りてろよ」

そう、と広瀬と築城を見比べるようにして、彼女は部屋を出ていった。広瀬はしばらく黙って彼女が階段を降りていく足音を聞いていた。築城もまたそっぽを向いたまま耳を澄《す》ましている気配がした。

「なあ、築城」

声をかけると、築城は困惑《こんわく》したように広瀬を見る。彼は何かを迷っているように見えた。広瀬は訊いてみた。訊くだけなら構わないはずだ。

「その怪我《けが》、高里のせいなのか」

ピクと築城の口許が痙攣《けいれん》する。

「高里を構うと、ろくなことがないんだってな。色々不吉《ふきつ》な話を聞いた。お前の怪我はそういうことなのか？」

一瞬《いっしゅん》何か言いたげにしたが、築城はやはり口を開かなかった。

「さっきまで橋上のところに行ってたんだ」

「橋上さん、大丈夫《だいじょうぶ》だった？」

ふいに身を乗り出した築城に微笑ってみせる。

「ああ、大したことはない」

広瀬が言うと築城は顔を歪《ゆが》める。やっぱり何かあったんですか、と訊いてきた声に、広瀬は会話が嚙《か》み合ってなかったことに気づいた。

「――そうか、築城は心配してたんだな。橋上にも何か起こるんじゃないかって」

「何があったんですか」

「釘をね」

広瀬は自分の左手を示した。

「刺したらしい。もっとも橋上は釘のほうが勝手に刺さってきたんだ、と言ってたが」

築城は俯《うつむ》いた。

「目に見えない誰《だれ》かが故意にやったんだと、橋上はそう言ってた」

「先生は、それ信じるんですか」

築城に言われて広瀬は頷く。

「嘘をついてるようには見えなかった。本当を言うと半信半疑だったんだが、築城を見てると信じたい気がするな」

築城は俯いたままだった。膝《ひざ》に載《の》せた手が震《ふる》えているのが見て取れた。彼《かれ》は怯《おび》えているのだと、広瀬は悟《さと》る。

「高里を怒《おこ》らせると死ぬんだ」

長い間待って、ようやく築城が口にしたのはその言葉だった。

「中学のとき高里と同じ学校の奴《やつ》が塾《じゆく》で一緒《いっしょ》で、そいつがよく高里の話をしてたんです。変わった奴がいる、神隠《かみかく》しにあったことがあるんだって。でもって、高里を怒らせると死ぬ、ちょっと気に障《さわ》るようなことをしても大怪我をするんだって。馬鹿《ばか》な、と思ってたけど……」

「修学旅行の話か?」

築城は首を振った。

「そいつも面白《おもしろ》がって言ってるだけで信じてなかったんです。そしたら、三年の夏に妙なことを言い出して。体育で水泳するのが怖いって言うんです。何かが足を引っ張るから怖いって。塾で泣きながら言うんですよ」

広瀬はただ黙っていた。

「高里に怪我させたせいだって、言ってました。体育だか理科だかの授業中、なんかカッとくることがあって喧嘩《けんか》したって。それ以来だから、絶対にそのせいだって言うんです」

「何か……というのは？」

　築城は頭を振った。

「あいつにも分からないみたいでした。ただ、何かがいて足を引っ張るんだって。気味悪いから泳ぐのは嫌《いや》だって言っても、教師には通らないし。もうすぐ足を引っ張られて死ぬんじゃないか、って言ってました。そして、本当に死んだんです。プールで溺《おぼ》れて」

　広瀬は再び口を噤《つぐ》んだ。

「二年になって、高里と同じクラスになって。最初は俺《おれ》、それがあの高里だって知らなかったんです。そしたら、他の奴が高里に絡《から》むと祟《たた》られるぞ、って教えてくれて。一年のときも、大怪我した奴や死んだ奴がいるって。べつに鵜呑みにしたわけじゃないけど、気味悪くて。そしたら、修学旅行じゃ……」

「ああ。聞いた」

　築城は頷く。

「一昨日高里が嫌そうな顔したから、絶対にヤバいって思ったんだ……」

　口を噤んだ築城を広瀬は促《うなが》す。

「それで？」

「そしたら、作業してるとき、変な手が現れて足を摑《つか》んだんです」

「変な手」

「白い、女みたいな手だった。俺、タテカンのベニヤを膝に載せて支えてて、そしたらその足を誰かが摑んだんです。両手でギュッって、抱《だ》きつくみたいに。俺、振り解《ほど》こうとしたんだけど足が動かなくて。鋸《のこぎりひ》挽いてた奴は全然気がついてないみたいに鋸を動かしてるし、鋸が足に近づいてきて、このままじゃ足を切るなって分かってたけど動かなくて、ベニヤの下を見たら、白い女みたいな手が俺の足を摑んでたんです。ベニヤの下に人なんているはずないのに」

「声をかけなかったのか？」

「声が出なかったんです。足が切れる、どうしようってそれだけ考えてて。きっとあの鋸で切断されちゃうんだって、そう思って、もうどうしていいか分からなくて。だから、脛《すね》をちょっと切っただけで済んでホッとしたんです。ああ、よかった、俺は高里をそんなに怒らせたわけじゃないんだって」

　ある意味で、この思考回路こそが恐《おそ》ろしい気が広瀬にはした。

「でも、保健室で手当をしてもらってる間にどんどん不安になって。まだ終わったわけじゃないかもしれないって。それで家に帰ったんです。結局あれきり、何も起こらないんですけど……」

築城は縋《すが》るようにして広瀬を見た。

「先生、どうでした。俺が教室を出たあと。高里、すごく怒ってましたか」

いたたまれない気がした。広瀬はただ首を振った。

「いや。高里はそんなに気にしているようには見えなかったよ」

「これで終わったと思いますか。気が済んだと思う？」

広瀬は深い溜息《ためいき》を一つ落とした。

「橋上もあれきり何もないようだし、これ以上のことはないと思う」

根拠《こんきょ》があったわけではなかったが、そう言ってやると築城はひどく嬉《うれ》しそうにした。

安堵《あんど》したように笑って、それからふいに表情を強《こわ》ばらせる。

「先生、あの」

意を察して広瀬は頷いた。

「このことは誰にも言わない。だから、もう心配ない」

広瀬が言うと、肩の荷を降ろしたように築城は大きく息をついた。

4

広瀬は決して「高里の祟り」を信じたわけではなかったが、「高里の祟り」という信《しん》仰《こう》が一部の生徒の間にあることを実感した。

高里は祟ると信じられている。それで何か不審《ふしん》な事故があるたびに、それは高里と関連づけられて語られる。そのメカニズムは分かる。それが単なる信仰なのか、事実なのかが分からなかった。


「よう」

化学準備室のドアを開けると、後藤が声をかけてきた。後藤はあいもかわらず、イーゼルの前に立っている。

「築城と橋上はどうだった」

訊かれて一瞬広瀬はぽかんとする。すぐに苦笑《くしょう》が浮《う》かんだ。

「バレてましたか」

「お前の考えそうなことくらい分からぁ。お前が行かなきゃ俺が行ってた。二人はどうだった」

広瀬は近所の自動販売機から買ってきたジュースを後藤に差し出した。

「橋上は元気そうでしたよ。築城もまあ、元気なほうでしょう」

「やっぱ高里か」

リングプルを引きながら、広瀬は後藤の顔をしみじみと見た。

「何です、それ」

「一昨日、高里とあいつらが揉《も》めたんだろ。岩木が言ってた」

広瀬は後藤の表情を窺《うかが》う。準備室に生徒が出入りするせいで、後藤は生徒間の事情に詳《くわ》しい。「高里の祟り」についても知っていて不思議はなかった。それでも、と思う。後藤は「祟り」を信じているように見える。そんな語調なのが不思議だった。

「高里が原因か」

広瀬は築城との約束《やくそく》を思い、少し迷う。

「心配しなくても誰にも言わん」

「……少なくとも築城はそう信じてました。高里の祟りだって。橋上は何も知らないみたいでしたけど」

後藤は手を拭《ぬぐ》ってから、どっかと椅子《いす》に腰《こし》を降ろす。勢いよく缶《かん》を開けた。

「高里は問題児だ。ある意味では非常な問題児だ。本人はこれっぽっちも問題を起こさないが、周囲が荒《あ》れる。台風の目だよ」

「……いいんですか、教生にそんなことまで言って」

後藤はただ苦笑した。返答を避けるように缶を眺《なが》める。

広瀬は尋《たず》ねてみる。

「最初の日に、後藤さんが意味ありげなことを言っていたのはこのことだったんですか」

後藤は頷《うなず》いた。

「まあ、そうだ」

「高里は祟る、と聞きました。修学旅行でもそれで死んだ生徒がいるとか。――本当なんですか」

後藤は顔をしかめた。

「修学旅行で死んだ生徒がいたのは事実だ。警察は事故だと判定した。あの馬鹿は帰りのフェリーで酒を飲んでいたんだ。うちの生徒は総じて行儀《ぎょうぎ》がいいが、中にはハメを外す奴もいる。奴はハメを外しがちで生徒指導部からもマークされてた。その生徒が同じくマークされてた生徒たちとビールを飲んで酔《よ》ったあげく、風に当たってくると言いおいて甲板《かんぱん》に出て、海に落ちた。奴が落ちるところを他の乗客が見ていた。疑問の余地はない。事故だ」

言って後藤は缶を傾《かたむ》ける。

「その事故にそれ以上の意味があるかどうか、俺に判定しろたぁ無理な話だよ」

広瀬は頷き、さらに尋ねる。

「後藤さんの印象はどうです」

そう訊くと、後藤はちら、と広瀬を見た。視線を手許《てもと》に戻《もど》し、それから低い声で問う。

「高里に興味があるか」

「あります」

「なぜだ」

「分かりません」

広瀬は正直に答えた。変わった生徒だと思った。それだけならばここまで関心を持たなかったろう。広瀬はそういうことが苦手な人間だった。拘《こだわ》らせるのはあの絵だった。高里が描《か》いていた不可思議な絵。「神隠し」の噂《うわさ》と、その間のことを高里が思い出したいと願っている様子。

後藤は微《かす》かに笑い、それから天井を見上げた。

「俺も高里には興味があった。色々な意味でな。調べられる限りのことは調べた。根が野次馬だからよ」

言って後藤はシニカルに笑ってみせた。

「高里のまわりには死人や怪我人が多い。多いように見える。例えば、高里の中学では奴がいた三年間に四人死者が出てるんだ」

「四人……もですか」

「おうよ。事故が三人、病死が一人だ。全員死因ははっきりしてる。疑問を差し挟《はさ》む余地はねえ。——ところで広瀬、お前の中学じゃ死人はいなかったか？」

唐突《とうとつ》に訊《き》かれて、広瀬は慌《あわ》てて記憶を探《さぐ》る。

「二人、いました。たしか、交通事故が一人、あと病気で死んだ先生と。どちらも知らない人でしたが」

後藤は頷く。

「だろう？　高里の場合も同じだ。同級生が一人いたが、あとは高里と大して面識のなさそうな連中だ。それでも言う奴に言わせると、高里の祟りだってことになる。偶然《ぐうぜん》かもしれんし、偶然でないかもしれん。どうやって確かめればいいんだ？」

「そうですね」

「修学旅行の話にしてもそうだ。死んだのが一人、大怪我したのが二人。全員が事故だが、どっからどう見ても単なる事故だ。三人目が事故ったのは修学旅行が終わってから一月もしてからだ。本当に高里に関係があるのか？——俺には分からんよ」

だろう、と広瀬は内心で独りごちた。

「それでも高里は恐れられている。人間は異端《いたん》に敏感《びんかん》だが、そのわりに高里は迫害《はくがい》されてない。祟ると信じられてるからだ」

広瀬は頷き、それから少し迷いながら口を開いた。

「高里について、他《ほか》にも妙《みょう》な噂を聞いたんですが……」

後藤はあっさりと、

「神隠しか」

「本当なんですか」

「らしいな。少なくとも一年ダブってるのは本当だ。小学校の四年生のときだが」

「でも、神隠し、って」

「庭で消えたんだそうな」

後藤は言って空き缶を放《ほう》り出す。空になったまま放置されていたビーカーを広瀬に突《つ》きつけた。広瀬は黙《だま》ってそれを受け取り、自分のぶんと一緒《いっしょ》にコーヒーを注ぐ。

「中庭だったらしい。高里が小学校四年の二月のことだ。高里は中庭にいた。家というのが古い建物でな、庭に倉があったりするようなやつだ。その家のどっかに中庭があって、高里はそこにいたらしいんだな」

広瀬が差し出したインスタントコーヒーに砂糖とミルクを山盛《やまも》りに入れて、後藤はビーカーを掻《か》き廻《まわ》した。

「庭の四方は完全に建物と塀《へい》に囲まれていて、家の中を通らなきゃ外に出られん。家に入るには、茶の間の縁側《えんがわ》から入るしかないんだが、そこには母親と祖母《ばあ》さんがいた。縁側の障子は閉じていたが、雪見窓が開いていて、庭の風景はしっかり見えた。その二人がちょっと目を離《はな》してる間に高里は消えてしまったというんだ」

「へえ……」

「二人は、高里が通ったなんてことはありえないと証言したそうだ。塀は軒《のき》の高さほどもある土塀で、中庭には足掛《あしが》かりになるようなものはなかった。一方は長いこと開けていない倉で、もう一方は風呂《ふろ》やらトイレやらがある棟《むね》の壁《かべ》だ。明かり採り程度の窓しかなくて、しかも全部に目隠しになるよう格子《こうし》がついていた。建物の床《ゆか》下には入れないようになっている。つまり、茶の間を通らなければ庭からは出られない」

後藤が薬匙《やくさじ》を流しに投げ込《こ》んで、高い派手な音がした。

「出られるはずのない庭から高里は消えた。まさに忽然《こつぜん》と、ってやつだ。だから神隠しなんだと」

「でも」

広瀬が言いかけると、後藤は投げやりに手を振《ふ》った。

「無論、警察の言い分は誘拐《ゆうかい》だ。誰《だれ》かが塀から忍《しの》び込むか何かして、高里を攫《さら》った。営利目的ではなかったのかもしれんし、そのつもりだったのが情が移ってしまったのかもしれん。もっともこの言い分にはひとつだけ弱点があるんだが」

「弱点？」

後藤は眉《まゆ》を上げた。

「塀の向こうは、隣《となり》の家の庭なんだよ」

なるほど、犯人は隣の家に忍《しの》び込み、さらに塀を越《こ》えて高里の家に侵入したことになる。

　後藤は続ける。

「それはともかく高里は、どこかで一年を過ごした。正確に言うと一年と二カ月だ。戻ってきたとき高里には記憶《きおく》がなかった。実際のところ何があったのか、もう誰にも分からんことだ」

「警察は捜査《そうさ》しなかったんですか」

「したようだが、まったく何も分からなかった。犯人はもちろん、高里がどこにいたのか、そしてどうやって戻ってきたのか、いまもぜんぜん分からんそうだ」

「どうやって戻ってきたのか？」

　訊くと後藤は頷く。

「高里は一年と二カ月で戻ってきた。その日はちょうど祖母《ばあ》さんの葬式《そうしき》だったそうだ。その葬式の会場にひょっこり戻ってきたんだと。ところが誰一人奴が家に向かって歩いていくのを見た者がいない」

　後藤は溜息《ためいき》を落とす。

「高里に気がついたのは玄関《げんかん》にいた弔問客《ちょうもんきゃく》だ。門から素っ裸《ぱだか》の子供が入ってきて驚《おどろ》き、さらにそれが一年前に消えた高里だと気づいて二度驚いた。高里の家は古い集落の奥《おく》だ。家に戻るためには集落を抜《ぬ》けなきゃならん。その日は葬式もあって、常に人が高里の家に出入りしていた。なのに誰一人集落を歩く高里を見ていない」

「変ですね……」

「道沿いの田圃《たんぼ》では、世間話をしている連中までいた。連中は不審な車や人間は通らなかったと断言できたが、高里を見かけたとは証言できなかった。つまり、高里は消えたときと同様に忽然と戻ってきたわけだ」

「なるほど、それで神隠し、ですか」

「そういうことだ。戻ってきた高里は背丈《せたけ》も伸《の》び、体重も増えて健康状態は良好だった。

──いったい何が起こったのか？　知っているのは高里本人だけだ」

まさしく高里は異質だ、と広瀬は思った。その経歴からしてそもそも異質だ。築城の弁によれば高里の神隠しは有名な話だそうだが、無論有名にもなるだろう。高里の周囲の人間はいったいどんな顔をして彼を迎《むか》えたのだろうか。決して気持ち良く迎えたばかりではないだろう。付近の連中は噂話のタネに事欠かなかったろうし、高里の同級生はいじめのネタに事欠かなかっただろうと容易に想像できる。

それは高里にとって、ありがたい経験ではないはずだ。一部のクラスメイトは高里を異端視しているが、それにはいまも高里の過去が影響を与《あた》えている。高里だってそれは承知しているだろう。だとしたら、高里は忘れたいと思って当然なのではないか。

「高里は思い出したいようですね」

広瀬が言うと後藤は頷いた。

「そのようだ。高里は自分が疎外《そがい》されていることを気にしちゃいないように見えるな。でなきゃ思い出したいとは思わんだろう」

自分が神隠しにあった事実は、高里にとって禁忌《きんき》ではない。そのことが広瀬にはひどく不思議なことに思えた。

「祟るの何のという噂にしても、神隠しの話が影響してるんだろうよ。高里がどうしてああも熱心に思い出そうとしているのか、正直言って理解を超《こ》えてる」

「そうですね」

「だが、広瀬なら理解できるかもしれん」

後藤はポツリと言った。

「俺が、ですか」

「広瀬にできなきゃ、誰にもできん」

後藤が言わんとしているところは分かったが、広瀬には返答できなかった。

＊＊
＊＊

男は煙草《たばこ》を放り投げた。暗がりの中、紅《あか》い火が落ちていって、コンクリートに当たって細かな火の粉を散らし、彼の足許に戻ってきた。波の音が耳に迫《せま》る。目の前に見える夜の海の、銀波の上に半分になった月が出ていた。

彼《かれ》は落ちた吸殻《すいがら》を爪先《つまさき》で踏《ふ》み消した。ポロシャツのポケットに手を向けながら、もう一本吸おうか迷い、結局ひしゃげた箱《はこ》を引っ張り出した。ジッポーの火が勢いよく点《とも》る。鼻先にきつい油のにおいがした。においから逃《に》げるように目を背《そむ》けると、堤防《ていぼう》の下に駐《ちゅう》車《しゃ》してある彼の車が視野に入った。

彼は薄《うす》い笑《え》みを浮《う》かべる。バイトと仕送りが収入の全《すべ》てである大学生が手に入れるには少しばかり高価な車だった。郷里にある企業《きぎょう》に就職《しゅうしょく》する約束で親に買わせた。実際、夏に内定を貰《もら》った企業は本社が郷里の近くにあったが、企業の実体は東京営業所のほうにあったし、彼自身も東京での勤務を希望していた。どうやらその希望が叶《かな》いそうであることを彼は知っている。

罪悪感はない。子供とはこういうものだし、親とはそういうものだと思っている。彼の周囲にいる下宿生は、みんな同じことをしていた。親は子供を手許に置きたがる。子供は親許を飛び出したいと願う。彼の親にしても、祖父母の膝許《ひざもと》を離れている。今後も同居するつもりはないらしい。両親は、末は彼と同居して幸せな老後を迎えるつもりらしいが、自分にできないことを子供に要求するのは厚かましいというものだろう。

彼は微笑《わら》って灰を落とした。新車はまだ馴《な》らし運転の最中で遠出には向かない。交通量の減った頃合《ころあ》いを見計らって下宿の周辺を流すのが、このところ彼の習慣になっていた。

――横に女の子がいれば完璧《かんぺき》なんだが。

彼はそう思って苦笑《くしよう》する。夏前まで付き合っていた同級生は、いかにも軟派なくだらない男に乗り替《か》えた。車を買ってもらうのが遅《おそ》すぎたのが敗因かもしれない。

もう一度灰を落として吸殻を投げ捨てた。堤防の外に放り出された煙草は、今度はどこにも当たらず、紅い軌跡《きせき》を描《えが》いて遥《はる》か下の浜《はま》に落下していく。それを見送って息をついたとき、彼は浜に人影《ひとかげ》を見つけた。

浜は小さい。潮は引いているようだが、波打ち際《ぎわ》までいくらも距離《きより》がなかった。その汀《みぎわ》を遠くから近づいてくる影がある。不審《ふしん》に思ってよくよく見ると、若い女のようだった。

彼は思わず腕時計《うでどけい》を見た。針は午前一時を過ぎている。浜を見渡《みわた》してみても、女より他に人の姿は見えない。真夜中のデートというわけでもなさそうだった。

波打ち際を歩いてきた女は、大して距離のないところで足を止めた。彼のほうに顔を向け、少し間を置いてからこちらへ歩み寄ってくる。彼はぼんやりと彼女《かのじょ》が近づいてくるのを見守った。

彼女は堤防の下で足を止めて真《ま》っ直《す》ぐに彼を見上げた。年は二十を越えるか越えないかというあたりだろう。飛び抜《ぬ》けて美人というわけではないが、彼の好みの顔をしていた。

「独り？」

彼女は彼に訊いてきた。

「そうだけど。君こそ、こんな時間に女の子が独り？」

訊くと、彼女は小さく頷《うなず》く。

「街まで送ってもらえませんか」

訊いてきた声は頼《たよ》りなげな音をしていた。

いいけど、と言うと彼女は微《かす》かに笑みを浮かべる。それから困ったように左右を見渡した。彼は、右、と声をかける。彼の左手に浜から上がってくる階段があった。

彼が堤防を降りて車の脇《わき》で待っていると、すぐに彼女が浜から上がってきた。彼を認めて堤防を降りてくる。ずいぶん小さな女だと思った。女というより、少女のような体型をしている。

「家はどこ？　そこまで送ってもいいけど」

そう訊くと、彼女は困ったように首を振った。彼は眉を上げる。

「どこまで送ればいいわけ？　街、だけじゃ分からないだろ」

彼女はさらに困ったように俯《うつむ》いた。背丈が彼の肩《かた》のあたりまでしかない。俯くと長い髪《かみ》が肩から落ちて、子供のように細い項《うなじ》が露《あらわ》になった。落ち着いて見えるが、ひょっとしたら高校生なのかもしれない。

「ニュータウン？」

彼が訊くと、彼女はホッとしたように顔を上げて頷いた。彼は内心、妙《みょう》な感じだ、と思いながら車のドアを開けた。


彼が車を走らせる間、彼女は終始無言だった。何かを話しかけても頷くか首を振るかで、少しも答えようとしない。

「彼氏に置いて行かれたのか？」

訊いても彼女は首を横に振るばかり。

「どうしてこんな時間に、あんなところにいたわけ？」

そう訊くと、彼女はようやく声を出した。ぽつんと零《こぼ》すように、捜《さが》し物をしてたんです、と答える。

暗い女だ、と彼は思った。嫌《いや》な感じだ。

「独りで夜の海なんて、気味が悪いだろ?」

強《し》いて明るくそう言ってみて、彼はよく耳にする怪談《かいだん》を思い出した。車に女を乗せる。女が消える。——そんな幽霊噺《ゆうれいばなし》。

まさか、と視線を走らせる。助手席に坐《すわ》った女はじっと俯いてはいるが、それでも幽霊には見えなかった。

「捜し物って何?」

訊《き》くと彼女は顔を上げた。

「き、です」

「木?」

樹木のことだろうか、と彼は彼女を見返した。

「き、を捜しているんです。見つからないので、とても困っているんです」

へえ、と彼は曖昧《あいまい》に相槌《あいづち》を打った。

「彼を知りませんか」

彼女に訊かれて、彼は首をかしげる。

「き、って名前? 銀杏《いちょう》とか松《まつ》とかのことじゃなくて?」

はい、と彼女は答える。

「たいき、を捜しているんです」

「タイキ、って……男の人？」

訊くと彼女は首を振った。

「人ではありません」

彼は束《つか》の間《ま》、彼女をまじまじと見つめた。意味をなさない。よく理解できない。次《つ》いで感じたのは寒気だった。得体《えたい》の知れない女と密室の中にいる自分。

「たいき、を知りませんか」

「いや……知らない」

言いながら彼はアクセルを踏み込んだ。タコメーターが跳《は》ね上がる。馴らしの最中だが、いまはそんなことに構っていられなかった。

「ニュータウンの入り口までいいよね」

訊くというより念を押した。それ以上長い距離をこの女を乗せていくのは嫌だった。女は無言で頷いた。そこからの道のりを、彼は一言も話をせずに駆《か》け抜けた。

十分ほどの間ひたすら車を走らせると、ようやく目の前に信号が見えた。深夜のことで点滅《てんめつ》信号になっているが、交差点の向こうにはニュータウンの影が見える。周囲に車がぱらぱらと通り始めた。

彼は息をつき、隣に目をやった。彼女はただ俯いてそこに坐っている。意味もなく怯《おび》えた自分に苦笑し、彼は彼女に声をかける。少しだけ気が大きくなっていた。

「団地が見えてきたけど、どうする？　入り口まででいいのか？　それとも先まで」

行こうか、と言いさして彼は言葉を呑《の》み込んだ。女が怪訝《けげん》そうに顔を上げる。

「君……」

言いかけて、彼は言葉を発することができない。車の周囲は暗い。窓には彼の影が映っていた。助手席のほうを向いた彼の姿。女の影はなかった。フロントガラスに目をやっても、助手席のシートは空で何の影もない。

足許《あしもと》から震《ふる》えが駆け昇《のぼ》ってきた。必死で視線を前の道路にだけやって、強いて女を無視しようとしている彼の脇で、突然《とつぜん》ぐず、と音がした。プラスティックが煮溶《にと》けるような音がぐずぐずと鳴って、視野の端《はし》に捉《とら》えた女の姿が崩《くず》れる。

我慢《がまん》できずに彼は助手席を見た。そこには人の大きさほどの泡《あわ》だけが残って、それもどんどん溶けていこうとしていた。

急ブレーキを踏んだ。妙な遠心力がかかって、風景が回転する。車が停止したとき、車体は道路に対して完全に横になっていた。そばを走る車がなかったのは幸いだった。

息を整えて横を見たとき、助手席には水に濡《ぬ》れたような跡《あと》より他に何も残っていなかった。

四章

1

　月曜の放課後、広瀬は教室で高里を見つけた。曇天《どんてん》の空は常より早く黄昏《たそがれ》ようとしていた。学校のどこか遠いところから喧噪《けんそう》が聞こえていた。校庭からは応援団《おうえんだん》の喧《かまびす》しい声が響いている。

　広瀬は校内をあてもなく歩いていた。なんとなく二—六の教室に向かい、そしてそこにぽつんと高里が坐《すわ》っているのを見つけたのだ。

「高里、一人か？」

　少しだけ勇気を必要としたが、何気ない調子で言えたと広瀬は思う。高里は広瀬のほうを振《ふ》り返った。高里の周囲の机には用途《ようと》不明の小道具が散乱している。

「みんなは」

　訊《き》くと、買い出しに行っています、と淡々《たんたん》とした声が答えた。

「少し話をしても邪魔《じゃま》じゃないか？」

「はい」

あいかわらず短い返答だった。広瀬は口を開きかけ、何を訊けばいいのか分からない自分に思い至った。何の話をしたらいいのか、分からない。

「高里は……一年ダブってるんだな」

そう訊いてみた。高里は真《ま》っ直《す》ぐに広瀬を見たまま表情のない声で答える。

「はい」

「病気じゃないのか?」

そう訊いたのは広瀬自身、かなり卑劣《ひれつ》な振《ふ》る舞《ま》いだと思った。問われた高里はべつに何を気にする様子もなかった。ごく当たり前のことを答えるように、

「僕《ぼく》は神隠《かみかく》しに遭《あ》っていたらしいんです」

「こないだ橋上もそう言ってたな。でも、神隠しって」

「失踪《しっそう》、と言うんでしょうか」

広瀬は高里の顔を見つめる。そこにはどんな表情も現れていなかった。

「よく……分からないんだが」

言うと、高里は少し首をかしげる。

「僕はある日いなくなって、一年経《た》ってから出てきたんです。それでみんなが神隠しだと」

「その間、どうしていたんだ？」

「覚えてません」

「全然？」

「はい」

淡々とした声、淡々とした表情だった。彼《かれ》はただ事実だけを述べているように見えた。

「こういう話は不愉快《ふゆかい》か？」

訊くと高里は首をかしげる。

「さあ」

「さあ、って。自分の気分のことだろう？」

高里は何か考えるような気配を見せ、それから無遠慮《ぶえんりょ》なほど真っ直ぐに広瀬を見上げた。

「どうして知りたいんですか？」

高里が広瀬に対して発した初めての質問だった。

「自分でもよく分からないんだが」

そう言ってから、きまり悪くて何となく微笑《わら》った。

「高里は絵を描《か》いていたろ」

「はい」

「思い出したいと思ってるんだ、とそんな気がして。違《ちが》うか」

高里は頷《うなず》いた。

「それはなぜだ？」

「覚えていないからです」

木で鼻を括《くく》るような返答だと思った。広瀬は軽く息をつく。少し逡巡《しゅんじゅん》してから、滅多に他人にはしない話をしてみる。

「俺《おれ》、ガキのころ死にかけたことがあるんだよな」

広瀬が言うと高里は怪訝《けげん》そうにする。初めて表情らしいものがその顔に浮かんだ。

「注射のショックらしいんだけど。もう前後のことなんか覚えてないんだが、そのとき俺はあの世を見た気がするんだよ」

「臨死体験、ですか？」

「うん。不思議な色の空の、白い花が咲いてる湿原《しつげん》だった。澄《す》んだ深い河が流れてて、遠くに橋が架《か》かってた。俺は川に沿って歩いていたんだ。暑くもなく寒くもなく、いくら歩いても疲《つか》れない。景色を見ながらボンヤリ歩いて、ときどき鳥やら魚やらが出てくると、そいつらと遊んでた。人懐《ひとなつ》こいのばっかりだったよ。多分、橋を目指して歩いていたんだと思う。ずいぶん歩いてた気がする」

広瀬は何度も反芻《はんすう》した風景を思い出す。

「覚えてるのはそれきりだ。どうやって行ったのか、どうやって戻《もど》ってきたのか覚えてない。ただ、綺麗《きれい》なところだと思ったよ」

高里は何も言わなかった。

「俺は三日ばかり意識不明だったらしい。六つくらいのときのことかな。それ以来、事あるごとに親が言うんだ、お前は死にかけた子だから、って。良い意味にも悪い意味にも。悪い意味のほうが多かったかな」

高里は頷く。それは共感の表れに見えた。

「ひょっとしたら親に言われ続けたんで、記憶《きおく》を勝手に作ってしまったのかもしれない。でも俺は確かに見た気がするんだ」

広瀬は自嘲《じちょう》ぎみに笑ってみる。広瀬と母親は絶望的に馬が合わなかった。母親は広瀬を拘束《こうそく》したがり、広瀬は何より拘束されるのを厭《いと》うた。母親はそれを臨死体験のせいにしたがった。それはいまでも続いている。広瀬は家に帰るのが億劫《おっくう》で、母親は帰ってこない息子を責める。バイトだ実験だとごまかすたびに、母親はこう言って電話を切るのだ。おまえはあちらに親に対する情を置いてきたのね、と。

「めげるたびに、帰りたいと思ってた。いつの間にかあそこは、あの世っていうより自分の本来いるべき世界のような気がしてたんだ。親と反《そ》りが合わないのも、教師と気が合わないのも全部俺がこっちの人間じゃないからだという気がした。――いまも少しはそんな気がしてる」

高里は頷いた。真摯《しんし》な顔をしていた。

「分かります」

「うん。お前は分かると思ってた」

高里は瞬《まばた》きをし、そうして視線を落とす。机の上に置いた自分の手を見つめた。

「僕は家の外にいました。ずいぶん古い家で、中庭の隅《すみ》には倉が建ってます。中庭の一方を倉で仕切ってあるっていうか……。分かりますか？」

「ああ、だいたいは」

「僕は中庭に立ってました。そうしたら、庭の隅に白い手が見えたんです」

高里はなんだか懐《なつ》かしそうな顔をした。

「倉の横は土塀《どべい》なんです。倉と土塀の間には猫《ねこ》だけが通れるくらいの隙間《すきま》があって、その隙間から白い手が手招きをしてたんです」

「手……だけが？」

白い手。広瀬はわずかに眉《まゆ》を顰《ひそ》める。

「ええ。ごく狭《せま》い隙間で、人がいられるような場所じゃないんですけど。白い、女の人みたいな剝《む》き出しの腕《うで》が隙間から伸《の》びてて、その手が手招きをしてたんです」

「それ、気味悪くないか」

高里は軽く微笑《ほほえ》んだ。

「そうですね。でも、僕はべつに気味が悪いとか、怖《こわ》いとか思いませんでした。それよりも、なんだかとても安心して嬉《うれ》しかった」

「腕がか」

「ええ。それで呼ばれるほうへ行ったんです」

「それで?」

高里は首を振った。

「それだけです。庭をそっちへ向かって歩いていたことは覚えてるんです。でも、自分が庭の隅まで辿《たど》り着いたのかどうか、それはもう覚えていません。それから先のことは何も覚えてないんです」

出没《しゅつぼつ》する白い手。それは何なのだろう。それぞれが無関係である可能性があるだろうか。

「次に気がついたら、僕は道を歩いていました。ちょっとの間ボンヤリと歩いていて、はっと我に返った、って感じでした。どこだろうと思ってあたりを見廻《みまわ》したら家のすぐ脇《わき》で、お葬式《そうしき》をやってるのが見えたんです。誰《だれ》が死んだんだろうと思って行ってみると、祖母のお葬式でした」

高里の顔にはどこまでも表情がなかった。

「僕が家に入って行くと、その場にいた人全部がひどく驚《おどろ》いた顔をしました。いろんな人に取り囲まれて、それで初めて自分が一年以上もいなくなっていたんだと知ったんです」

「その間のことは覚えてないのか？　ぜんぜん？」

「ええ。ほんの少しだけ、色とか何かの印象とか、覚えているような気がすることもあるんですけど。考えてみても思い出せません」

高里は少し息を落とした。

「でも、僕はその間どこかにいて、そこはとても気持ちのいい場所だった気がするんです。思い出そうとすると必ずとても懐かしい感じがするから」

高里は淡《あわ》く笑《え》みを浮かべた。それは確かに微笑《びしょう》だった。

「そこで僕は自分がとても幸せだった気がします。それで切ないくらい懐かしい気分になるんです」

「それなのか？　あの絵は」

はい、と高里は頷いた。

「絵に描いてみたら、もう少しはっきり思い出せないかと思って。でも、駄目《だめ》なんです。思い出した気がして筆を下ろしたとたん、かえってあやふやになってしまうんです」

その顔は本当に切なげに見えた。高里が心底思い出したいと願っていることだけは広瀬にも分かった。

「そうか……」

いろんな思考が渦《うず》を巻いて、広瀬にはただ相槌《あいづち》を打つ以外に何と言っていいのか分からなかった。高里は故国喪失者《そうしつしゃ》だ。広瀬と同じように。現れたのは強い共感だった。高里が周囲に対し意図的に報復を与えているとは信じられなかったし、信じたくなかった。

2

買い出し部隊が陽気な喧噪と一緒《いっしょ》に戻って来たのはそのすぐあとだった。

「あれぇ、広瀬先生」

陽気な声の主は岩木だった。

広瀬は手を挙げて応《こた》え、腰《こし》を降ろしていた机から滑《すべ》り降りる。高里にじゃあ、と声をかけてその場を立ち去ろうとした。

「なんだ。広瀬先生、帰んのー」

「手伝ってくれるんですよね。そんで待っててくれたんですよねー。感心だなあ」

勝手なことを言う生徒たちに苦笑《くしょう》していると、岩木が紙袋《かみぶくろ》を突《つ》きつける。

「これは広瀬君のポスターカラーだ。好きなだけ使ってくれたまえ」

「分かった、分かった」

広瀬は紙袋を机の上に置く。

「後藤さんに声をかけてくるから」


教生が来るのは毎年九月だ。そうして体育祭も毎年九月と決まっている。教生が来ている間に祭が行なわれるのは、授業の進行を遅《おく》らせないためだ。広瀬は記憶を探《さぐ》る。体育祭が終わって最初に行なわれる通常授業が研究授業だった覚えがある。当然体育祭の準備中には教生がいたはずだが、広瀬には教生と一緒に作業をした記憶がない。生徒に体《てい》よく使われる自分は特別人が好いのか、それとも使う生徒たちがちゃっかりしているのだろうか。


準備室に戻って後藤に事情を告げると、失笑を買ったが何も言われなかった。実習日誌を仕上げて判を貰《もら》い、教室に取って返す。二―六の前まで行って、中で何やら揉《も》めている様子なのに気がついた。

「どうした」

声をかけながら教室に入ると、岡田《おかだ》という生徒が広瀬を振《ふ》り向いた。

「広瀬先生、岩木を止めてくださいよ」

生徒たちが作った人垣《ひとがき》の中に岩木が立っているのが目に入った。岩木は高里の机の前に立ち、険しい顔をして高里を見降ろしていた。

「どうしたんだ、岩木」

広瀬のほうは見ないまま、べつに、と岩木は呟《つぶや》く。険しい視線が高里に注がれたままだった。高里はただそんな岩木を見上げている。

「どうなんだよ、高里」

高里は返答をしない。表情のない視線が岩木の眼《め》を見返していた。

「岩木、どうしたんだ」

岩木はようやく広瀬を見る。

「築城《ついき》は今日も休んでんだろ。築城の家に行って一回話をしたほうがいいんじゃねえかって言ってただけだ」

生徒たちの半数ほどがひどく緊張《きんちょう》した様子をしていた。残りの半数ほどは、事情を知らないのか上手《うま》く状況《じょうきょう》を呑《の》み込《こ》めないでいるようで、困惑《こんわく》したような、好奇心《こうきしん》を刺激《しげき》されたような顔で高里と岩木とを見比べていた。

「杖《つえ》を使えば学校には来られるんだろ、あいつ。来ないのはビビってるからだ。だから、ちゃんと話をしたほうがいいと思う。そうやって誤解を放《ほう》っておくから、変な噂《うわさ》がどんどん広まるんだ」

岩木に言われて高里はただ眉根を寄せる。

「神隠しだとか、祟《たた》りだとか。高校にもなって何ガキ臭《くせ》えこと言ってんだか。マジに言う奴《やつ》も奴だけど、何言われても黙《だま》ってる高里も悪い。ちゃんと申し開きしろよ」

それでも高里は返答をしなかった。表情のない眼がじっと岩木を見返している。

「岩木、やめろって」

小声で、岩木のそばにいた生徒が窘《たしな》めた。咎《とが》めているのではなく、警告をしている。危機感が漂《ただよ》っていた。

「馬鹿《ばか》か、お前は」

岩木はその生徒を睨《にら》む。

「お前も信じてんのか？　祟りなんてあるわけがないだろうが。これで俺が死んだら、そりゃ祟りじゃなくて報復だよ。高里が自分の手で俺を殺したんじゃなきゃ、どんな事故に遭《あ》おうと、そんなの偶然《ぐうぜん》だ」

岩木は呆《あき》れた表情を隠さない。

「確率の問題だよ。高里がそういう性格だから人に難癖《なんくせ》をつけられるんだ。大勢で寄ってたかって虐《いじ》めてんだろ。数が多けりゃ、中には事故に遭ったり死んだりする奴もいるさ。そういうのは本人の持ってる運の問題だ。高里と関係があるかよ」

「岩木、止《よ》せ」

広瀬は声をかける。岩木が心底呆れかえった顔をした。

「何だよ、広瀬先生も信じてんの」

「そうじゃない」

「そうじゃなきゃ何だよ」

広瀬は答えなかった。岩木が口許《くちもと》を歪《ゆが》める。

「まったく、どいつもこいつも」

築城は高里に会いたくはないだろう。高里が会いに行っても会えるとは思えない。築城は高里が祟ると信じている。事実はこの際関係ないのだ。高里が会いに行って何を言っても、築城の不安を煽《あお》るだけでしかない。

突然、岩木が腕《うで》を伸ばした。低く歯切れの悪い音がして全員が息を詰《つ》めた。

「これで俺は死ぬはずだな」

岩木は周囲の生徒を皮肉を込めて見渡《みわた》す。張り手を食らった高里よりも、それを見ていた生徒のほうが明らかに狼狽《ろうばい》していた。

「遠慮なく祟ってくれていいんだぜ？」

高里はただ岩木を見返している。その横顔には少なくとも怒《いか》りや不満は見えなかった。わずかに顰《しか》められた眉が高里の心中を忖度《そんたく》する唯一《ゆいいつ》の手掛《てが》かりだった。

「馬鹿みてぇ」

軽く笑って岩木は高里の前を離《はな》れる。そのあたりに散乱した道具を手に取った。

「お前らも、何ぼんやり見てんだよ。おら、作業すっぞ」

どっかと岩木が手近の椅子《いす》に腰を降ろして、それで全員がぎくしゃくと動き始めた。誰もが窺《うかが》うような眼で岩木と高里を見比べる。当の本人たちが最も平然としていた。岩木は封《ふう》を切っていない包みとメモを高里に放り投げる。

「その布、切ってくれ」

高里は無言で頷《うなず》いて手近にあった鋏《はさみ》を手に取った。

3

「よう」

翌日の昼休み、真っ先に準備室に現れたのは岩木だった。広瀬が声をかけると岩木は笑う。

「どうです、まだ死んでませんぜ」

「そのようだな」

「事故もなきゃ闇討《やみう》ちもない。平穏《へいおん》無事」

広瀬はただ笑って頷いた。

「今朝、教室に行ったら、みんな幽霊《ゆうれい》でも見たような顔しやがんの。呆れた連中だぜ」

単に苦笑して、広瀬はビーカーを引っ張り出す。

「コーヒーでいいか？」

「サービスしてくれんの？　待遇《たいぐう》いいなあ」

「敢闘賞《かんとう》」

岩木はニンマリと笑った。

「ざまあみろ、っての。——築城は？」

「今日も休んでるようだな」

「だらしねえ奴」

広瀬はビーカーを差し出した。

「信仰《しんこう》の問題」

「何だよ、それ」

「受験の前に合格祈願《きがん》に行く連中がいるだろう。そういうタイプの問題だな」

「ああ、なるほど」

「遠方の神社に行く暇《ひま》があったら勉強したほうがマシなんだが。だからといって他人が行くのを止めることもないだろう」

「かもな」

岩木が苦笑したところで、ドアが開いて橋上が顔を出した。

「おっす」

岩木は手を挙げる。

「元気そうですねえ、橋上さん。怪我《けが》、どうです」

「昨日熱出して、参った。多少痛いけど、こんなもんだな」

「どじでやんの」

「うるせえ」

橋上はしごく元気そうだった。左手にはぶ厚く包帯が巻かれていたが、本人もそれを気にしている様子がない。橋上にもコーヒーを振《ふ》る舞《ま》っていると、人声がして三人の生徒がやってきた。先頭を切って入ってきた野末が、岩木を見るなり声を上げる。

「岩木さん」

「よう」

「昨日、高里とやっちゃったんですって？　大丈夫《だいじょうぶ》なんですか」

岩木はビーカーを口許に持っていきながら横目で野末を見返した。

「くだらねえ。どいつもこいつも何考えてんだか」

乱暴に空になったビーカーを置く。

「なんで知ってんだよ」

野末は視線ですぐ後ろの坂田を示す。岩木は坂田を見やって肩《かた》を竦《すく》めた。

「高里は注目度高いな。ひょっとしてアイドルって言うんじゃねえのか、こういうの」

昨日の放課後から今日の昼休みまでに他のクラスの人間にまで噂が伝播《でんぱ》しているというのは、確かに特殊《とくしゅ》な状況だった。

「高里がどうかしたのか」

橋上に訊《き》かれて岩木は笑う。

「高里は祟るんだって。橋上さんのそれも、高里の祟りらしいよ」

橋上は自分の左手を見る。それから声を上げて笑った。

「馬鹿か」

「でしょ」

笑ってから、岩木は天井を見上げるようにした。

「高里も妙《みょう》な奴だよな、殴《なぐ》られたら少しは怒《おこ》れってぇの」

「怒らなかったんですか？」

野末の声に岩木は笑う。

「怒るかよ。怒るほど覇気《はき》のある奴だったら、あんな噂もねえんだろうけど。怒らないから、かえって不気味で怖《こわ》いのかねぇ」

「へぇえ」

橋上が岩木を見た。

「お前、何かしたわけ」

「ちょいと一発」

岩木は手首を翻《ひるがえ》して叩《たた》く真似《まね》をする。

「何で、また」

野末がなぜだか得意気にした。

「祟れるもんなら祟ってみろ、でしょ」

「そんなこと言ってねえぞ、俺《おれ》は」

抗議《こうぎ》する岩木にはそ知らぬ顔で野末は橋上に説明する。

「殺してみろ、って言って横面《よこつら》張ったらしいですよ。祟れるもんなら祟ってみろって啖《たん》呵《か》切ったんだって。他の連中に、なに馬鹿なこと信じてビビってるんだ、って」

「いかにして噂に尾鰭《おひれ》がつくか、よぉく分かったぜ」

溜息《ためいき》をついてみせる岩木を、橋上は楽しそうに見返した。

「岩木も鯔背《いなせ》な真似をするじゃないか」

「馬鹿くせぇ」

「それで横面張って? 高里怒らなかったって? そりゃ怒らんだろ、親切じゃないか」

「どぉこが」

岩木が照れたようなのが可笑《おか》しかった。

「でもさぁ、親切でも何でも他人の目の前で殴られたら普通《ふつう》怒るよねえ」

野末の言葉に岩木は頷く。

「だろ？　よっぽど人間ができてるか、よっぽど腑抜《ふぬ》けなんだぜ」

坂田がボソ、と声を落とした。

「安心するのは早いんじゃないかなぁ」

言って薄《うす》く笑《え》みを浮《う》かべた。岩木は眉《まゆ》を上げる。

「俺が死ねばいいってか？」

「そんなことは、言わないけどぉ」

坂田は楽しんでいるように見えた。

「高里は本当にヤバいんだから。安心するのは早いと思うなあ。注意したほうがいいよ、岩木君」

岩木は冷ややかに笑う。

「そういう自分が高里の逆鱗《げきりん》に触《ふ》れないようにな」

「ありえないよ、そんなこと。俺は高里を怒らせるようなマネ、しないし……」

「どうだかな」

「しないよぉ。俺、高里をすげぇと思ってるから」

舌舐《したな》めずりしそうな口調だった。全員が鼻白んで口を閉ざした。岩木が不快気に顔をしかめて立ち上がる。野末が声をかけた。

「岩木さん」

「俺、五限目体育だから」

ひらひらと手を振る岩木を残された者は見送る。何とも気まずい空気が残った。

「坂田さん、岩木さん怒ってるよ」

野末が言うと、坂田は薄笑いを浮かべる。

「そうかなぁ」

「当たり前でしょ。あんな言い方したら、岩木さんが死んだほうがいいみたいじゃない」

「べつにぃ。そんなことは思ってないけどぉ。ただ、高里を甘《あま》く見ないほうがいいんじゃないかな、って忠告だよ……」

橋上は不快そうに言う。

「甘いも何も、祟るなんてあるわけないだろ」

「そうとは限らないと思うけどねぇ」

「もしも、祟るにしても」

橋上がちらと左手に視線をやるのを広瀬は見逃《みのが》さなかった。

「岩木は親切で言ったんだろうが。それが分からないほど高里も馬鹿《ばか》じゃないだろ」

野末が大きく頷いた。

「あれで岩木さん、結構正義漢だからなぁ」

坂田はなおも微笑《ほほえ》んでいる。

「余計なお世話、ってこともあるからね……」

その薄笑いがひどく背筋に寒かった。岩木の行為《こうい》はむしろ善意だ。高里だって分かっていないはずがない。なのにこの不安はなんだろう。

広瀬はしばらくの間考え込む。なぜだか動悸《どうき》が静まらなかった。

4

火曜の五限目は理科Ⅰの授業に当たっていた。その日の授業は実験室で、一年生たちは十円硬貨《こうか》にメッキをするのに忙《いそが》しかった。しばらくは購買部《こうばいぶ》で銀色の十円玉が飛び交《か》って、カウンターの小母《おば》さん連中を混乱させるのだろう。

実習の三分の二が終わって、広瀬にも落ち着きが出てきた。後藤は実験室の後ろで半分眠《ねむ》った様子だし、広瀬もときおり生徒に声をかけながら窓の外を見る余裕《よゆう》ができた。

実験室の窓の外は広いグラウンドになっていて、体育の授業中だった。体育祭前の体育は競技種目の練習時間になってしまうのが恒例《こうれい》だった。今日は騎馬戦《きばせん》の予行練習をやっているのが見えた。昨今では危険だと言って取りやめる学校が多いらしいが、この学校では伝統のひとつとして生き残っている。

あの中に高里と岩木がいるはずだ、と広瀬は何気なく思った。むろん、どこにいるのか分かるはずもなかったが。

ぼうっとその様子を見るともなく見ていた広瀬は、やがてそこに小さな異変が起こったのを見つけた。

染《し》み、だった。影《かげ》が落ちたかのように小さな染みが、入り乱れる生徒たちの足許《あしもと》に現れた。外は晴天、グラウンドの砂は白く灼《や》けて照り返しが眩《まぶ》しいほどだった。生徒たちの影は小さく濃《こ》い。その足許に水でも撒《ま》いたように水たまりほどの大きさの染みが現れたのだ。それは速《すみ》やかに、地下水が滲《し》み出すように広がって、みるみるうちに生徒たちの足場を呑《の》み込んでいった。

広瀬は冷房《れいぼう》のせいで締《し》め切ってある窓のガラスに顔をつける。揉《も》み合いを繰《く》り返している生徒も、それを見ている教師も染みに気づいた様子がない。

「後藤さん」

低く声をかけると、窓枠《まどわく》に頰杖《ほおづえ》を突いていた後藤が薄目を開けた。

「あれ」

ひどい動悸がした。あの中には高里と岩木がいる。

後藤は窓の外に目をやり、そうして立ち上がった。実験をしている生徒たちの何人かが不思議そうにこちらを見るのが分かった。

後藤が窓を開けて、おおい、と叫《さけ》ぶのとほとんど同時にホイッスルが鳴った。入り乱れた騎馬が崩《くず》れて左右に分かれていく。グラウンドの色を変えた染みも、強い陽射《ひざ》しに蒸発したように薄れていった。

三々五々左右の陣営《じんえい》に戻っていく人波の間にぽつんと影が現れた。一人の生徒だった。彼《かれ》の身体《からだ》は地面の上に横たわったまま、こそとも動かない。ただ、倒《たお》れているだけにしては少しばかり大きすぎる奇妙《きみよう》な色の影が身体の下に落ちていた。

岩木だ、という確信があった。

体育教師が何かを叫んで駆《か》け出すのが見えた。横たわった生徒の白い体操着は砂と血《ち》糊《のり》で斑《まだら》に変色していた。

広瀬は駆け出す。後藤のダミ声が背中で聞こえた。

「全員席につけ！　とにかく穏和《おとな》しく坐《すわ》ってろ！」

階段を駆け降りて上履《うわば》きのままグラウンドに飛び出すと、すでにそこは恐慌《きようこう》状態に陥《おちい》っていた。

「大丈夫か⁉」

円陣を作った生徒を掻《か》き分け、人垣《ひとがき》の前へ急ぐ。砂は白いばかりの色をしていた。円陣の中央で一人の生徒が倒れている。その脇《わき》に立ったのは体育科の教生だった。彼は腰《こし》を折って、いまにも逃《に》げ出しそうな様子を見せている。

「どうしました」

息を切らして問いながら、こんなに馬鹿げた質問もない、と広瀬は思っていた。そこにあるものを見ると重大な事故が起こったことは明白だった。

教生は広瀬を見返し、それから後ろを向いて嘔吐《おうと》した。生徒の何人かも蹲《うずくま》って頭を抱《かか》えてしまっている。

そこに倒れているのが岩木かどうか、広瀬には分からなかった。彼は仰臥《ぎょうが》していたが、顔の判別はつかなかった。顔があった場所は紅《あか》く熟《う》れた肉塊《にくかい》に変わっている。体操着には血糊と泥《どろ》が所構わず付着していた。砂の色をした足跡《あしあと》と、血の色をした足跡が入り乱れて、無数の足が彼の身体を踏《ふ》みにじったのだと分かった。

「先生は」

広瀬が訊くと肩で息をしていた教生は、電話、とだけ切れ切れに言った。体操着の胸はさっきから微動《びどう》だにしない。紅く汚《よご》れたそこに「岩木」という名札《なふだ》を広瀬は見つけた。

広瀬は生徒たちを見渡す。

「何が起こったんだ」

訊いてみたが、そんなことは分かりきっている。

「誰《だれ》も、岩木が倒れたのに気がつかなかったのか⁉」

人垣から返答はなかった。

「騎馬を組んでたのは誰だ？」

「先生ぇ」

いまにも泣きそうな声が背後から聞こえた。三人の生徒が人垣の最前列で肩を寄せ合っていた。二―五の生徒だった。

「お前たちか？」

彼らは頷《うなず》く。怯《おび》えきった小学生のように見えた。

「そんなはず、ないんだ」

一人が耐《た》えかねたようにしゃくりあげる。

「岩木は、僕《ぼく》の左足を、支えてたんだ。ずっと、笛《ふえ》が聞こえて騎馬を崩すまで、ずっと、左足を支えてる奴《やつ》がいたんだ！」

不穏な声を上げて人垣が揺《ゆ》れた。

「岩木じゃなかったら、あれ、誰なんだよ」

他の二人も頷く。駄々《だだ》を捏《こ》ねるような仕草を見せた。

「確かに隣《となり》に人がいたんです。顔を見たわけじゃないけど手を繋《つな》いでたんだし、いなくなったら分かるよ、そんなの！」

「岩木が転んだの、分からなかった。岩木が転んだら普通、後ろの俺が最初に躓《つまず》くよ。絶対に何もなかったんだ。岩木が抜けたんだったら、俺がずっと手を握《にぎ》ってた奴は誰なんだよ⁉」

ざわめきながら人垣が動いて、奇妙な方向に割れた。その向こうに呆然《ぼうぜん》と立っている高里の姿が見えた。

誰かがどこかで何かを呟《つぶや》くのが聞こえた。言葉は聞き取れなかったが、広瀬にはその言葉が想像できた。人垣に別の空気が漲《みなぎ》り始める。危険だ、ととっさに思った。

「高里」

この場は危険だ。この無《む》惨《ざん》な死体がある、この場所は危険だ。

「準備室に行ってろ」

高里はもの言いたげに広瀬を見返す。

「さっさと行け！　化学準備室に行って、俺が戻《もど》るまでそこにいろ、いいな⁉」

小さく頷いて高里が身を翻した。それと入れ違うように体育教師が戻って来た。

5

体育の授業は中断され、生徒は教室に戻された。実験室にいた一年生も教室へ帰す。自習が申し渡《わた》された。救急車が駆けつけて岩木が辛《かろ》うじてまだ生きていることが分かったが、結局彼は救急車の中で死亡した。

教頭や学年主任によって何度も事情聴取が行なわれたが、誰一人岩木が転倒《てんとう》したことに気がつかず、同時に人を踏んだことにも気がつかなかったことが判明しただけだった。

六時限目が自習になって、緊急《きんきゅう》職員会議が持たれた。体育祭が中止になるのは間違《まちが》いがないだろう。

長い会議が終わったときには、すでに夜の九時を過ぎていた。

「体育祭は中止か。来年からは騎馬戦もねえな」

職員室から暗い廊下《ろうか》を戻る途中《とちゅう》で、後藤が呟く。

「……そうですね」

「お前も、見たんだよな、あれ」

「染み、ですか」

「ああ」

「見ました」

「関係あると思うか」

広瀬は口を閉ざす。関係がないとは思えない。あれは岩木を死に至らしめた事故と深い関係があるのに決まっている。

何も答えずに黙《だま》っていると、階段のところまで来て後藤が広瀬の肩《かた》を叩《たた》いた。

「俺《おれ》は先に帰るから。戸締まり頼《たの》むわ」

疲れ果てたように言って後藤は白衣を脱《ぬ》ぐ。それを広瀬に突《つ》きつけて、一階へ階段を降りていった。


広瀬はぼんやりと俯《うつむ》き、黙々《もくもく》と廊下を歩いた。元気そうな岩木に会った、あれはあの事故が起こるほんの一時間前のことだ。準備室に入ってきた岩木は笑って言った。

――どうです、まだ死んでませんぜ。

広瀬は眼を閉じ、深い溜息《ためいき》をついて準備室のドアを開けた。岩木がこのドアを開き、いまの広瀬のようにして準備室に入ることは二度とない。二年生。十七歳《さい》。わずかに十七歳。

灯《ひ》のない夜の準備室には暗い闇《やみ》だけが落ちている。廊下にも明かりはなかったが、グラウンドと中庭の双方から入るほのかな光で、真の闇というほどでもない。窓には薄《うす》いカーテンが掛《か》かっている。きっちりと引かれた素っ気ない布地は波を描《えが》いて、グラウンドから射し入る明かりで四角い水面のように見えた。まるで準備室自体が大きな四角い井戸のようだった。広瀬はそれを覗《のぞ》き込《こ》んでいる。暗い虚《むな》しい井戸だ。

窓の手前に置かれた後藤のイーゼルが、その奇妙な感覚から広瀬を現実に引き戻してくれた。画布に盛《も》られた絵具の表面が濡《ぬ》れた色に光っている。そこまで目をやって、広瀬は硬直する。入り口に立ったまま息を呑んだ。

腰のあたりまである窓の、その下の床《ゆか》に誰かが坐っているのに気がついた。乏《とぼ》しい明かりではっきりとは見て取れなかったが、それが体操服を着た生徒だと分かる。彼はそこに蹲り、膝《ひざ》を抱《だ》くようにしてこちらを見ている。広瀬はとっさに岩木を——いつもの彼と無惨な姿の両方を——思い出し、後退《あとじさ》りしかけてから別のことを思い出した。

「高里……か？」

暗い部屋の中から声が返ってきた。

「はい」

広瀬は電灯を点《とも》す。ぼんやりと立ち上がった高里の姿を確認して息を吐《は》いた。

「済まない。忘れてた」

慌《あわ》てて広瀬は頭を下げる。

「悪かった。動転してて」

「いえ」

高里の声には何の色も感じられなかった。

「本当に済まなかったな」

高里を椅子《いす》に坐らせてコーヒーを淹《い》れる。

「いえ。ありがとうございました」

「気が咎《とが》めるからやめてくれ」

高里は首を振《ふ》る。

「あの場にいるのは少し怖《こわ》かったから」

「そうか」

ハンカチを添《そ》えてビーカーを差し出す。高里は少し眼《め》を見開き、それから少し微笑めいたものを浮かべてそれを受け取った。

「どうしてなのか、訊《き》いてもいいですか」

彼はビーカーに口をつけながら呟く。

「何がだ?」

「どうして、僕にここへ来いと仰《おつしや》ったんですか」

「あの場は嫌《いや》なムードだったからな」

「保護ですか。それとも、隔離《かくり》ですか」

広瀬は高里を見返す。彼の眼は広瀬の視線を捕《と》らえ、離《はな》さない。嘘《うそ》や欺瞞《ぎまん》を許さないひどく真摯《しんし》な気配がした。

「保護のつもりだったんだが」

静かな眼が広瀬を見守る。

「高里……お前を怒《おこ》らせると崇《たた》られる、って噂《うわさ》があるのを知ってるか」

そう訊くと、高里はただ頷いた。

「——実際のところ、どうなんだ？」

彼は視線を外し、少しの間沈黙《ちんもく》した。

「……僕のまわりで事故や人死《ひとじ》にが多いのには気づいてました。それが僕に関係があるようで、それをみんなが恐《おそ》れていることも。でも、違うんです」

「何が違うんだ？」

高里は溜息を落とす。

「それは僕が怒ったとか怒らなかったとか、そういうことに関係がないんです」

広瀬は高里を見返す。高里はただ眼を伏《ふ》せて両手で支えたビーカーを見ていた。

「岩木に腹が立たなかったのか？」

「なぜ、彼《かれ》に腹を立てる必要があるんですか」

広瀬は頷く。高里は馬鹿《ばか》ではない。少なくとも岩木の意図を理解している。

「じゃあ、橋上や築城は？」

高里は顔を上げて少し首をかしげた。

「橋上……あの三年生の人ですか？」

「ああ」

「生体実験なんて言われて、妙《みょう》なことを言う人だなとは思いました。築城君はべつに……。だって、みんな言ってることですから」

広瀬は苦笑《くしょう》する。

「そうだな」

「ただ、また何か起こるんだろうか、って。それが少し嫌でした」

「築城や橋上が事故に遭《あ》うんじゃないかって？」

「はい。だとしたら、嫌だなと思いました」

少しだけ迷って訊いてみた。

「修学旅行の話は？」

高里は広瀬を見上げ、そうして再び苦笑めいた笑《え》みを浮《う》かべた。

「僕は、殴《なぐ》られても特に腹が立たないんです」

「どうして」

「だって仕方がないでしょう。僕は違うので、人はみんな僕の存在を許すことができないんです」

淡々《たんたん》とした声だった。広瀬がまじまじと見つめると高里は顔を上げる。

「……腹が立たないのか？　自分の存在が許されなくても」

「だって、違う種の生き物が交じっているようなものですから」

言って高里は自分の手を見る。

「明らかに種が違って、それが何なのか分からなかったら気味が悪くて当然です。有害なのか無害なのか判定できませんから。しかも僕はどうやら有害なようなので、余計に仕方ないことです」

まるで他人事《ひとごと》のように言う、と広瀬は思った。

「だから、殴られてもべつに……。それでもみんな死んでしまうんです」

ふいに背筋を悪寒《おかん》が走った。高里の声が淡々としているだけに、それは恐ろしい言葉のような気がした。

「……どうしてなんだろう」

本当に不思議そうな口調だった。

「やはり、僕のせいなんでしょうか」

高里が呟くように言う。

「高里のせいじゃない」

自信はなかったが、そう言った。彼は俯いたまま顔を上げない。広瀬もしばらく黙ったままで目を逸《そ》らしていた。

あれは何だったのだろう。グラウンドに現れた奇妙な染《し》み。岩木が倒《たお》れたにもかかわらず騎《き》馬《ば》を支えていた誰か。それは常識では割り切れない異常な事態を示している。神隠《かみかく》し。祟るという噂。築城の足を摑《つか》んだ手、橋上に釘《くぎ》を刺《さ》した誰か。

――不可解な事態が多すぎる。

広瀬は高里を盗《ぬす》み見た。

無関係だとは思えない。全《すべ》ての事象は何らかの関係を持っていて、その中心に高里がいる。

「……理由なんかないのに」

囁《ささや》くような声に広瀬は顔を上げた。高里は虚《うつ》ろな顔で虚空《こくう》を見ていた。

「彼が死ななければいけない理由なんて、どこにもなかったのに」

広瀬は返答をしなかった。高里もそれきり、何も言わなかった。

＊＊＊

彼は夜の道を急いでいた。彼は小学校の六年生で、実に多忙《たぼう》な生活を送っていた。彼の母親は子供の仕事は勉強なのよ、と言う。だとしたらひどい超過《ちょうか》勤務だ、と彼は心の中で愚痴《ぐち》を零《こぼ》した。

いつだったか彼の父親が決算とかいうもので夜遅《よるおそ》くまで帰れないことがあった。父親が毎日十二時間労働じゃ堪《たま》らない、と言っていたのを彼はちゃんと覚えていた。こっちは十三時間労働だよ、と彼はぼやく。学校から帰って塾《じゅく》が二つ。母親は、いまがんばっておくとあとが楽なのよ、と言うが怪《あや》しいと思う。きっと中学に入っても隣のお姉さんのように夜遅くまで塾に行くんだし、それで高校に入ってもやっぱり塾に行くんだろう。大人になって就職したら、決算というのがあって超過勤務。

「過労死しても労災はきかないんだぞぉ」

呟いてみたが、しっかり意味が分かっているわけではない。単に最近塾で流行《はや》っている愚痴だというだけだった。

実際のところ、彼はそんなに現状に不満を持っているわけではない。塾の一つにでも行くのは当たり前のことだし、有名私立中学の受験コースに入れたのは彼に希望が残されている証拠《しょうこ》だった。それでも帰りが夜遅くなるのは嫌になる。駅から家までは近道を使えば大した距離《きょり》ではないが、近道の脇《わき》には延々お寺の土塀《どべい》が続く場所があって、ちょっと気味が悪いので忌々《いまいま》しい。おまけに、季節柄《きせつがら》もあって塾では怪談噺《かいだんばなし》が流行っていた。今日も休み時間と帰りの電車で、たっぷり嫌な話を聞かされたのだ。

そういうわけで彼は実を言うと、かなりのところおっかなびっくり帰り道を急いでいた。駅前の信号を右に曲がり、さらに次の信号を過ぎて一つ目の角を曲がると一方通行の道に出る。それをずっと歩いてドブ川に架《か》かった石の橋を過ぎたところが寺院の脇の道だった。

舗装《ほそう》もされていない五十メートルほどの道の右はずっと土塀で、左は竹林だった。彼は小走りにその道を歩く。勢いをつけるために鞄《かばん》を派手に振り廻《まわ》した。

橋を渡《わた》っていくらも歩かないうちに、竹林でガサ、という音がした。彼は硬直《こうちょく》したように足を止める。反射的に音のした方向を見た。もしそこに何も見えなくても、彼は駆《か》け出していたかもしれない。実際は竹林の奥《おく》に白い犬の背が見えたので、彼は肩から力を抜《ぬ》いた。瞬間怯《しゅんかんおび》えた自分を知っていたので、ひどく恥《は》ずかしい気分になった。それで次にガサゴソと音がしたときにも落ち着いてその方向を見守っていられた。

犬の姿は下生えの中に埋《う》もれてよく見えない。それでも白い毛皮が見えたので大きさから犬だろうと推測をつけていた。その犬のあとを追うようにして人影《ひとかげ》が姿を現した。

彼は自分の家で飼っている柴犬を思い出し、犬を散歩に連れていくときの苦労のことを考えた。

林の奥から姿を見せたのは若い女だった。彼女《かのじょ》は犬を見守るように闇の中から歩き出てきて、それから視線を感じたかのように顔を上げた。彼がよく見ていた特撮《とくさつ》番組に出てくる、ピンクの制服を着る隊員に少しだけ似ていた。

彼女は犬に視線を向けてから、彼のほうへ歩いてきた。その顔に話しかけたそうな表情を読み取って、彼はその場に立っていた。

彼女は道まで出てくると彼に視線を注いだまま立ち止まった。彼は彼女に足があることを一応チェックしておいた。彼女は首をかしげるようにした。優《やさ》しそうな人だ、と彼は思った。

「き、を知らない?」

柔《やわ》らかな声をしていた。少しだけ悲しそうな響《ひび》きを感じた。

「き、って何?　葉っぱのある木のこと?」

「たいき」

彼女は彼を見降ろす。

「聞いたことないなあ。それ、大切なもの?」

彼女は頷《うなず》いた。切なそうな顔をしていた。こんな夜に犬を連れて、こんな寂《さび》しい場所にいるのは捜《さが》し物をしているからなのだ、と彼は思った。

「とても、大切なの。捜しているの。聞いたことない？」

「うん、ぜんぜん。どんなもの？　なんだったら友達《ともだち》に訊いてやるよ」

彼女は微《かす》かに笑みを作った。

「ものじゃないの。獣《けもの》」

彼は藪《やぶ》の中に視線をやった。犬はまだそのへんでガサゴソやっている。ひょっとしたらあの犬の、お嫁《よめ》さんだかお婿《むこ》さんだかなのかもしれない。

「犬？　き、って名前？」

彼女は再び頷いた。

「たいき、という名前なの」

彼は首をかしげた。

「聞いたことない。でも、学校で訊いてみてやるよ。お姉さんの飼い犬？　どんなやつ？」

彼が言うと、彼女は首を振った。

「犬じゃないわ。き、なの」

彼はさらに首をかしげる。

「たいおうのき」

彼には彼女の言葉がまったく分からなかった。

「き、なんて聞いたことない。それ、どういう恰好《かっこう》をしてるの？」

彼女は首を振った。

「分からない」

「分からないの？」

彼女は頷く。

「こちらでは物の形が歪《ゆが》んでしまうので、どんな姿をしているのか分からないの」

奇妙《きみょう》な話だと彼は思った。

「じゃ、捜しようがないんじゃない」

「気配が残っているから」

彼は草叢《くさむら》に鼻先を突っ込んでいる犬のほうへ目をやった。

「それはにおいのようなもの？」

それで犬を連れて捜し物をしているんだろうか。

「光、みたいなもの。普通はもっとはっきり見えるのだけど、たいきの気配はとても細い。すぐに途切《とぎ》れるので、どこにいるのか分からないの」

彼は首をかしげた。彼女の言うことはよく理解できなかった。

「ひょっとしたら、病《や》んでいるのかもしれない……」

「ふうん」

彼が対応に困ってそう相槌《あいづち》を打つと、彼女は溜息《ためいき》を落とした。それからありがとう、と言って藪の中に戻《もど》っていく。彼はそれを見送りながらひどく不思議な気分でいた。

彼女は真《ま》っ直《す》ぐ竹林の中へ消えていく。犬のそばを通るとき、小さく何事か声をかけた。犬の毛並《けな》みがふさ、と動く。

彼はポカンとした。彼女に呼ばれて顔を上げた犬の、顔には眼が一つしかなかった。声も出ないまま見つめていると、彼女と犬は藪を掻《か》き分けて奥へ消えて行く。遠くにぼんやりとどこかの塀が見えた。

彼女は藪を掻き分けて塀に歩み寄ると、犬もろとも吸い込まれるように塀の中に消えていった。

彼は大きな声を上げた。一声叫《さけ》ぶなり、一目散に家に向かって駆け出していた。

五章

1

翌日の朝は全校朝礼で始まった。その場で岩木の死が伝えられ、一日後に迫《せま》っていた体育祭の中止が告げられた。

朝礼のあとは通常のカリキュラム通りに授業が行なわれたが、小規模な会議が繰《く》り返されていて自習が多かった。教生は参加しなくてもいいとの通達で、広瀬は準備室でぼんやりしているしかすることがなかった。教生の控《ひか》え室に行ってみても、話題は岩木のことしかない。広瀬が行くと質問責めに遭《あ》うだけなので、億劫《おっくう》だった。

生徒たちは概《おおむ》ね何かの記念行事に参加しているかのように浮《う》かれていた。今朝は校門の前にマスコミの関係者らしい人間が集まっていたが、彼《かれ》らに対する目も教師と生徒の間にはひどい隔《へだ》たりがあった。学校側は生徒をマスコミから守ろうと――うがった言い方をするなら分離《ぶんり》しようと――躍起《やっき》だったが、集まっている取材陣《しゅざいじん》にわざわざ捕《つか》まって、嬉々《きき》として返答をしている生徒がかなりの数いた。そういった種族の生徒が、いまも校内に浮き足立った明るい喧噪《けんそう》を振《ふ》り撒《ま》いている。

とはいえ、二年の五組と六組だけはさすがに沈《しず》み込《こ》んで、欠席の数も多かった。彼らを蝕《むしば》んでいるのは同級生が死んだことではない。他《ほか》ならぬ自分が同級生を殺したという事実だった。前日の放課後、やってきた警察の事情聴取《ちょうしゅ》が行なわれるときにも、生徒の幾人《いくにん》かが保健室やどこかに逃《に》げ込んで姿が見えなかった。彼らのほとんどは自分の靴《くつ》や靴下に着いた血糊《ちのり》に血相を変えて、どんなに諭《さと》しても隠《かく》れ家《が》を出てこようとしなかった。

ただぼんやりと広瀬は窓の外を見る。グラウンドの白い砂の上に小さな影《かげ》が見えた。新しい砂が盛られてマウンドのようになったそこに、花が置かれているのだった。

岩木の死体は凄惨《せいさん》にすぎた。救急隊員でさえ、しばらくは正視できなかった。病院に駆《か》けつけた母親は、本当にうちの子なんですか、と言い続けていたという。

そんなことを思い出してひどく滅入《めい》っていた時だった。慌《あわ》ただしい足音がして、委員長の五反田が飛び込んで来た。

「後藤先生は」

肩《かた》で息をしている。事故にでも遭ったように制服も乱れて、しかも顔つきがただ事ではなかった。

「会議中だ。どうした」

「止めてください。みんなが高里を吊《つ》るし上げてます」

広瀬は二―六まで全力疾走《しっそう》した。クラスのある二階まで来ると、廊下《ろうか》にはパラパラと生徒が集まっていた。生徒を押《お》し退《の》けて教室に走る。中に飛び込むと窓へ向かって制服の壁《かべ》ができていた。

「何をしてる！」

生徒の何人かが振り向いたが、誰《だれ》も包囲を解こうとしなかった。その人垣《ひとがき》から離《はな》れたところに青《あお》ざめた顔をした生徒が幾人か、怯《おび》えたように身を寄せ合っている。何人かは殴《なぐ》られたように痣《あざ》を作っていた。

「やめないか！」

手近の生徒の肩に手を掛けた。強引《ごういん》に人垣を割ろうとすると、突然《とつぜん》背中に殴打《おうだ》が飛んできた。

「邪魔《じゃま》すんなよな！」

広瀬に向かって怒鳴《どな》った生徒の眼《め》つきは完全に据《す》わっている。教室には度を超《こ》してほとんど殺気立ったと呼びたいほどの興奮が満ちていた。

「おい、やめろ！」

周囲の生徒を押し退けようとしたが、反対に無数の手が拳《こぶし》を振り上げてきた。生徒の誰もが形相を変えている。

「高里！」

人垣の前方に彼はいた。数人の生徒が彼を小突《こづ》き廻《まわ》しているのが見えた。

「お前が殺したんだろ」

「殺したんだろうが、え⁉」

岩木のことだと分かった。そうじゃない、と叫びかけた広瀬の言葉は鳩尾《みずおち》に入ってきた膝《ひざ》の衝撃《しょうげき》で声にならなかった。

「教生が出しゃばるんじゃねえよ」

足が萎《な》えた。片膝を突いたところに有無《うむ》を言わさず誰かの蹴《け》りが飛んできた。

「高里、お前何者だよ。本当に人間なのかよ」

返答する声はなかった。ひょっとしたら手当たり次第《しだい》に乱打された衝撃で耳に届かなかったのかもしれない。

「岩木は祟《たた》りなんてねえって言ったけどよ、見ろ、本当に死んだじゃねえか」

人垣の足の間を透《す》かして高里が窓際《まどぎわ》に追い詰《つ》められているのが見えた。興奮の仕方が尋常《じんじょう》でない。切迫《せっぱく》した危険を感じた。

「お前ら、やめろ！」

這《は》うようにして生徒を掻《か》き分ける。そうしているうちにも爪先《つまさき》が飛んでくる。

「化物の味方すんのかよ。味方しても助かんねえぞ。岩木だって死んだんだからよ」

「何をしてるか分かってるのか⁉」

分かってるとも、と声がして足が顔面に飛んできた。目頭《めがしら》へ抜《ぬ》けるような痛みと同時に生温かなものが鼻先を流れ始めた。とにかく遮二無二《しゃにむに》生徒を掻き分けて人垣の最前列へ出たときには、床《ゆか》が揺《ゆ》れて立ち上がることができなかった。思わず床に額を当てた広瀬の肩に複数の腕《うで》が廻る。その場に押さえ込まれたが、それ以前に、もはや身動きすることができない。

高里は広瀬を見た。瞬間、広瀬のほうに駆け寄る仕草を見せたが、包囲した生徒たちがそれをさせなかった。

「謝《あやま》れよ」

誰かが高里を突き飛ばした。誰かが傾《かたむ》いた高里を捕《と》らえ、衿首《えりくび》を摑《つか》む。

「岩木に謝れよな。俺たちだって、酷《ひで》ぇ目に遭ったんだから」

「土下座して二度としないって誓《ちか》えよ」

誰かの手が高里をその場に引き倒《たお》そうとした。押さえ込んで膝を突かせる。髪《かみ》を摑んで頭を下げさせようとする。

そのときだった。ずっと無抵抗《むていこう》だった高里が声を上げた。

「嫌《いや》だ」

ざっと音を立てるほどの勢いで周囲が殺気立つのが分かった。

高里は押さえ込んだ腕を振り解《ほど》く。力任せに倒そうとする連中の手を身を捩《ねじ》って逃《のが》れ、窓枠《まどわく》に縋《すが》りついた。身を起こした高里は奇妙《きみよう》なことに、ひどく何かに驚《おどろ》いているように見えた。

「なんで嫌なんだよ。謝れないってことか」

「人殺しといて、何にも感じてねぇのかよ」

高里は瞠目《どうもく》している。血の気のない顔で、それでも勁《つよ》い声がきっぱりと言い放った。

「手は突かない。それは、できない」

罵声《ばせい》が轟《とどろ》いた。数人の人間が高里のそばに押し寄せて揉《も》み合いになるのが見えた。

「やめろ」

声が掠《かす》れた。酷《ひど》い目眩《めまい》がする。身体《からだ》に掛《か》かった腕を振り解き、せめて身を起こそうとしたが、バランスが取れなかった。

高里が窓に押し上げられるのが見えた。彼は呆然《ぼうぜん》としたように眼を見開いていた。どんな抵抗もしていなかったが、何かに驚いて抵抗するのを忘れているように見えた。いけない、と思う。そんなことをしてはいけない。全員が加害者になってはいけない。彼らのために、それは良くない。

——報復が。

報復が報復が報復が。

「よせ！」

広瀬は声を上げたが間に合わなかった。高里の身体は無抵抗のまま窓の外に消えていた。どっと歓声が湧《わ》いた。

2

数人の教師が飛び込んで来たときには、朦朧《もうろう》として意識を保っているのが難しかった。誰かに抱《かか》えられて廊下を歩いた。何度も膝を折り、一度廊下に吐《は》いて、長い長い歩行の果てに転がり込んだ保健室で気を失った。

次いで眼を開けた時には広瀬は保健室のベッドの上にいた。ひどく痛む頭を振って半身を起こすと、十時《ととき》の姿が目に入った。

「大丈夫《だいじょうぶ》ですか」

「……高里は」

十時は広瀬のほうに歩み寄ってくる。ベッドの端《はし》に腰《こし》を降ろした。トンネルの中に入ったような耳鳴りがした。目の前に白く霞《かすみ》がかかってよく見えない。口も思うように動かなかった。

「彼は救急車が運んで行きました。大事はないようですよ。どっちかというと先生のほうが重体です」

十時の声に安堵《あんど》した。何度か眼を強くしばたたくと、ようやく視野が澄《す》んだ。

「いま、何時です」

「じきに昼ですよ。先生が担《かつ》ぎ込まれてからほとんど時間が経《た》ってません」

「……水をくれますか」

口の中に血のにおいが充満《じゅうまん》してひどく粘《ねば》った。十時に貰《もら》った水で口を漱《すす》ぐとようやく楽になる。

「酷い目に遭いましたね」

「生徒たちは」

「教室で絞《しぼ》られてます」

「後藤さんは」

「クラスに行ってます。とにかく休んでください。少し吐きましたね？　頭痛はしませんか？　吐き気は？」

「もう……大丈夫です」

広瀬は身体を起こした。あちこちが痛んだが、目眩は感じなかった。

「病院に行ったほうがいいですよ」

「用が終わったら、行きます」

ベッドを降りた。立ち上がって自分の身体を確認《かくにん》する。大丈夫だ、もう動ける。

「お世話をかけました」

「本当に、病院へ行ってくださいね」

「はい」

頭を下げて広瀬は保健室を出た。


クラスへ戻《もど》る廊下の途中で広瀬は後藤に会った。

「よう、美男子、生きてたか」

軽口にちょっと笑って広瀬は頭を下げる。後藤は苦笑《くしょう》し、それから広瀬の肩を叩《たた》いた。

「大荒《おおあ》れになったたな」

「申し訳ありません。俺《おれ》があの場にいたのに」

「怪我人《けがにん》が気にしても始まらん。とにかく帰って病院に行け。頭打って吐くと怖《こわ》いからよ」

「済みませんでした……」

「お前のせいじゃない。いつかこういうことが起こるんじゃねえかと、思ってたよ」

広瀬が見返すと後藤は苦い表情をする。

「武力革命だ。高里は恐怖《きょうふ》政治を布《し》いてきた。いつか、一斉蜂起《いっせいほうき》のときが来るんじゃないかと思ってた」

「連中は」

「教頭に絞られてる。祟りだ何だと言ったたって分かるはずがねえんだけどよ、言わなきゃ大事《おおごと》になる。奴《やつ》らにしちゃ正当防衛のつもりなんだからな。そんでもって、言えば言うほど虐《いじ》めか、って顔をされるわけだ」

「……でしょうね」

「とにかく病院に行ってこい。いまお前にできることは何にもねえ」

広瀬は頷《うなず》いて頭を下げ、それからふと、

「高里が担ぎ込まれたの、どこの病院だか分かりますか」

「日赤だって言ってたぜ。あんな遠方まで連れて行かれたんだ、大した怪我じゃないだろう。まあ、二階だしな」

言ってから後藤は苦笑した。

「日赤に行くんなら、見舞いじゃなくて診察にしろ。いいな」

広瀬は頷いて廊下を戻った。

鞄《かばん》を取って来ようと準備室に向かう。ドアを開けると数人の生徒がいた。

「……いたのか」

「広瀬さん、大丈夫か」

真っ先に声をかけてきたのは橋上だった。

「まあな。耳が早いな」

「あんだけの大騒《おおさわ》ぎになりゃ、誰でも知ってるって。何か飲むか?」

「水くれ」

広瀬は椅子《いす》に腰を降ろす。本部棟《とう》から戻って来るのは現在の広瀬にとって、結構な重労働だった。

水の入ったビーカーが目の前に置かれる。野末が広瀬の顔を覗《のぞ》き込むようにしてきた。

「すげえ顔。大丈夫なんですか」

「ああ」

そう答えて、広瀬は机の上に菊《きく》が一本載せられているのに気がついた。

「誰だ、これ」

僕《ぼく》、と野末が言う。

「なんか、岩木さんってここにいるとこしか思い浮《う》かばないから、教室から抜いてきちゃった」

「そうか……」

軽く手を触《ふ》れて部屋を見渡《みわた》す。坂田の姿が無かった。

「坂田は」

「橋上さんが叩き出した」

橋上を見ると、彼は顔をしかめた。

「あんまり嬉《うれ》しそうにしてるんで、ここは通夜《つや》の最中だから出て行けって」

なるほど、と広瀬は頷く。それで常連が集まっているのか。

「岩木さん、今日が葬式《そうしき》だって。広瀬先生、行く？」

野末に訊《き》かれて広瀬は頷いた。


学校を出てタクシーを拾い、病院へ行く。受付が閉まっていたのをいいことに、受診を諦《あきら》めて高里の病室を訊いた。彼が運び込まれたのは六階の大部屋だった。軽くノックをしてドアを開けると、隅《すみ》のベッドだけカーテンが閉められているのが目に入った。病室を見廻し、広瀬を見返してくる患者《かんじゃ》たちに会釈《えしゃく》をして、隅のベッドに近寄る。そっとカーテンを開いた。

眼を見開き、そして瞑《つむ》った。

高里はベッドの脇《わき》から軽く腕を垂らすようにして眠《ねむ》っていた。その手を握《にぎ》った白い手。

――あれは、高里だったのか。

鮮明にいつか見た風景が甦《よみがえ》った。クラス棟の窓、佇《たたず》んでいた影《かげ》。

間近で見るとそれは完璧《かんぺき》な造形をしていた。まるで大理石に刻まれたように滑《なめ》らかで美しい女の腕。ベッドの下から伸《の》ばされた腕の、その持ち主の姿は見えない。それは広瀬が驚く余裕《よゆう》さえないうちに慌《あわ》てたように指を離《はな》し、ベッドの下に消えていった。

広瀬は足を踏《ふ》み出し、腰を軽く屈《かが》めてベッドの下を覗く。もちろん、そこには何の姿もなかった。

広瀬は長いこと呆然とし、それから深い溜息《ためいき》を一つついた。高里を起こしたものかどうか悩《なや》んでいると、背後の患者が椅子を勧めてくれた。広瀬が屈み込《こ》んだのを椅子を探してのことだと思ったらしい。

どうも、と会釈をしてカーテンを開け、ベッドの脇に坐《すわ》った。そうして高里に課せられたもののことを考えていた。

すぐに高里は目を覚ました。深く眠っていたわけではないらしい。広瀬を認めて彼《かれ》は眼《め》を見開き、それから身体を起こした。

「大丈夫か」

「はい。申し訳ありませんでした」

彼は深く頭を下げる。

「お前のせいじゃない。気にするな」

言いながら、広瀬は昨日も同じことを言ったのを、なんとなく思い出していた。

「怪我は」

訊くと高里は首を振る。

「大して。打ち身や擦《す》り傷ぐらいです」

二階といっても学校の二階は高い。しかも下の歩道は一階ぶんほど低くなっていて、地下に自転車置き場がある。高里はその自転車置き場に降りるコンクリートの坂道に転落した。三階ぶんの距離《きょり》を落ちて無傷というのは少しばかり信じ難い事態だった。

「どうして抵抗しなかったんだ」

高里は抵抗していなかった。ひどくそれが気にかかった。彼は何かを言いかけ、それから首を振《ふ》った。少し驚いて、とだけ答えた。

広瀬は立ち上がり、俯《うつむ》いてしまった高里の肩を叩いた。

「高里は入院か？」

高里は顔を上げて、困ったような表情をした。

「いえ……。もう帰ってもいいと言われてるのですけど」

「けど？」

ひどく言い難《にく》そうだった。

「迎《むか》えが来ないので」

広瀬は首をかしげ、ちょっと待ってろと言い置いて病室を出た。

ナースステーションに行って身分を告げる。高里はまだ帰れないのか、と訊いてみた。年嵩《としかさ》の看護婦は困惑《こんわく》したように言う。

「一応未成年ですから、保護者に来てもらうよう言ったんですけど」

「来ないんですか」

「ええ。電話したらお母さんが出て、分かりました、って言ってたんですけど。あれきり何度電話しても誰も出ないし……」

広瀬は眉《まゆ》を顰《ひそ》めた。

「困ってるんです。保険証も持ってきていただかなきゃいけないいし、精算もしてもらわなきゃならないのに」

「俺が行ってみます」

「そうですか？　お願いできると助かります」

看護婦は安心したように息を吐いた。治療費の計算書を渡され、それをポケットにしまう。ロビーから後藤に連絡を入れて、病院を出た。

3

広瀬はいったん家に戻り、血だらけになった服を着替《きが》えて高里の家に出かけた。上着を持っていたが、到底《とうてい》そんなもので隠《かく》せるような血糊《ちのり》の量ではなかったからだ。

高里の家は海に近い古い集落の奥《おく》にあった。いかにも年代を経た民家で、手入れはいいが暗い趣《おもむき》を隠せない。

門はぴったり閉ざされていたが閂《かんぬき》はかかっていなかったので勝手に開けた。砂利《じゃり》を敷《し》き詰《つ》めたところに飛び石が続いている。それを踏んで物々しい玄関《げんかん》に辿《たど》り着くと、呼び鈴《りん》を押した。すぐに応答がある。身分を告げるとしばらくしてから足音がして、玄関の戸が開いた。

顔を出したのは中年の女だった。一目で高里の母親だと分かる。彼女《かのじょ》は戸口に立ちはだかったまま窺《うかが》うような眼つきで、どんな御用《ごよう》でしょう、と訊いた。内心怪訝《けげん》に思いながらも広瀬は事情を説明する。

「保護者の方がいらっしゃらないので、家に帰せないと病院の人が……」

彼女は軽く額に手を当てた。

「勝手に帰ってくるよう言ってください」

広瀬は少しばかり驚《おどろ》く。その言葉はどう好意的に解釈しても、窓から転落して救急車で病院に担ぎ込まれた息子に対するものとは思えなかった。

彼女はそれだけを言って広瀬に背を向ける。そそくさと戸を閉めようとするのを、慌てて制した。

「あの、精算が」

ああ、と彼女は瞠目して、それからようやく玄関の中を示した。一部屋ぶんほどもあろうかという広い土間に広瀬は踏み込んだ。

「お幾《いく》ら？」

戸惑《とまど》いながら広瀬は請求書を渡す。この女性は自分を病院から派遣《はけん》された借金取りと混同してはいないだろうか。

「保険証も必要なんです」

「いま、持ってきます」

「ちょっと、待ってください」

家の中に戻《もど》ろうとする彼女を呼び止めた。

「僕はべつに取り立てに来たわけじゃありません。どうして病院に行かれないんですか」

彼女はぼんやりと振り返り、それからこれ見よがしに溜息をついた。

「忙《いそが》しいんです、わたし。お手間ですけど、先生が病院に行ってくださいません？」

「お忙しいようには見えませんが」

つい、刺《とげ》のある口調になった。この母親の態度はどうしても解《げ》せない。

彼女は勢いよく広瀬を振り返り、敵を見るような眼つきで睨《にら》み据《す》えた。

「帰りたいのだったら、勝手に帰ってくればいいんだわ！」

叩きつけるように言われて唖然《あぜん》とする。彼女は広瀬に指を突《つ》きつけた。

「あなたがあの子を家に帰したいのなら、あなたが迎えに行けばいいんです。わたしは忙しいんだから」

あなた、という言葉には吐き捨てるような調子が含《ふく》まれている。広瀬は怒《おこ》るよりも困惑する。彼女がどうしてそこまで激昂《げっこう》するのかまったく理解できなかった。

「お母さん。高里君は怪我をしたんですよ」

「それが？」

居丈高《いたけだか》な問いに、どっと不快な感情が込み上げる。思わずそれを言葉にして吐き出していた。

「貴女《あなた》は母親じゃないんですか」

彼女は広瀬を睨んだ。

「わたしは」

地団太を踏むように足を鳴らす。

「あの子が帰ってこなくても構わないんですよ。帰りたいと言うのなら止めません。母親ですからね」

呆《あき》れて二の句が継《つ》げないとはこのことだ、と思った。広瀬が身動きできないでいる間に、彼女はそそくさと奥へ戻る。すぐさま玄関に戻ってきて、封筒《ふうとう》と保険証を広瀬に突きつけた。

「どうしてなんですか」

思わず問うと、彼女は素足《すあし》のまま土間に飛び降りてきて広瀬の手にそれらの品を握らせようとする。とっさにその手を振り解いた。

「どうかしてる」

彼女は広瀬を冷ややかな眼で見据えた。

「また、死んだんでしょう?」

彼女の問いの意味を一瞬《いっしゅん》取りかねて、広瀬は首をかしげた。

「また、同級生が死んだんでしょう。あの子のせいで」

広瀬はわずかに息を呑《の》む。彼女は拳《こぶし》を握って子供のように身悶《みもだ》えしてみせた。

「これで何度目だと思います? わたしたちまで、まるで人殺しのように言われて」

彼女の眼から涙《なみだ》が零《こぼ》れ落ちた。呪詛《じゅそ》の声だと思った。

「また、雨戸を閉めて暮《く》らすんだわ。全部あの子のせいなんですよ」

「高里のせいじゃありません！」

思わず叫《さけ》んでいた。酷《ひど》い、と思う。たとえ世間が糾弾《きゅうだん》しても、庇《かば》ってやるのが親ではないのか。

「みんな言いますよ、あの子のせいだって。もう近所の人はみんな知ってます。みんなそう言ってるんです。直接言われなくたって分かります」

彼女はそう断言した。

「あの子のためにわたしも夫も、どれだけ情けない思いをしてきたか。白い眼で見られて皮肉を言われて。子供だって何かあるたびに虐《いじ》められて」

子供、という言葉が胸を刺《さ》した。高里には弟がいると言っていた。子供、とは弟のことを指すのだろう。その言葉に高里が含まれないことは明白だった。

「だからって、母親が見捨てるんですか」

「わたしは知りません」

「知らない、って。あなたの子供でしょう？　そんな態度を取って、高里がどれだけ傷つくか考えてみないんですか」

彼女は笑った。

「あの子が傷ついたりするもんですか。一度だってそんな殊勝《しゅしょう》な様子を見せたことなんてないんですから」

「そんなこと、分からないでしょう。表に出ないだけなのかもしれないじゃないですか」

「ええ、分かりませんとも。あの子が内心で何を感じているかなんて、考えているかなんて、分かるはずがありません」

彼女はさらに笑う。はっきりと嘲笑《ちょうしょう》の色をしていた。

「何も感じてないんです。何も考えてないんですよ。あの子は人間じゃないんですから」

「そんな」

彼女は口許を歪《ゆが》めて笑った。これほど醜《みにく》い笑顔を見たことがない、と思った。

「取り替え子というのなんです、あの子は。姿を消したときに取り替えられてしまったんです」

『妖精の取り替え子《チェンジリング》』。聞き覚えのある言葉に広瀬は記憶《きおく》を探《さぐ》った。たしか大学の英語のテキストでこの言葉を見た。アイルランドに伝わる俗信。そこに住む妖精《ようせい》は、美しい人間の子を盗《ぬす》み出し、代わりに数百歳《さい》の醜い妖精の子を置いていくという。

親子の断裂《だんれつ》を目の当《ま》たりにした気がした。もう何を言う気も起きなかった。

「小さいころから変わった子でした。それでも、いなくなるまでは本当に良い子だったんです。取り替え子を家に置いて食べさせて。学校までやってるんだから、誉《ほ》めてほしいくらいだわ」

そうして彼女は顔を覆《おお》った。指の間から漏《も》れた声は広瀬を慄然《りつぜん》とさせた。

「火《ひ》搔《か》き棒さえ使えていたら……」

妖精は火を嫌《きら》い、鉄を嫌う。取り替えられた子供の喉《のど》に、真っ赤に灼《や》けた火搔き棒を突き立てると元の子供に戻るという。

言葉もなく立ちつくした広瀬を、彼女はふと真っ向から見つめた。

「わたしがこんなことを言ったなんて、あの子には言わないでくれますよね」

広瀬は眼を見開く。しばらく返答ができずにいると、彼女はふいに怯《おび》えた表情をした。

「言わないでください。お願い」

高里の恐怖。それは家庭にも満ちているのだと分かった。

——なんて、遠い。

広瀬は内心で呻《うめ》いた。高里とその周囲の世界とのなんて遠い距離。高里は放課後の教室にいた。残っていたのではない、と広瀬は思う。高里は教室に残っていたのではなく、家に帰ることができなかったのだ。

「言いません」

広瀬が呟《つぶや》くと、彼女は封筒を広瀬に突きつけた。今度は広瀬も黙《だま》ってそれを受け取った。

「高里君は……」

広瀬は口に出した。どうしても言わずにおれなかった。

「しばらく家に戻らないほうがいいんじゃないでしょうか」

彼女は怪訝そうにする。

「落ち着くまで僕がお預かりします。それで、いいですか？」

彼女は頷《うなず》いた。明らかにひどく安堵《あんど》した表情だった。頷くやいなや広瀬に背を向けて、家の奥へ戻っていった。

広瀬は土間に残され、しばらくの間俯いていた。ひどく泣きたい気がした。

4

病院に戻った広瀬は会計で精算を済ませ、それから高里の病室に向かった。高里のベッドのカーテンはやはり閉められたままで、軽く布端《ぬのはし》をつまんで中を覗《のぞ》き込《こ》むとベッドに坐《すわ》ったままカーテンを見ている高里の姿があった。

来訪者に気づいて振り返る顔に笑ってみせる。

「カーテンを見てて楽しいか？」

言うと高里はちょっと微笑《わら》う。

「雀《すずめ》の影が映るんです」

「へえ？」

窓に面したカーテンには、わずかに傾《かたむ》いた陽射《ひざ》しで薄《うす》く外の樹影《じゅえい》が映っていた。鳥の姿のようなものは見えない。風に揺《ゆ》らされて枝と木の葉がざわめくのが見えただけだった。どこに雀が、と言いかけたときに、ふいに一枝が動いた。ごく薄い影が揺れて、その跳《は》ね上がる動きでそこに何かがいたのだと分かる。木の葉とは違《ちが》う丸い輪郭《りんかく》を描《えが》いた影が、つい、と隣《となり》の枝に向かう。枝が風の動きに逆らうように撓《しな》って、鳥がそこに移ったのだと分かった。難解な影絵を見ているようだった。

なるほど雀の影だ、と納得《なっとく》して高里を見ると、彼《かれ》は同意を求めるように広瀬を見上げていた。

「眼《め》がチカチカする」

広瀬が言うと、高里は微笑ってカーテンのほうに視線をやった。

「三羽いるんです」

言われて視線を戻したが、広瀬にはもうさっき見た一羽でさえ判別できなかった。苦《く》笑《しょう》しながら高里を促《うなが》す。

「出よう。精算は済ませてきたから」

とたんに高里が表情を曇《くも》らせた。

「申し訳ありません」

「気にすんなって」

高里はきちんと制服を着ていたが、シャツは生地《きじ》が薄いだけあって酷い有り様だった。揉《も》み合ったときにできたのか、落ちたときにできたのか、あちこちに破れ目が見えたし、点々と変色した血の痕《あと》がついている。着ろ、と苦笑して広瀬は腕《うで》に抱《かか》えた上着を差し出す。高里は立ち上がってそれを受け取り、もう一度深く頭を下げた。

ナースステーションに顔を出して挨拶《あいさつ》をし、病院を出る。近くにある地下鉄の駅まで行くと高里は、そこでもう一度頭を下げて別れようとする。

「どこ行くんだ」

声をかけながら広瀬は、硬貨《こうか》を券売機に落とし込んだ。同じ切符《きっぷ》を二枚買う。

「この恰好《かっこう》では学校に戻れないので、一度家に帰ります」

高里の淡々《たんたん》とした声に溜息《ためいき》が漏れた。救急車で病院に運び込まれて、当然のことながら高里は鞄《かばん》を持っていない。つまりは所持金がないので歩いて帰ろうということなのだろう。高里の家まで電車を乗り継いで半時間はかかるという事実は、彼にとって重要でないのに違いない。

「今日はもう、学校には戻らなくていい。早退扱《あつか》いになってる」

言いながら、広瀬は切符を渡《わた》す。

「俺《おれ》んちに来い。狭《せま》いけど一人だから気兼《きが》ねはいらないから」

はっとしたような目が広瀬を見返してきた。それで事情を察したのだろう、悲嘆《ひたん》の影のようなものがその顔を掠《かす》めた。彼は俯《うつむ》く。

「行けません」

広瀬は頓着《とんじゃく》せずに高里の背中を押《お》す。

「布団《ふとん》が一組しかないけど、この気候じゃいらないか。背骨が痛くなるかもしれないけどな」

「先生」

「少し時間を措《お》いたほうがいい」

低く言うと、高里はようやく頷いた。その動きのまま深く深く首を垂れる。

「本当に申し訳ありません」

「お前が謝《あやま》ることじゃない」

むしろ、大して事情を語りもしないのに全部を納得したふうなのが悲しかった。ああいった確執《かくしつ》は母子《おやこ》の間で幾度も繰《く》り返されてきたことなのだろう。それを思うと哀《あわ》れな気がした。

広瀬の住処《すみか》は市街地の縁《ふち》にある。古いコーポの二階だったが、窓の外は河口に面した堤防《ていぼう》で、これが屋根より高いので眺《なが》めは酷い。住宅が密集しているせいもあって、海が近いのに風が淀《よど》んで夏は凌《しの》ぎにくかった。家賃が割安なのと大学に近いのだけが取り柄《え》だ。

「何にもないけどな」

そう言って部屋に入れると、高里はひどく珍《めずら》しそうに部屋の中を見廻《みまわ》した。

入ったところが三畳の台所になっていて、その奥《おく》が六畳の和室、踏《ふ》み込みの脇《わき》にユニットバスがある。

広瀬には物を収集する性癖《せいへき》がなかったので、部屋は閑散《かんさん》としたものだった。もともと部屋に物が溢《あふ》れていると落ち着かないタイプで、できるだけ何も持たないようにしている。一間《けん》の押入《おしいれ》があるのをいいことに箪笥《たんす》でさえ置いてない。六畳の部屋にはテーブル代わりの炬燵《こたつ》が一つと、本棚《ほんだな》が一本、テレビ台代わりの三段ボックスが一つだけ、家具はそれで全部だった。

「殺風景だろ」

広瀬が言うと高里は首を振《ふ》る。窓の外を見てもいいですか、と訊《き》いた。広瀬が頷くと高里は窓際《まどぎわ》に寄る。窓の外は狭いベランダで、そのすぐ前は堤防沿いの道だった。道のほうが窓よりも高くて、ベランダに立っても斜《なな》めに駆《か》け上がったコンクリートより他《ほか》には何も見えない。少し離《はな》れているので採光は悪くなかったが、風の通り道としては見放されていた。

高里はカーテンを持ち上げて窓の外を眺めてから、今度は本棚を見上げる。広瀬は本を読むのは好きだったが、部屋に本が溢れるのは嫌いだったので、できるだけ図書館を使うようにしている。買った本も読んでしまえばほとんどは処分するので、その本棚にあるのは教科書と、若干《じゃっかん》の写真集だけだった。

本棚をもの珍しそうに覗き込む高里を、広瀬は苦笑して眺めた。

「珍しいか?」

高里ははい、と答える。

「人の家に来たのって、初めてなんです」

ずいぶんと寂《さび》しい言葉だと思った。家を訪《たず》ねる友達《ともだち》すら彼は持ちえなかったのだ。

「俺は学校に戻《もど》るから、勝手にしててくれ。何だったら帰りに家に寄って来てやる。必要なものはあるか?」

高里は首をかしげ、教科書があれば、とだけ言った。広瀬は頷き、予備の鍵《かぎ》を渡してざっと家の中の説明をしてから部屋を出る。部屋を出しな、本を見てもいいですか、と訊いてきたのがなぜか印象に残った。

5

「怪我《けが》はどうだ？」

準備室に入るなり、後藤がそう訊いてきた。

「済みませんでした。もう大丈夫《だいじょうぶ》です」

しばらくあちこち腫《は》れてるでしょうが、と言って広瀬は笑った。

学校は閑散としている。放課後に入った時間とはいえ、本来なら今ごろは明日に迫《せま》った体育祭の準備で大騒《おおさわ》ぎだったはずだ。

「高里は」

「看護婦に聞いたところによると、大したことはないそうです。打ち身と擦《す》り傷くらいで」

そうか、と後藤は呟く。ビーカーにコーヒーを注《つ》いでくれた。

「連中はどうなりましたか」

広瀬が訊くと後藤は机に足を上げて天井を見上げる。

「苦慮《くりよ》する、ってやつだ。さっきまで会議だったんだが、処分なし、ってとこまでは決着がついた。まぁ、全員謹慎《きんしん》にでもしようもんなら、明日から机を相手に授業をせにゃならん」

「そうですね」

「取りあえず事故の扱《あつか》いになった。高里が、自分の不注意で落ちたと言ってくれたからだがな」

広瀬は後藤を見返す。

「そんなことを言ったんですか」

「聞いてないのか、本人から」

「ええ」

後藤は溜息をついた。

「落とした連中も、高里が勝手に落ちたの一点張りだ。廊下《ろうか》から見てた野次馬が高里は突き落とされたと主張しているが、当の高里が躓《つまず》いて窓から落ちました、って救急車に運び込まれる前に言ったそうだ」

「そうですか……」

後藤はさらに大きな溜息を落とす。

「悪い奴《やつ》じゃないんだ。悪い奴じゃない。それでも問題が多すぎる」

独りごちる調子だったので、広瀬はこれには返答をしなかった。

「そういうわけでお前も事故だ」

広瀬が後藤を見ると、後藤は眉《まゆ》を上げてみせる。

「同級生の不幸な事故で興奮していた生徒たちが、ヒステリーを起こして少年Aを吊《つ》るし上げた。少年Aは身の危険を感じて逃《に》げようとしたが、そのとき誤って窓から転落。これを仲裁《ちゅうさい》しようとした教生は生徒と揉み合っている最中に転んで怪我をした」

言って後藤は広瀬に人差し指を突《つ》きつけた。広瀬は苦笑する。

「了解《りょうかい》しました」

「悪いな」

広瀬は首を振り、それから、

「後藤さん、高里はしばらく俺が預かります」

そう言うと後藤はガクンと足を落とした。

「なんだ、それは」

「しばらく家には帰らないほうがよさそうだったので。母親の了解は取ってあります」

あんぐり口を開けたままの後藤に、広瀬は事情を説明する。後藤は何とも言えない表情をした。

「……まったくお前はそういう勝手なことを」

「済みません」

後藤は口を曲げた。

「まあ、いいが。取りあえず実習が済むまで黙《だま》っとけよ」

広瀬は頷いた。後藤はしみじみと嘆息する。

「じゃあ今度、家庭訪問に行かせてもらうか」

「俺じゃ信用できませんか」

「いや、高里だけ家庭訪問がまだなんだよ」

広瀬が見返すと後藤は苦笑する。

「一度行ったら居留守を使われた。以来、何度電話しても忙《いそが》しい、の一点張りだ。学校に全部任せるから勝手にしてくれとよ。一年のときも、それでとうとう家庭訪問ができなかったらしいぜ」

今度は広瀬が溜息をつく番だった。

「担任の生田《いくた》先生はカンカンだったがな」

広瀬はほのかに笑う。生田は英語の教師で、サッカー部の顧問《こもん》もやっている熱血漢だった。

「母親じゃ埒《らち》があかねえ、ってんで父親の会社まで行ったんだとよ。そうしたら、あれのことは母親に任せてあるので知らんとさ」

さもありなん、と広瀬は思った。

「とうとう一度も高里の名前を呼ぶのを聞けなかったと言ってた」

広瀬はふと思い返し、高里の母親も「あの子」とだけ言って名前を呼ばなかったのに気がついた。

「生田さんも、何度か自分の家に連れて帰ったほうがいいんじゃねえかって思ったらしいな。でも、と思うんだな、普通《ふつう》。生田さんちにゃヤンチャ盛《ざか》りの子供が二人いたし、高里には悪い噂《うわさ》がある。だから、でも、と」

広瀬は頷く。後藤はきまり悪そうに笑った。

「――俺も連れて帰ろうと思わんじゃなかったがね。あの母親と話してると、誰《だれ》もがついそう思うんだな。だが、俺んちにゃ口を開くと嫌味《いやみ》しか言わねえ根性悪《こんじょうわる》の婆《ばば》あがいるからよ」

後藤は溜息を落とす。

「生田さんは高里を気にかけてたよ。実際、俺は生田さんに頼《たの》まれて高里をうちのクラスに入れたんだ」

「そんなことができるんですか」

広瀬が訊くと後藤は苦笑する。

「まあな。――だが、何もできなかった」

後藤はもう一度溜息を落とす。今日の後藤は溜息をついてばかりだ、と思った。

「俺も何とかしてやりたいとは思うんだよ。だが、生田さんが実際に死ぬとな……」

広瀬は腰《こし》を浮《う》かした。

「何ですって？」

「知らなかったのか」

後藤に訊かれて広瀬は首を振った。

「三学期の終業式の日だ。その日、生田さんがここに来てな、高里を頼む、つって。最後にちょっとガツンと活《かつ》を入れといたから、って。何をしたのか、言ったのかは知らん。その帰り道、車でカーブに突っ込んでな。ブレーキを掛《か》けた跡《あと》も、ハンドルを切った跡もなかったんで居眠《いねむ》り運転だろうって話になった」

広瀬は眼を閉じた。

「その日、生田さんが高里を残したのを知ってた奴がいたんだな。葬式《そうしき》のとき、クラスの連中が祟《たた》りだって言ってたから」

広瀬は深く息をついた。

生田も岩木も、高里に悪意で何かしたわけではない。むしろ善意で、しかも高里もそれを分かっていた。――なのに、死ぬ。それは高里の思惑《おもわく》とは関係がない。本当は高里のために死んではいけないのに、そんな人間が死んでそれが全部高里のせいになる。だから、高里はどこまでも孤独《こどく》だ。

後藤が深い溜息をついた。

「……悪い奴じゃない。本当に、悪い子じゃないんだがなあ」

6

準備室から高里の家に電話をし、荷物を取りに行きますと連絡してから学校を出た。閑散とした校内はどこか緊張《きんちょう》した静寂《せいじゃく》に包まれている。明日も通常通りの授業が行なわれるが、学校が落ち着くまでにはまだまだ時間がかかるだろう。

高里の家に着くと、玄関《げんかん》の前に荷物が置いてあるのが目に入った。紙袋《かみぶくろ》が一つと、旅行サイズの鞄《かばん》が一つ。紙袋の中を覗《のぞ》き込《こ》むと、教科書やノートの類《たぐい》が入っているのが分かった。唇《くちびる》を噛《か》み、取りあえずチャイムを鳴らしてみる。何度も試《ため》して待ってみたが、何の返答もない。玄関の横に見える棟《むね》は全部雨戸が閉められていた。広瀬は溜息《ためいき》をつき、そうして荷物を持ってその場を去った。

広瀬が部屋に戻ったころにはすでに陽《ひ》も傾《かたむ》いて、堤防の上の空では薄《うす》い雲が朱《あか》く染まっていた。声をかけてドアを開けると、開け放したガラス戸から窓際に坐《すわ》って本を眺めている高里の姿が見えた。

彼は顔を上げ、すぐに本を閉じて立ち上がる。申し訳ありませんでした、と詫《わ》びてから広瀬の手の荷物を受け取った。

「気にするなって」

「済みません」

「謝るな」

言うと高里は微《かす》かに笑う。

広瀬はひどく胸を衝《つ》かれる。ごく淡《あわ》いものだがずいぶん表情を見せるようになったと思う。母親はああ言っていたが、何も感じていないのでもないし、何も考えていないのではない。感じたことも考えたことも、伝えることのできる相手がいなかっただけなのだと思う。──家の中にさえ。

部屋のそこかしこに夕闇《ゆうやみ》が落ちていた。広瀬は明かりを点《とも》す。さっきまで明るかった窓がそれで一気に暗くなった。

「退屈《たいくつ》だったろ、何もなくて」

言うと高里は首を振る。どの本を眺めていたのかと覗き込むと、ギアナ高地の写真集だった。

「それか。いいだろ」

訊くと高里は頷《うなず》く。

「一回行ってみたいんだけどな」

着替《きが》えながら言うと、高里がそうですね、と答えた。

「高里もそう思うか？」

「はい」

頷いてから、

「ロライマ山に行きたいです」

「ああ、水晶《すいしょう》の谷のあるとこ」

高里は微笑《わら》った。

「岩の迷宮《めいきゅう》のあるところ」

「岩の迷宮かあ」

広瀬は坐った高里の前に屈《かが》んでページを覗き込む。上空から見た「岩の迷宮」と呼ばれる地帯の写真が見えた。奇岩《きがん》や亀裂《きれつ》で迷路のようになっている。スケールの関係で小さくは見えるが、東京ドームの数十倍は広い巨大《きょだい》な迷宮だ。

「……なんだか、見たことがある気がする……」

呟《つぶや》いた声を聞き咎《とが》めて、広瀬は高里の顔を覗き込んだ。

「迷宮を？」

訊《き》くと高里は神妙《しんみょう》に頷いた。

「ギアナ高地の風景も……。既視感《きしかん》、って言うんでしょうか」

「それは、あれか？　神隠《かみかく》しの間の」

分かりません、と高里は首を振《ふ》った。

「ずっと考えていたんですけど、よく分からないんです」

声にどこか切羽詰《せっぱつ》まった響《ひび》きを感じて広瀬は強《し》いて明るい声を出す。

「気に病《や》むな。いつか思い出すこともある」

高里は微笑いかけたが、成功しなかった。

「高里、考えても仕方がない」

「思い出さなきゃいけない気がするんです。急いで思い出さなきゃ、何か取り返しがつかないことが起こるような気がする……」

広瀬はただ眉を顰《ひそ》めた。何を言うこともできなかった。

「とても大切な約束《やくそく》を忘れてしまった気がして。絶対に忘れてはいけないのに」

広瀬は黙ったまま上着をハンガーに掛ける。押入を開いてそこに上着をしまった。襖《ふすま》を閉めようとして、高里がこちらを見ているのに気づいた。彼は押入の下段を不思議そうに見ている。

一間の押入の片側上半分には、服を吊るすようにしてある。天袋がないぶん内部に高さがあるので、日常使っている布団《ふとん》をしまった上にかろうじてそれだけのスペースがあった。下半分には棚《たな》を入れ、本を収めてある。高里はその棚を珍《めずら》しそうに見ていた。広瀬と視線が合うと、覗いてもいいですか、と訊く。どうぞ、と広瀬は前を空けてやった。

押入の左側、その下段の左右に小さな棚が二本だけ置いてあって、そこに処分できない本を収納することにしていた。この部屋は大学に入ってから入居した部屋だが、四年経《た》ったいまもその棚には空白が残っていた。

高里は覗き込み、本の背表紙を眺めるより先に手を上げて中を示した。指の先を見ると、奥《おく》の壁《かべ》に下げた絵があった。

「ああ……。後藤さんが描《か》いてくれたんだ」

愛想のないフレームに収めたその水彩画は、染《し》みかと思うような薄さで風景が描いてある。白い花の咲く野原で、透明《とうめい》な川が大きく蛇行《だこう》して流れ、遠くに半分透《す》き通ったように橋がある。

広瀬が「あの世」の話をしたときに後藤が描いてくれたものだった。鉛筆で薄く影《かげ》をつけた絵を「こんな感じか」と訊いて示した。欲《ほ》しいと言うとその日のうちに着色してくれて、ごく淡い複雑な色の絵になっている。

「どうしてこんなところに飾《かざ》ってあるんですか?」

広瀬は笑って、下段の棚の脇《わき》に引っ張り込んだスタンドを示した。

「布団を垂直移動させて、こう敷《し》くだろ」

腕《うで》で押入に対して直角に示してみせた。さらに押入側を示し、

「でもって枕《まくら》をここに置く。そのスタンドを点《つ》ける。すると本が読める。怠《なま》け者の書斎《しょさい》みたいでいいだろ?」

広瀬が言うと、高里は微笑って頷いた。

「高里、何食べたい?」

ベランダの洗濯機《せんたくき》にシャツを放《ほう》り込みながら訊く。首をかしげている高里のシャツを示した。洗濯してやろう、との意だ。

「何でもいいです」

「好き嫌《きら》いは?」

「食べられないものはありません」

「上等」

洗濯機に水を入れ洗剤《せんざい》を放り込んでいると、私服に着替えた高里がベランダに顔を出す。

「これはいいです。替えの制服が入っていましたから」

そうか、と言って広瀬はベランダに置いてあるゴミ箱《ばこ》を示す。実際、血痕《けっこん》が容易に落ちるとは思えなかったし、破れ目に至っては広瀬の家庭科能力では再生不可能だろうと思っていたのでホッとした。高里はポリ容器の蓋《ふた》を開け、そうして広瀬のほうを見た。

途方《とほう》に暮れた顔をしていた。

怪訝《けげん》に思って中を覗き込むと、昼間放り込んだ自分のシャツが見えた。鼻血が盛大《せいだい》についで再利用を諦《あきら》めたものだ。

「なかなか猟奇《りょうき》だろ」

広瀬が軽く言うと、高里は済まなさそうに頭を下げた。

7

広瀬の部屋は深夜になると海鳴りが聞こえる。そのどこか鼓動《こどう》のような音を広瀬はかなり気に入っていた。今夜はその音に呼気を合わせるように、微かな寝息《ねいき》が聞こえる。

スタンドは消してある。灯《ひ》のない部屋の中には、堤防《ていぼう》に月が落とした光の照り返しが流れ込んでいた。横を見ると高里の寝顔がある。冬用の厚い掛け布団を敷いて夏布団の代わりに毛布を与《あた》えた。他人の家に入ったことがないのだったら、外泊《がいはく》も——修学旅行などを除いて——初めてだろう。寝やすくはないだろうに、よく眠っている。

実を言えば、広瀬としても部屋に人を泊《と》めたのは初めてだった。広瀬はそもそも部屋に他人を入れるのが好きではない。そうも言ってられないので来訪者を門前払《もんぜんばら》いするような真似《まね》はしないが、部屋に他人が入って来ると必ずひどい不安に襲《おそ》われた。名づけるなら来訪者恐怖症《きょうふしょう》とでもいうべきだろう。意味もなく、相手が長居を決め込みそのままずるずると居座って二度と出て行ってくれないのではないか、という不安に襲われるのだ。このまま居座るのではないか、そうして何もかもを滅茶苦茶《めちゃくちゃ》にしてしまうのではないかと怯《おび》えてしまう。いったい何を滅茶苦茶にするのか、という段になると、広瀬自身にもよく分からなかった。

それでどんなことがあっても他人を部屋には泊めずにきた。部屋に入ることを許しても泊まることは許さない。それは母親や父親が来ても同様だった。部屋には入れるが絶対に泊めない。それは単に嫌《いや》だというよりも怖《こわ》くて不安で耐《た》えられないからなのだが、広瀬が変人だと言われる所以《ゆえん》だった。

そもそも広瀬は他人と長時間一緒《いっしょ》にいるのが嫌いだった。どんなに気安い相手でも、それがたとえ親でも恋人《こいびと》でも、時間が経つにつれて疎《うと》ましくなる。相手が嫌になるわけではないが、とにかく疎ましくて独りにしてくれと言いたくなった。余所《よそ》にいるのなら嫌になった時点で帰れば済むことだが、他人が来たとなると帰ってくれとも言い難《にく》い。それでなのだろうと、自分では思う。

それが自分から他人を招くなんて驚《おどろ》きだ、と広瀬は苦笑《くしょう》した。それも長期間の滞在《たいざい》になることが分かり切っている。

広瀬は寝返りを打った。――なぜなのかは分かっている。

広瀬は高里が怖くないのだ。高里は広瀬の不安を呼び覚まさない。彼は「何かを滅茶苦茶に」したりしない。それは、感傷的な言い方をするなら、高里が同胞《どうほう》だからだ。高里も広瀬も「こちら」の人間ではない。少なくともそういう感傷を抱《いだ》いている。だから「何かを滅茶苦茶に」したりしない。

「何か」とは何なのだろうと、広瀬は思う。それは故国喪失《そうしつ》の幻想《げんそう》に、とても深い関係があるのではないだろうか——。

とろとろと眠っていて、広瀬はふと目を覚ました。半分だけ微睡《まどろ》んだまま、もっと考えたいことがたくさんあるのに、とそう思った。もう少し思考を弄《もてあそ》んでいたい。眠りたくない。

そう思いながらも再び眠りに落ちそうになって、広瀬は突然《とつぜん》、間近に人の気配がするのに気がついた。誰《だれ》だ、と飛び起きそうになり、すぐさま高里がいるんだと思い出した。そうだ、高里が寝ているんだ——そう思いながら再び眠りかけ、そうして今度は人の足音を聞いた。それで本当に目が覚めた。

高里が起きているのだろう、やはり眠れないのだろうか、と横を見ようとして、広瀬は自分の身体《からだ》がまったく動かないのに気がついた。手も足も寸分たりとも動かすことができない。驚いて声を出そうとしたが、声以前に大きく息を吸うことさえできなかった。

ずっ、と近くで足音がした。畳《たたみ》の上、足を引きずって歩く音に聞こえた。音の方向を見ようと必死になっても、視線を動かすことしかできない。それだけでさえ多大な労力を必要とした。仰臥《ぎょうが》したまま動けない広瀬の視界には、足音の主は見えなかった。なんとか視線だけで周囲を見廻《みまわ》そうとしてみる。それだけでどっと汗《あせ》が噴《ふ》き出した。金縛《かなしば》りというものか、とやっと思い至った。

ずっ、と足音がする。ひどく間遠な足音だった。もう一度足音がして、すぐ近くに人の気配がした。どうしても動かない視野の、ぎりぎりの外に誰かがいる気配を感じる。一センチでいいから頭が動けば必ず姿が見えるはず。

ぞぞ、と畳の上を何かが滑《すべ》る音がした。それきりで、しんと音が絶えた。

広瀬は音の出所を確認《かくにん》する努力を続けていた。額から噴き出した汗が蟀谷《こめかみ》を伝う。身じろぎの幅《はば》で首が動く。あと少し。もう少し。

息が詰まるほど渾身《こんしん》の力を込めて、ようやく視線が気配のするあたりに届いた。視野の端《はし》に隣《となり》で眠る人影だけが見えていた。

高里だったのだろうか。高里が起きて、もう一度横になったのだろうか。そう考えたとき、その視野の端で白いものが動いた。白い指だと分かった。

横たわった人影の向こうで白い指がわらわらと動く。隣に眠った高里の、その顔に触《ふ》れるようにした。指は高里の顔の上を這《は》い、こちら側へと廻り込む。高里の首をやんわり抱《だ》き込むように白い腕が現れた。息を詰めて頭を動かす。ようやく視野にはっきりとその光景が入ってきた。

高里の首を抱《かか》え込んだ白い腕。ふっくりとしたラインが剝《む》き出しで、女の腕だと一目で分かった。それは高里の向こう側から伸《の》びている。腕の主の姿はなかった。まるでそこが一段低くなって、誰かが死角に身を横たえているようだが、そんな段差などないことを広瀬はもちろん知っている。

考えながら見つめていた高里の横顔の陰《かげ》から、唐突《とうとつ》に顔が突き出されたのはそのときだった。

視線が合った。女の顔だった。鼻先までを覗《のぞ》かせてこちらを見ていた。声を上げそうになったが腹筋が痙攣《けいれん》しただけで声にはならなかった。眼《め》を閉じることも逸《そ》らすこともできなかった。暗がりのせいで顔つきは分からない。真円《しんえん》に見開かれた眼がじっと広瀬を窺《うかが》い見ている。

ふいに声が聞こえたような気がした。

――オマエハ、オウノ、テキカ。

言葉の意味を吟味《ぎんみ》する間もなく、ずり、といきなり顔が広瀬の前に突き出された。真円の眼が飛び込んで来るように見えた。強い潮のにおいがした。声にならない悲鳴を上げた。弾《はじ》かれたように束縛《そくばく》を引きちぎって飛び起きていた。同時に腕と頭が引っ込む。

目線が追うよりも早かった。

広瀬がそれを追って身を乗り出したときには、それは畳の中に吸い込まれようとしていた。白い肘《ひじ》までの腕と、鼻先までの女の頭。真円の眼がわずかに細くなって、ずり、という音を残してそれは消えた。畳の中に沈《しず》むように消えてしまった。

広瀬は肩《かた》で息をしていた。噴き出した汗が次から次へ顎《あご》を伝い、滴《したた》っては落ちていった。もはや何の気配もなかった。冷えた色の畳と、静かに眠った高里の姿だけ。

身を起こして呆然《ぼうぜん》としたまま、広瀬は自分の見たものを反芻《はんすう》していた。女、だった。髪《かみ》は長かったように思う。爬虫類《はちゅうるい》のような、あるいは魚類のような眼をしていた。あの真円の眼。強い潮のにおいがした。女のにおいというよりも、女の吐息《といき》のにおいだと感じた。鼻梁《びりょう》は見えなかった。ひょっとしたら、なかったのかもしれない。口許《くちもと》も首も肩も、他のどんな部分も見えなかった。そうして畳に沈んでいった。

広瀬は顔を覆《おお》い、滴り続ける汗を拭《ぬぐ》った。高里に目をやるとごく静かに眠っていた。いまの出来事に眠りを揺《ゆ》すられた様子もない。

広瀬は左右の二の腕を抱いた。急速に汗が冷えて身体の芯《しん》まで寒かった。自分の手で摑《つか》んだ腕には鳥肌《とりはだ》が立っていた。

夏布団を引き寄せ、横になって頭まで被《かぶ》った。眼を閉じ、何も考えずただ眠ることだけを念じた。

子供は学校の帰り、夕暮《ゆうぐ》れの道で女に出会った。女はひどく困った顔をしていた。親切心で声をかけると、「き、を知らない?」と問う。知らない、と答えると、音もなく消えていった。

***

男は配送の途中で女を見かけた。道を訊《き》こうと車を止め、声をかけると反対に訊かれた。き、を知りませんか、と。記憶《きおく》になかったので知らない、と答えると、女は近くにあった壁の亀裂《きれつ》にするりと消えていった。

運転手は夜の道で若い女を拾った。メーターを倒《たお》して走り出してから、どこまで、と声をかけた。女は「たいきを知りませんか」と訊く。そんな地名には心当たりがなかったので、店ですか、と問うと首を振る。困った運転手はなんとか目的地を知ろうと質問を重ねたが、ほとんど返答がなかった。五分もしないうちに応答が絶えた。背後を見ると、女の姿は消えていた。

女は終電を待つホームで若い女に声をかけられた。「きいを知りませんか」と問われたように思った。そういう名字の友人がいたのでそう答えると、女はひどく嬉《うれ》しそうにした。どこにいるかと訊くので、友人の住所を教えた。女は深く頭を下げ、それからホームを飛び降りると、軌道《きどう》を歩き去ろうとした。彼女は慌《あわ》てて呼び止めた。そこへ終電が入ってきた。電車は女の上を通過して急停止したが、肝心《かんじん》の女の姿はどこにも見えなかった。事故のあった痕跡もなかった。

女が夜、部屋で眠ろうとしていると、部屋の隅《すみ》に奇妙《きみよう》な獣《けもの》の姿が見えた。犬ほどの大きさで、眼は一つしかなかった。化物はどこからともなく部屋へ入って来て、女の枕許に歩み寄ってきた。恐怖に声を上げて飛び起きたら、ベッドの足許に若い女がいた。女はひどく困った様子で彼女の足に触れ、「違う」と呟《つぶや》いて消えていった。その女が消えると同時に耳許で声がした。「き、を知らないか」と。振《ふ》り返ると犬のような化物が喋《しゃべ》ったらしかった。恐《おそ》ろしさのあまり「知らない」と首を振ると、化物は首を垂れて床《ゆか》に潜《もぐ》り込むようにして消えていった。

深夜、男たちは車を走らせていた。街の外れで女を見かけ、車を止めて声をかけた。乗らないか、と言うとあっさり頷《うなず》いて女は車に乗り込んできた。女は「きを知りませんか」と訊いた。男たちはその単語に聞き覚えがなかったが、目線で頷き合って「知っている」と答えた。どこにいますか、と問う女に、連れて行ってやろうと応《こた》えて、彼らは車を海辺へと走らせる。浜辺に着いて、「どこにいるのですか」と周囲を見廻す女の身体に手を掛けると、バックシートから犬の首が現れた。その犬には眼が一つしかなかった。犬はいきなり男たちに咬《か》みつくと、女ともども消えてしまった。三人の男たちのうち、二人が大怪我《おおけが》をした。一人の男には手首から先がなかった。車のどこを捜《さが》しても、手首は見つからなかった。

子供が昼間、独り公園で遊んでいた。砂場を掘《ほ》っていると、砂の下から犬が顔を出した。犬には丸い眼が一つしかなかった。驚きのあまり身動きできずにいると、犬は砂の中から這い出てきた。続いて犬よりも大きな獣が姿を現した。子供はそんな形の獣を見たことがなかった。二匹《ひき》の獣は声を揃《そろ》えて高い声で鳴くと、宙に駆《か》け上がるようにして消えてしまった。砂場には小さな穴が残されていた。

ある団地の四階にある右端の部屋に、深夜女が現れた。女は壁の中から出て来ると、そこで机に向かっていた少年に「き、を知らない？」と訊いた。少年が答えられずにいると、悲しそうな顔をして現れたのとは反対側の壁に消えていった。

その少しあと、四階の右から二番目の部屋に女が現れた。部屋では三歳《さい》になる子供が眼を開けていた。子供と女の視線が合ったが、女は何も言わず反対側の壁に消えた。女が消えると同時に、子供は火が点いたように泣き出した。

その少しあと、女は右から三番目の部屋に現れた。仏壇《ぶつだん》に向かっていた老婆《ろうば》が驚いて数珠《じゅず》を投げつけると、風のように犬が現れて老婆の足を咬んでいった。女は消え、老婆の足には深い咬み傷が残された。

六章

1

広瀬が喧《やかま》しい目覚ましの音で目を覚ますと、すでに高里は起きて窓際《まどぎわ》に坐《すわ》っていた。ぼんやりと窓の外のコンクリートを眺《なが》めている。

「おはよう……」

声をかけた広瀬に、おはようございます、と言って微笑《わら》う。

「早起きだな。いつ起きたんだ？」

「ついさっきです」

ひどく身体《からだ》が重かった。ようよう身体を起こす。

「眠《ねむ》れたか？」

起き上がりながら訊《き》けば、はい、と頷《うなず》く。

「他人の家って、寝《ね》にくいだろ」

そう言うと、高里は首をかしげるようにして、

「むしろ家よりは寝やすかったです」

「そうか？」

「海鳴りが聞こえるんですね」

言いながら窓の外に目をやってから振《ふ》り返り、高里は微笑う。

「あれを聞いてるうちに寝てしまいました」

そうか、と言って広瀬は顔を洗いに立つ。靄《もや》がかかったような頭で、昨夜の出来事が夢《ゆめ》かどうかを判定していた。

——夢ではない。

タオルで顔を拭《ぬぐ》いながら結論づけて六畳《じょう》に戻《もど》ると、高里が布団《ふとん》をしまい終えていた。

「悪いな」

「いえ」

高里はそう微笑って、長押《なげし》にハンガーで吊《つ》るしてある制服に手を伸《の》ばす。

「高里」

広瀬が声をかけると、その手を止めて振り向いた。

「まだ学校へは行かないほうがいいと思う」

高里はじっと広瀬を見返す。広瀬は苦笑《くしょう》してみせた。

「馬鹿者《ばかもの》どもが落ち着くまで待ったほうがいい」

生徒たちの興奮はいちおうあれで静まったろうとは思う。岩木の無惨《むざん》な死と、その死に関与《かんよ》させられた恨《うら》み。単なる事故なら悪い噂《うわさ》がひとつ加わるだけで済んだのだろうが、同級生を殺してしまったという衝撃《しょうげき》が彼《かれ》らを暴走させたのだと思う。高里を吊るし上げて、それで気が済んだはずだ。一晩を過ぎて頭を冷やす時間は充分《じゅうぶん》にあったと思う。自分たちの行動の是非《ぜひ》を考える時間がたっぷりあったはずだ。

——それが怖《こわ》いと思う。

彼らは思い出したに違《ちが》いない。高里に危害を加えれば報復がある。窓から突《つ》き落とした彼らが看過されるはずのないことに思い至っているだろう。

意図を察したのか高里は頷く。そうしながら小さく息を落とした。

校門の前には二、三人のマスコミ関係者らしき人間がうろついていたが、昨日に較《くら》べるとすっかり減ってしまったと言ってよかった。始業にはずいぶん時間があったので、構内は閑散《かんさん》としていた。

毎朝職員室で行なわれる朝礼は、いつもより三十分早く始まった。運営委員会の面々は濃《こ》い疲労《ひろう》の色を浮《う》かべている。生徒の不安を鎮《しず》めて一日も早く学校内の秩序《ちつじょ》を回復すること、一昨日の事故については当事者の過失による事故だと決着がついているのだから無責任な噂を流さないこと、等のことが校長から厳しく言い渡《わた》された。

広瀬の教育実習は明後日で終了《しゅうりょう》する。明日の金曜と翌日の土曜には予定通り、研究発表が行なわれることになった。職員会議のあとで教生たちは控《ひか》え室に集められ、実習が終わっても無責任な発言をしないよう、厳重な通達があった。

それを終えて準備室に戻る途中《とちゅう》、事務室の前で職員に呼び止められた。

「広瀬先生ですよね」

中年を過ぎた女性職員だった。頬骨《ほおぼね》の高い顔に強い困惑《こんわく》の表情を浮かべていた。

「これを後藤先生に渡していただけますか。欠席の届です」

二年生の担任はミーティングの最中だった。広瀬はメモを受け取る。小さな紙片《しへん》には六人の名前が列記してあった。書かれているのは名前だけで、欠席理由は分からない。学校に来ることを恐《おそ》れて仮病《けびょう》を使った者もいるだろうが、全部がそうとは思えなかった。

準備室に戻って後藤を待ち、ミーティングを終えてやってきた彼にメモを差し出した。後藤は眉《まゆ》を顰《ひそ》めたが、特にコメントはしなかった。

「高里も休ませました」

これに対しても、返答はない。素っ気なく頷いただけだった。

後藤と一緒《いっしょ》にクラスへ向かう。

「静かですね」

すでに予鈴《よれい》が鳴っているとはいえ、学校内は驚《おどろ》くほど静かだった。後藤は足を止めてあたりを見廻《みまわ》した。

「——ああ。嫌《いや》な空気だ」

闊達《かったつ》な声は聞こえなかった。しんとした静謐《せいひつ》さの中、その奥深《おくぶか》いところで潮騒《しおさい》のような音がする。無数の囁《ささや》きが作る密《ひそ》やかな喧噪《けんそう》。

「ひどく緊張《きんちょう》してるみたいだ……」

「かもしれん」

広瀬と後藤の声も意味もなく潜《ひそ》められてしまっていた。充満した緊張感が、不用意に静寂《せいじゃく》を壊すことを強く憚《はばか》らせた。

二—六の教室はその中にあって、さらに一層静かだった。生徒たちがいるはずだが、息を殺しているかのように何の気配も物音もしない。ドアを開くのを躊躇《ためら》っていると、後藤が代わりに手を挙げた。息をひとつ吐《は》いて、何事もないかのようにドアを開く。ざっと空気が揺《ゆ》れて、生徒たちの視線が集中した。

「どうした。えらく静かだな」

後藤は教室を見渡した。四分の一ほどの座席が空だった。

「欠席が多いな。広瀬、出席」

いつも通りの声に合わせて、広瀬も強《し》いて軽く頷いた。教壇《きょうだん》に昇《のぼ》り出席を取っていく。築城《ついき》、と呼んだときに返答があったので顔を上げた。久しぶりに見知った顔を見つけた。

出席を取り終えてみると、十一名の生徒が欠席していた。届のあったのは高里を含《ふく》めて七名。残り四名の連絡はない。広瀬、と後藤が声をかけてきたので、広瀬は教壇を降りた。後藤は教壇の下から教室を見渡す。

「お前らの処分はない。処分されないからといって、やったことが消えるわけじゃねえけどな。事故ということで片がついた」

ふっと教室に安堵《あんど》した空気が流れる。

「高里が自分の不注意で転落したと証言してくれた。――そこんとこをよく考えろ」

全員の視線が意図的に逸《そ》らされる。後藤は小さく溜息《ためいき》をついた。教室の空気は一向に変わる気配がない。後藤の言葉では緊張を解くことができなかった。

当然だと広瀬は思う。生徒たちは萎縮《いしゆく》し、怯《おび》えている。教室を満たしている緊張は恐《きよう》怖《ふ》に由来するものに他《ほか》ならない。彼らが恐れるのは処分ではない。直截《ちよくさい》的な報復、それだけだった。

2

後藤が職員室に電話をかけに行くと言うので、広瀬だけが一足先に準備室に戻った。

一時限目の授業はない。ぼんやりと実習記録を見直していると、しばらくして後藤が戻ってくる。準備室に戻るなり脱力《だつりょく》したように坐り込《こ》んだ後藤に、広瀬はコーヒーを淹《い》れて差し出した。

「どうでしたか。欠席した連中の家に電話したんでしょう?」

そう訊くと後藤は深い溜息をついた。

「事故による怪我《けが》が三人、頭痛腹痛等の仮病が四人、不明が三人だ」

やはり来たか、と広瀬は思う。

「怪我の状態はどうなんです」

「家のベランダから転落したのが一人。これは捻挫《ねんざ》程度で大したことはない。駅でホームと電車の間に落ちたのが一人。こいつも掠《かす》り傷で済んでいる。階段から落ちたのが一人。これは腕《うで》を複雑骨折して入院した」

まるで高里の転落を真似《まね》たように、全員どこからか「落ちて」いるのが印象に残った。

「広瀬、どう思う」

声をかけられて広瀬は後藤のほうを見る。

「これは高里の祟《たた》りだと思うか」

問われて広瀬は迷う。躊躇《ちゆうちよ》したあげく正直に答えた。

「偶然《ぐうぜん》だったら、と思います」

後藤はシニカルな笑《え》みを浮かべた。

「ということは、偶然だってぇ自信がないわけだ」

広瀬は頷く。

「俺《おれ》の単純な印象では高里は白です。高里はそういうタイプじゃない。高里はとても抑《よく》圧《あっ》されていますが——」

後藤は言葉を遮《さえぎ》った。

「抑圧された人間は爆発《ばくはつ》することがある」

「分かっています。それでも、そんな爆発の仕方をしない。誰《だれ》かに対して死ねとか苦しめとか、そういうふうに呪《のろ》うことを彼はしないんじゃないかと思うんです」

「なぜだ」

広瀬は低く、それでもきっぱりと言った。

「俺がそうだったからです」

後藤は眉を上げて広瀬を見返す。

「後藤さんは俺なら高里が理解できるはずだと言いました。俺には理解できます。高里は故国喪失者《そうしっしゃ》です」

「故国……喪失」

「高里は神隠《かみかく》しにあった間のことを覚えていない。それでもそこが彼にとって気持ちのいい場所じゃなかったか、と言ってました。俺と同じですよ。同じ幻想《げんそう》に捕《つか》まってる」

後藤は黙《だま》って先を促《うなが》した。

「ここは自分のいるべき世界ではない、という幻想です。世界と自分とが敵対したとき、世界を恨むことができない。少なくとも俺はできませんでした。どうして、と思いましたよ。どうして上手《うま》くいかないんだろう。それはきっと、俺がこの世の人間じゃないからだ。だから馴染《なじ》めないいんだ、そもそも無理なんだ、って」

「ふん」

「願うのは、帰りたいという、それだけです。俺は母親と小さいころから揉《も》めましたけどね、死んでしまえ、と思ったことはないです。帰りたいと、思ってました」

「それは誰しも思うことだろう」

後藤はそう言う。

「お前たちに限らない。俺だって若いころはそう思ってたさ。だが、正直言って人を恨んだことだってあるぜ。こんちくしょう、と思ったことは数えきれねえ」

広瀬は息を落とした。

「知っています。それでも俺たちの場合、少し違う。俺は一度死にかけました。そのとき確かにあの野原を見たんです。それは俺の中で確固とした事実です。高里には一年の空白がある。姿を消していた一年、記憶《きおく》から消えた一年。幻想かもしれませんが、根拠《こんきょ》のない幻想じゃない。それが現実と対決させるより先に、俺たちを逃《に》げ腰《ごし》にさせてしまうんです」

　後藤はまじまじと広瀬を見る。すぐに視線を外らせて呟《つぶや》くように言った。

「表と裏、なんじゃねえのかな」

「――表と裏?」

　広瀬が首をかしげると、後藤はいや、と頭を振る。

「まあ、いい。それで」

「もしも事故が高里の墜落《ついらく》した事件と関係があっても、それは高里の意思とは関係がありません。ただ……」

　広瀬は言い淀《よど》む。何と言えばいいのだろう。高里のまわりに出没《しゅつぼつ》する白い手。昨夜見た異形《いぎょう》の女。正直に見たままを言っても、理解してもらえるとは思えなかった。

　高里のまわりには何かがいる。高里ではなく、その何かが報復劇を演出している可能性はないだろうか。築城の足を摑《つか》んだ手は、あの女のものではないのか。

　考え込んでいると、天井を睨《にら》んでいた後藤が口を開いた。

「どのくらいの被害《ひがい》が出ると思う」

「数ですか、程度ですか」

「両方だ」

　広瀬は息をついた。例えば築城は「神隠し」の話をしただけだった。橋上にしてもからかっただけだ。その二人があそこまでの報復を受けた。岩木の例を考えるまでもなく、報復の程度は尋常《じんじょう》ではないだろうと想像できた。

「おそらく、あの場にいた人間の全部がそれなりの報復を受けるでしょう。程度についてはは苛烈《かれつ》を極《きわ》めると思います」

「岩木のようにか」

どこか切羽詰《せっぱつ》まった響《ひび》きをした後藤の声に、広瀬はあえて答えなかった。

「連中はやりすぎた、それは認める。だがな、奴《やつ》らは動揺《どうよう》していたんだ。集団で暴走し始めると本人たちにも止められんものだし、止めればかえって危険なもんだ。広瀬なら分かるだろう」

広瀬は首を振った。後藤の言い分は理解しているが、そんな理屈《りくつ》の通る相手ではないのだ。高里の周囲にいる「何か」は一切《いっさい》の事情を忖度《そんたく》しないだろう。岩木の行動に対し、どんな慈悲《じひ》も垂れなかったように。

後藤は広瀬を見つめている。まるで審判《しんぱん》を待っているように見えた。広瀬はもう一度首を振った。後藤は深い溜息をつき、それから長く黙り込んでいた。

「……俺は高里が怖《こわ》いんだ、広瀬」

ぽつんと漏《も》らされた声に、広瀬はとっさに顔を上げた。天井を仰《あお》いだ後藤の横顔を見つめる。

「ここには色んな奴が出入りするが、変わってるったってどいつもしょせんは人間だ、お里が知れてらぁ。高里は正体が見えん。何を考えてるのか、そもそも何かを考えてるのかそれさえ分からん。あまりにも異質で、正直言って気味が悪いんだよ、俺は」

「後藤さん」

「俺がこういうことを言うと妙《みょう》か」

「妙です」

後藤は少し笑った。笑ってもう一度深く椅子《いす》の背に背中を預け、天井に目をやる。

「俺は見たんだ」

「見たって」

「あれはいつだったかなぁ。一学期の、まだ学期が始まって間がねえころだ。俺は放課後、校舎をウロウロしててクラスの前を通りかかったんだ」

後藤は言葉を切る。

「──教室に残ってる奴がいた。もう暗くなり始めた頃合いだ。高里だった。声をかけようと思ったんだよ、俺は。だが、声をかけられなかった。妙なもんを見たせいだ」

鼓動《こどう》が急に鳴った気がした。

「高里は自分の席に坐《すわ》ってた。そして、その足許《あしもと》に何かがいたんだ」

「何か──ですか」

頷《うなず》いて後藤は立ち上がり、ロッカーを開いて中からスケッチブックを引っ張り出した。ページを捲《めく》って一枚のスケッチを広瀬に示した。

鉛筆《えんぴつ》描《が》きの荒《あら》い線に、水彩《すいさい》で色がつけられていた。それでもそれが何だか分からなかった。輪郭《りんかく》の線ですら破綻《はたん》して、まったく何の形状も表していなかった。

「必死で見たんだ。なのに何があるのか分からなかった。何かがいることは間違《まちが》いなく分かるのに、だ。大きな犬ぐらいの大きさがあって、そいつが高里の足許に蹲《うずくま》ってた。そういう印象だった」

広瀬はスケッチを眺《なが》める。それは高里が描いている絵を思い出させた。

「ここに戻ってきてすぐ描いたんだが、そんな絵にしかならなかった。印象は思い出せるんだが、どうしても形を掴み出すことができなかったんだ」

広瀬はただ頷いた。

「その何かは、じっと足許に蹲っている感じだった。高里は窓の外を見ていた。そうしたら、机の陰《かげ》から手が現れたんだ」

もう一度、喉《のど》を迫《せ》り上がる勢いで鼓動が鳴った。

「白い、女の手だ。それは間違いない。二の腕《うで》まで剝《む》き出しで、大理石で造った女の腕のように見えたよ。その腕が机の向こう側から現れて、机の上に置いた高里の手に触《さわ》ったんだ。机の表面を這《は》うみたいにするすると現れて、高里の手を握《にぎ》るようにした。机の下にも陰にも人影《ひとかげ》は見えなかった」

あの女だ、と広瀬は思った。——それにいつか、教室で何かの影を見なかったか。後藤はそれのことを言っていないか。

「高里にはその手が見えてないようだった。だが、あいつは微笑《わら》ったんだ。手が触《ふ》れた瞬間《しゅんかん》、確かに微笑《ほほえ》んだんだ。腕はすぐに引っ込んで、それと同時に足許の何かも床《ゆか》に吸い込まれていった」

広瀬には言葉がなかった。

「正直言って広瀬が高里に興味を持ってくれて嬉《うれ》しい。俺は怖かった。俺一人で考えるのは気味が悪くて堪《たま》らなかった」

返答に窮《きゅう》していると後藤は苦笑《くしょう》する。

「お前は、神隠しの話を聞いたら高里に興味を持つんじゃないかと思ってたよ。俺には高里が理解できん。あまりにも得体《えたい》が知れなくて気味が悪い。——でも、お前はもっと違う反応をしてくれるんじゃないかと、そんな気がしてた」

広瀬は無言で頷く。

「それとも、広瀬も高里が怖いか」

後藤に問われて首を振《ふ》った。

「怖くはありません。そんなふうに思ったことはありません」

　言って広瀬は何となく微笑った。

「高里は同胞《どうほう》です。多分、俺が出会った中で、唯一《ゆいいつ》の仲間なんだと思います」

　後藤は何も言わなかった。ただし広瀬がそう言った瞬間、ひどく複雑な表情をした。問うように視線を向けると首を振る。突然《とつぜん》話題に興味を失ったように立ち上がった。

「後藤さん？」

　後藤は振り返らない。腰のタオルで手を拭《ぬぐ》うと黙ってイーゼルの前に立った。腕を組んで画布を眺める。

　息をついて広瀬が実習日誌を開いたとき、後藤がようやく言葉を発した。

「広瀬、野暮《やぼ》用を頼《たの》まれてくれるか」

3

　この日の二限目は化学の授業に当たっていた。二年五・六組の合同授業だった。休み時間に五組のクラス委員が教室の指示を聞きに来たので、実験室を使うと言っておいた。六組の生徒にも伝えておくよう指示して、広瀬は実験室に向かう。実験室の窓からグラウンドを眺めた。

　中央近くに少しだけ盛《も》り上がった砂の山がある。そこにはもう花束《はなたば》は見えなかった。

岩木も化学を選択《せんたく》していた。授業の前に後藤に頼まれて広瀬は一本の線を引いた。この授業の出席簿《しゅっせきぼ》に長い線を引いたのだ。岩木の欄《らん》だった。それは彼《かれ》が二度とこの授業を受けることがないことを意味している。ボールペンと定規を使って線を引いた、その手の感触《かんしょく》を妙にはっきりと思い出しながら、実習が終わったら岩木の家に線香をあげに行こうか、などとそんなことを考えた。結局、広瀬は岩木の葬儀《そうぎ》に行けなかった。

ぱらぱらと五組の生徒が現れて、彼らに手伝わせて実験の準備をする。道具を揃《そろ》え終わったところで授業開始のチャイムが鳴ったが、六組の生徒だけは姿を見せないままだった。

胸騒《むなさわ》ぎがした。様子を見てきます、と後藤に言うと、自分が行くと言って後藤が出て行った。実験の手順を板書《ばんしょ》しながら、ひどく不安な気分がしていた。板書を終えたころに五人ばかりの生徒を連れて後藤が戻《もど》ってきた。五人の中には築城の姿も見えた。

「広瀬、ちょっと」

後藤に呼ばれて準備室に行く。

「どうしたんです。他の連中は？」

小声で訊《き》くと、小声の答えが返ってきた。

「ボイコットだ。実験室には危険なものがたくさんあるから嫌《いや》なんだとよ」

報復を恐《おそ》れての言葉だと分かった。

「俺が行ったら教室の外に築城が一人で立ってたんだ。教室から追い出されたらしい。授業をサボるつもりかとどやしたら、あれだけの生徒が出てきた」

どうしましょう、と問うと後藤も困惑《こんわく》したように溜息《ためいき》を落とす。

「今日のところは大目に見るか。……仕方ねえな」

広瀬はただ頷いた。

六組の生徒で化学を選択している者は十八名だった。他の二十二名は生物を選択している。教室を使うときは生物が五組を、化学が六組を使用するのが決まりだったから、生物組は五組の教室か生物実験室にいるのだろう。化学選択の十八名のうち、実験室に現れた生徒は五人だけだった。六人はそもそも欠席だから、七人の生徒がホームルームに籠城《ろうじょう》している計算になる。

実験の説明をしながらそんなことを考えていると、突然激しい声がどこからか響いた。誰《だれ》かが何かを大声で呼ばわっている声だった。立ち上がった生徒たちを制して、広瀬と後藤は廊下《ろうか》に飛び出す。廊下の窓の正面は体育館、右手にはクラス棟《とう》が見える。体育の授業中だったのだろう、体育館の開いたドアの前に生徒や教師が群がっていた。彼らは一様に上を見上げて何かを叫《さけ》んでいた。彼らの視線を追い、広瀬は息を呑《の》む。クラス棟の屋上に数人の人影が見えた。

目眩《めまい》がした。広瀬はとっさに窓枠《まどわく》を掴む。視線を逸《そ》らしたいのに、それができなかった。

制服を着た人影は、屋上の縁《ふち》に棒を呑んだようにして並《なら》んでいた。風が一押《ひとお》ししてもバランスを崩《くず》しそうなぎりぎりの端《はし》。

屋上には立ち入りが禁止されているので、そもそもフェンスのようなものはない。厳重に鍵《かぎ》がかかっていたはずの扉《とびら》をどうやって開けたのかという疑問はこの際、大した問題ではなかった。わずかに間隔《かんかく》を空けて一列に並んだ生徒たちの、互《たが》いの手は紐《ひも》のようなもので結ばれている。遠目ながらそれが制服のネクタイだと分かった。広瀬は無意識のうちに人影を数えた。七までを数えて、それが二—六の生徒だと確信する。

やめてくれ、と心の中で叫んだ。

やめさせなくては。彼らを止めなくては。何とかして彼らを救わなくては。しかし、どうやって？　時間がない。広瀬の手は届かない。走っても間に合わない。どうすれば。どうすれば。

吹《ふ》き荒れた焦燥《しょうそう》で身動きができなかった。結果として七人の姿を凝視《ぎょうし》している破目になる。目眩がしている。ひどい動悸《どうき》で窒息《ちっそく》しそうな気がした。

彫像《ちょうぞう》のように動かなかった彼らの、左端の一人が唐突《とうとつ》に動いた。思考が跳《と》んで、頭の中が空白になった。背後から突《つ》き飛ばされたように大きくバランスを崩した生徒が、何かを叫ぶのが聞こえた。繋《つな》がれた全員が波のように揺《ゆ》れた。ああ、と思った。嘆息《たんそく》のあとに続く言葉が何なのか、広瀬にも分からなかった。無意識のうちに眼《め》を閉じた。耳を塞《ふさ》いだつもりはなかったが、一切の音が聴覚《ちょうかく》から消えた。

眼を開けたときには、屋上にはもう何の影も見つけることができなかった。

広瀬はその直後の騒ぎをよく覚えていない。呆然《ぼうぜん》としたまま過ごしていたようだった。我に返ったときには、広瀬は準備室でぼんやりとしていた。

まるで白昼夢《はくちゅうむ》を見ていて、ふいに目覚めたような気がした。ひどく現実感が希薄《きはく》だったが、自分が夢を見ていたわけではないことだけは理解していた。

準備室の中は広瀬の他《ほか》に誰の姿もなかった。後藤はどこへ行ったのだろう、とそう思い、彼は事情聴取の最中だと思い出す。どうして自分は呼ばれなかったのだろう、と次いで思い、いまにも倒《たお》れそうだと言われて休むよう命じられたことを思い出した。

記憶《きおく》の断片《だんぺん》が甦《よみがえ》ってせめぎ合う。屋上に並んだ七人。それを見上げた生徒たち。手首に巻かれたネクタイのグレイ。恐慌《きょうこう》状態に陥《おちい》った実験室。救急車。警察。急《せ》かされて校門を出ていく生徒たち。悲鳴。喧噪《けんそう》。三人が即死《そくし》。四人は重体。

広瀬は頭を抱《かか》えた。喉許まで嗚咽《おえつ》が迫り上がった。それを止めることができたのは、唐突に浮上《ふじょう》した思考のせいだった。

――高里に何と言おう。

何と言って伝えれば良いのか。高里だって分かってはいるはずだ。きっと覚悟《かくご》をしていると思う。高里が窓から落ちた瞬間に、今日の出来事は確定したも同じだったのだから。それでも、この悲惨《ひさん》な事件をどうやって伝えればいいのか。

頭の中でしばらく言葉を探し、そうして広瀬は失笑した。すでに広瀬の気持ちは高里のほうへ向いている。七人のことよりも高里のほうが気にかかるからだ。転落した七人のうちの四人はいま現在も生死の境にいるというのに。

苦しい笑いになった。広瀬は一人、ただ苦《にが》い笑いを浮《う》かべ続けていた。

4

広瀬が家に戻ったのは、九時を過ぎたころだった。高里は窓際《まどぎわ》に坐《すわ》り、膝《ひざ》の上に開いたままの本を載《の》せてじっと窓の外を見ていた。

お帰りなさい、と声をかけてくる顔がひどく硬《かた》かった。広瀬はただ言葉を探す。選びかねて躊躇《ちゅうちょ》しているうちに高里のほうが口を開いた。

「遅《おそ》かったんですね」

「うん……」

「会議——ですか」

硬い声で訊いてきた高里の表情は沈痛《ちんつう》な色をしている。分かっているのだ、と思った。必ず報復があったであろうことを、彼は知っているのだ。

広瀬は頷いて外を示した。

「飯食いに行こう。腹減ったろ」


夜遅くまで営業している喫茶店《きっさてん》に行って、軽く夕飯を食べた。広瀬も食欲がなかったし高里もそれは同様のようだった。その帰り道、散歩に誘《さそ》った。半分に欠けた月が出て、強い風が疎《まば》らな雲を吹き流していた。

堤防《ていぼう》沿いの道を歩くと、しばらく行ったところで広い河口に出る。川幅《かわはば》は広いが長い間に堆積《たいせき》した泥《どろ》で実際に水が流れているのはその半分に満たない。ことにいまは引き潮なのだろう、黒い水が黒い泥の間をさらに半分ほどの幅で蛇行《だこう》していた。遠浅の海はどこまでも昏《くら》い。ぬめったような艶《つや》を見せる泥の上を、てらと光って水が流れる。

「何人……死んだんですか」

堤防から海を見降ろして高里が呟《つぶや》いた。

「結局、五人。二人がまだ昏睡《こんすい》したままだが、時間の問題だろうという話だ」

「何があったんです?」

「分からん」

事故ですか、と訊く高里に広瀬は首を振ってみせた。

「本当に分からないんだ。何があったのか。化学の授業をボイコットして教室に籠城していた連中が、いきなり屋上から飛び降りた。下の歩道までは四階ぶんの高さがある。十二メートルか、それ以上かな。即死は三人だったが残りの四人も昏睡したままで一度も意識を取り戻さない。そのうち一人は眼を開けないまま死んだ。もう一人は一瞬だけ眼を開けたが、言葉どころか反応すら見せないうちに息を引き取った。何が起こったのか知る方法がないんだ」

「屋上には出られないはずです」

「ああ。ところが実際に行ってみると、ドアが開いていたそうだ。どうして開いたのか、誰にも分からない」

「本当に、自主的に飛び降りたんですか？」

広瀬は息を落とした。堤防から黒い泥の上に零《こぼ》された溜息を風が攫《さら》っていった。

「俺《おれ》は見てたんだよ、高里。連中が飛び降りるところを。他にもたくさんの連中が見てた。何かに突き落とされたようにも見えたが、犯人の姿は見えなかった。あれじゃあ集団自殺としか言いようがない」

高里はしばらく黙《だま》っていた。夜の海から湿《しめ》った風が吹きつけてくる。空気の流れが速い。そういえば低気圧が近づいていると誰かが言っていた。

「七人だけですか」

「他に三人怪我《けが》をした奴《やつ》がいたが、これは大したことはない。七人だけだな」

いまのところは、という科白《せりふ》を広瀬は呑み込《こ》んだ。

「僕のせいですね」

静かに零されただけの声だった。

「お前のせいじゃない」

「僕が逃《に》げればよかったんです」

広瀬は高里を見る。高里はじっと堤防の外を見ていた。

「ちゃんと抵抗《ていこう》して逃げればよかったんです。穏和《おとな》しく突き落とされたりせずに逃げればよかった。そうすればもう少し……」

「逃げられたとは思えない」

「でも」

「逃げれば袋叩《ふくろだた》きに遭《あ》うのが関の山だったろうよ。止めに入った教生Aのようにな」

広瀬が言うと高里はごく淡《あわ》い笑《え》みをみせた。それもすぐに溶《と》け落ちて消える。

「どっちにしても状況《じょうきょう》は変わらん。お前のせいじゃない」

彼らは実験室が怖《こわ》いと言った。危険なものがあるから嫌なのだと。バーナーや劇薬や、何かのはずみで事故が起こりそうなものがいくらでもある。

後藤が生徒を呼びに行ったとき、築城一人が廊下に出て立っていた。築城はこう証言した。

五組の生徒が、化学は実験室だと伝えに来て、それで移動しようと席を立ったら誰も動こうとしなかった。戸口から実験室に行かないのか訊くと、教室から押し出されて戸を閉められてしまった。それで誰か出て来ないかと思って、彼は廊下で待っていたのだ、と。

そうして、築城を締《し》め出した生徒は言ったという。お前はあのとき、いなかったんだからいいよな、と。

あのとき。高里を突き落としたその場に築城はいなかった。高里を恐れて登校を拒んでいたことが築城を救った。皮肉だと思う。とても皮肉だ。

築城は加害者で、他の者は傍観者《ぼうかんしゃ》だった。築城は加害者であったために、さらに手酷《てひど》い危害を高里に加えることができなかった。それを行なったのは、傍観者だったはずの生徒たちだ。彼らは実験室を警戒《けいかい》したが、実験室に来た者は救われた。警戒し通した者だけが屋上から墜落《ついらく》した。

高里が声を零した。

「僕のせいです」

「そうじゃない」

広瀬が言うと、高里は堤防に腕を載せる。腕の間に顔を埋《う》めた。

「僕が、戻ってこなければよかったんです」

高里、と窘《たしな》めても彼は顔を上げなかった。

「あのまま行ってしまっていれば、こんなことは起きなかった。戻ってこないほうが、誰のためにもよかったのに」

それは事実だったので広瀬は返答をしなかった。高里にとっても、そのほうがよかったのだと思う。彼にとって「あちら」は気持ちのいい場所だった。「あちら」へ行ったままでいられれば、苦しむ必要などなかったのだ。

風が強くなった。海鳴りが吹きつけてくる。いつの間にか月も星も姿を消していた。暗い海の上には光のない夜空が広がっていた。夜は暗く重く、雨が近いことを窺《うかが》わせている。しばらくただ黙って呼吸をしていた。

5

「……なあ、高里」

広瀬は柱に凭《もた》れて布団《ふとん》の上に胡座《あぐら》をかいていた。高里は窓際でカーテンの隙間《すきま》から外を見ている。

部屋に戻って風呂《ふろ》を使い、寝《ね》ようと布団を延べたものの、一向に眠《ねむ》れる気がしなかった。連日のアクシデントで身体《からだ》はひどく消耗《しょうもう》している。それ以上に精神の疲労《ひろう》が深かった。それでもなお睡魔《すいま》が襲《おそ》ってくる気配はない。神経が昂《たかぶ》っていることと、眠ることに対する不安、それが理由だと自分でも分かっている。

広瀬はぼんやりと坐ったまま思考を弄《もてあそ》んでいた。高里も窓の外を眺《なが》めたまま、ぼんやりとしているように見えた。

「高里、お前、幽霊《ゆうれい》とか化物とか信じるほう？」

高里は瞠目《どうもく》する。困ったような顔をした。

「幽霊なんか見たことないのか？」

高里は首を振《ふ》った。

「ありません。妙《みょう》なものを見たと思ったのは、あの――」

「神隠《かみかく》しのときに見た手だけ？」

「はい」

「じゃあ、気配は？」

広瀬が訊くと、高里はふいに眉《まゆ》を顰《ひそ》めた。

「妙な気配を感じたことはないか」

高里は広瀬を見つめ、そうして何か考え込む様子を見せる。

「俺な、妙なものを見たことがある。お前のまわりで」

広瀬は無理にも笑ってみた。

「白い腕《うで》、なんだ。それから得体《えたい》の知れない影《かげ》。どっちもはっきり見たわけじゃないんだが、どうやらお前のまわりには妙なものが徘徊《はいかい》している気がするんだよ」

言って広瀬は苦笑《くしよう》した。

「困ったな。俺はそういうの、信じないことにしてたんだが」

少し首をかしげるようにして、広瀬を見守っている高里を見返す。

「お前、何かに憑《つ》かれてるんじゃないかな」

高里が眼を見開いた。

「祟《たた》るのはお前じゃない。そいつらだ」

築城の足を摑《つか》んだ白い手。橋上に釘《くぎ》を刺《さ》した何か。そうして、岩木の代わりに騎馬《きば》を支えていた誰か。岩木が死んだときに見えた、あの奇妙《きみよう》な染《し》み。どれをとっても、それは異常を示している。この世の外の何か。常識では分類できない何かの存在。

「……グリフィンがいるんです」

唐突に言われて、広瀬は高里を見返した。

「上手《うま》く言えないんですけど。グリフィンって、勝手に呼んでるんです。大きな犬……

もっと大きいかな、そのくらいの大きさがあって、ときどき飛ぶので翼《つばさ》があるんだと思うんです。だから、グリフィンって」

「見たのか、それ」

　言うと高里は首を横に振った。

「ときどき、いるような気がするんです。本当に気がするだけなんですけど。何か犬みたいな生き物が自分のそばにいるような気がするときがあるんです。小さい頃《ころ》からずっといて、最初は気のせいだと思っていたんですけど」

　高里は小さく微笑《わら》う。

「いつも、僕《ぼく》の足許《あしもと》に蹲《うずくま》っているんです。よく馴《な》れた犬みたいに。あ、いるなって、感じることがあって、実際に目を向けるといなくなるんです。ふっとどこかへ行ってしまって。影みたいなのが見えたような気がすることもあるけど、ほとんどのときは見えません。——いつか、先生と放課後会ったことがありましたよね」

「ああ」

「たくさん質問をされたときです。あのときもいました。先生が教室に入って来て、グリフィンが消えたほうを見たから、僕以外の人でも感じるんだろうかって思ったんです」

　教室のどこかに消えてしまったあの影。

「秘密の犬を飼《か》ってるみたいで、少し楽しかった」

高里は微笑う。すぐにそれは雲散霧消《うんさんむしょう》した。

「ときどき人の気配を感じることがあって。人の気配がして、誰かが僕に触《さわ》った気がするんです。必ず海のにおいがする……。ムルゲンっていうんです」

「ムルゲン？」

その名前を広瀬は知らなかった。

「セイレーンって分かります？　六世紀に人間に捕《つか》まったセイレーンがいたんだそうです。のちにちゃんと洗礼を受けて聖女になったんですけど、その名前がムルゲン」

「へぇ……」

「ムルゲンもグリフィンも僕が落ち込んでいると現れるんです。そっと肩《かた》を撫《な》でてくれたり、足に身体を擦《す》りつけるようにしたりします。慰《なぐさ》めてくれてるんだと思ってました」

語尾が微《かす》かに震《ふる》えた。

「なのに、どうして」

静かなばかりの声が初めて肉声の色を帯びた。高里の強い情感が滲《にじ》んだ声。

「僕は岩木君をありがたいと思いました。本当にありがたいと思ったんです」

「分かってる」

「なのに、どうしてなんですか」

広瀬に返答できるはずもない。

「どうしてそんなことをするんです。一度だって僕に危害を加えたことはありません。ずっと慰めてくれたんです。味方なんだと思ってました」

広瀬を責める声ではなかった。高里は因果関係に気がついたのだ。自分の身のまわりに出没《しゅつぼつ》する何かの気配と、頻繁《ひんぱん》に起こる不幸との否定できない関連。

「なのにどうして、彼《かれ》を死なせたりするんですか」

まるで守護者のようだ、と広瀬は思った。それもたいそう質《たち》の悪い守護者だ。まるで度の過ぎた母性愛のように、奴らは高里を守護する。高里を傷つける者を容赦《ようしゃ》なく排除《はいじょ》する。奴らにとって重要なのは高里が傷ついたか否《いな》かではなく、奴らがそれをどう判断したかなのだ。奴らは岩木を高里の敵だと判断した。ゆえに、岩木は排除された。

正体は分かった、と広瀬は思う。「祟り」と呼ばれてきたものの正体。奴らと高里を分離《ぶんり》せねばならない。そうでなければ高里は早晩抜《ぬ》き差しならないところに追いつめられるだろう。それはそんなに遠い未来の話ではない。高里を突き落とした生徒の大半はまだ無事でいる。不快な話題を口にした、ただそれだけの築城と橋上があそこまでの報復を受けるなら、生徒の大部分が見逃《みのが》されるような、そんな甘《あま》い事態で済むはずがない。

——しかし、どうやって？

その夜、夜半には強い風が吹いた。海鳴りが不安のように轟《とどろ》く。明かりを消した部屋で広瀬は寝返りを繰《く》り返した。すぐそばで高里も寝つかれぬ様子なのが気配で分かった。やっと微睡《まどろ》んだ明け方、広瀬は耳許で女の声を聞いた気がした。

——お前は、王の敵か、と。

これに対して広瀬は何事かを答えた。

何と答えたのか、目覚めてから考え込んでみたが、思い出すことはできなかった。

＊＊＊＊＊＊＊

男と女が堤防《ていぼう》に立って夜の海を眺《なが》めていた。

男は黙《だま》り、女は一人で喋《しゃべ》っていた。女が吐《は》き出す言葉のほとんどは他愛《たわい》のないものに聞こえたが、その実その奥《おく》には激《はげ》しい皮肉が含《ふく》まれている。女は男を挑発《ちょうはつ》しようとしているようだった。男にはその挑発に乗る気がなかった。

ひた、と泥《どろ》を叩《たた》く微かな音がしたのは、そんなときだった。

泥の中で小魚が跳《は》ねたような音だった。男は堤防の下を覗《のぞ》き込《こ》む。堤防の下には、ねっとりとした泥が澱《よど》んでいた。この闇《やみ》の中で小さな魚が見つけられるとも思えなかったが、とにかく男は視線を向けてみた。案の定、泥の表面には何の姿もない。女は依然《いぜん》喋り続けている。業《ごう》を煮《に》やしたのか言葉ははっきり皮肉に変わっていた。

男が堤防に頬杖《ほおづえ》を突《つ》いたとき、もう一度音がした。かぽん、と今度は何かが泥の中に沈《しず》む音だった。女が口を噤《つぐ》んだ。

「魚？」

女はそう訊《き》いて、堤防の下を覗き込んだ。

「鰻《うなぎ》かな」

まさか、と女が答える間もなく、また眼下でかぽんと泥が掻《か》き廻《まわ》される音がした。

かぽん、と。かぽかぽ、と。ひた、と。

男は眉を顰めた。ふいに潮のにおいが強くなった。音はやまない。光の届かない泥の表面に何かが蠢《うごめ》く音が続く。鰻の音だとしたら、泥の表面を覆《おお》いつくすほどの数だろう。

「何なの……？」

分からん、と呟《つぶや》いて男は女に退《さ》がるよう手振りで命じる。それでも視線を堤防の外から離《はな》さなかった。ぺた、と舌舐《したな》めずりのような音が続く。てらてらと澱むばかりの泥の上に小さな漣《さざなみ》が立った。

何かが、いた。

小さな、無数の何か。

男は目を凝《こ》らした。泥が奇妙な光沢《こうたく》を見せてどよもすように蠢く。何かの群れがすぐ真下まで押《お》し寄せてきていた。おそるおそる身を乗り出したとき、女が押し殺した悲鳴を上げた。

「あれ！」

慌《あわ》てて女を振り返り、そうして強《こわ》ばった顔が沖《おき》のほうを向いているのを見て取った。その視線を追いかけ、その動きが沖で止まる。泥ばかりが続く海の、中州《なかす》のように切りとられた泥の真ん中。そこに盛《も》り上がった何か。

巨大《きょだい》な亀《かめ》の甲羅《こうら》のようにも見える、その黒々としたものまで二百メートルもないように思えた。丸い泥の丘《おか》のように盛り上がった黒い影。泥の下から浮上《ふじょう》したのか、その曲線は滴《したた》る泥の滑《ぬめ》りで溶解《ようかい》しつつあるように見えた。

「何だ、あれは」

潮のにおいがさらに強くなった。たぽたぽと足許の音が大きくなる。それは明らかに近づいてきたようだった。堤防を這《は》い昇《のぼ》ってくるかのように、徐々《じょじょ》に耳に近くなる。

男はとっさに女の腕を摑んだ。摑んだ二の腕ごと身体《からだ》を押し、そうして弾《はじ》かれたように駆《か》け出した。啞然《あぜん》としたまま動けないでいる女を引きずるようにしてその場を離れる。背後を振り返りながら、堤防沿いの道を駆け戻《もど》った。

十数歩駆けたところで振り返った視野に黒いものが見えた。滑りのある光沢で、泥のように見える。それが堤防を乗り越《こ》えて、たぷたぷと音を立てながら道へ滴り落ちようとしていた。女が立ち止まり、次いで男が立ち止まった。泥のような何かは湿った嫌《いや》な音を立てながら道を横切り、コンクリートの斜面《しゃめん》を堤防下の家に向かって流れ落ちていく。塀《へい》の外に生《お》い茂《しげ》った雑草の繁みに向かって、黒い流れを作った。

わけが分からないままに男が視線を転ずると、河口に見えた何者かは泥の中に沈んで行こうとしていた。わずかに見えた盛り上がりが、やがて泥の起伏《きふく》になり、そうして泥の下に消える。あとにはてらてらと平坦《へいたん》な泥の海だけが残った。

男はもう一度目を道のほうに向ける。コンクリートの小径《こみち》には泥にまみれた何かを引きずったような跡《あと》だけが残っていた。

「何だったんだ、いまのは」

せめて泥の跡を確認《かくにん》しようと歩き出した男の腕を女が摑んだ。行くな、というように首を振る。男はそんな女と泥の跡を見比べ、そうしてただ頷《うなず》いた。

鼻孔《びこう》を刺すように強い潮のにおいがしていた。

「帰ろう」

男は強い声を上げた。本能の警告。あれには近づかないほうがいい。確かめるのなら明日になってからでもいいはず。闇が払拭《ふっしょく》され、何者も身を潜《ひそ》めることができなくなってからでいいはずだ。

慌てて小走りに歩き出した二人を、潮騒《しおさい》が追って来た。追い縋《すが》る触手《しょくしゅ》のように、そこには強い潮の臭気《しゅうき》が含まれていた。

七章

1

広瀬が翌朝学校に辿《たど》り着いてみると、校門の前にはマスコミの関係者らしい連中が列を作ってたむろしていた。岩木の事件が起きたときよりもさらにその数が増えていた。

生徒たちが登校してくる時間には少し早い。まばらに校門へ向かう生徒や教師たちを当たるを幸いに捕《つか》まえていた。捕まえられた教師は深く顔を伏《ふ》せて逃《に》げ出す。同じように捕まった生徒を強引《ごういん》に呼び寄せて校門を抜《ぬ》けて行った。押《お》されるようにして門を入っていく生徒たちは、心なしか残念そうに見えた。教師に引き立てられるようにして校舎へ向かいながら、振り返って興味深げな視線を取材陣《しゅざいじん》に投げている。

広瀬は校門が見える位置で立ち止まった。溜息《ためいき》しか出なかった。くだらない質問など聞きたくなかった。少し戻《もど》って裏門の見えるあたりまで行くと、裏門の周囲にも何人かの人間が集まっているのが見えた。少なくともこちらのほうがましなようだと目算をつけ、歩き出そうとしたところに車のクラクションが軽く鳴った。

振《ふ》り返ると、養護教諭《きょうゆ》の十時《ととき》が車の中から笑っていた。

「乗りませんか」

「お願いします」

頭を下げ、歩道につけた白い軽自動車に乗り込《こ》む。密閉された空間に息をついた。

「大変な教育実習になりましたね」

十時はおっとりと笑った。

「……ええ」

「それも明日で終わりでしょう。なんだか羨《うらや》ましいような気がするな」

でしょうね、と広瀬が苦笑《くしょう》すると、十時も笑って車を右に寄せる。右折のウインカーを出して赤信号が変わるのを待った。

「身体《からだ》の具合はいかがです」

「あちこちに打ち身が残っている程度です」

十時は微笑《わら》って頷《うなず》く。信号が変わったのを見て取って車を出しながら、声を潜《ひそ》めた。

「昨日生徒が担《かつ》ぎ込まれた病院に行った先生が、記者に妙《みょう》なことを訊《き》かれたようですよ」

「妙なこと？」

「ええ。生徒が二階から転落した事件があったそうだが、その生徒は来ないのか、って」

「でも、あの事件は」

事故でケリがついた。新聞やテレビにも無視されている。

「どこからか耳に入ったんでしょう。高里君の家はどこだとか、しつこく訊いていたらしいですから」

十時は裏門へ車を向け、たむろした取材陣をクラクションで追い散らして構内に入る。

「本当に事故なのか、と念を押されたそうですから、それでマークされているんでしょうね。怪我《けが》をした教生の話も出たそうですから、注意したほうがいいですよ」

「気をつけます」

裏門脇《うらもんわき》の駐車場《ちゆうしやじよう》に車を入れながら、十時は笑った。

「よければ帰りもお送りしますが。校門のまわりには軍隊アリが集《たか》ってますから」

広瀬は少し微笑って頷いた。

「申し訳ありませんが、お願いします」


十時と一緒《いつしよ》に職員室に入ると、中は奇妙《きみよう》な緊張《きんちよう》に包まれていた。教師たちは職員室のあちこちで、額を寄せ合うようにして集まっていた。全員が複雑な顔をして新聞を覗《のぞ》き込んでいる。広瀬は職員室を見回し、隅《すみ》に立っている後藤の姿を見つけて歩み寄った。

「おはようございます。——どうかしたんですか？」

後藤は軽く手を挙げ、それから渋面《じゆうめん》を作って声を潜《ひそ》めた。

「スポーツ新聞に変な記事が載《の》ってんだよ。昨日の事件を他の事故と関連づけて祟《たた》りだとか何とかな」

　血の気が引くのが自分でも分かった。十時が面白《おもしろ》そうに身を乗り出す。

「祟りって？」

　まさか高里のことが、と目線で訊いた広瀬に後藤は首を横に振ってみせた。

「高里が窓から落ちた件や修学旅行の件やなんかが、耳に入ったらしいな。生田さんのことまで調べ上げてあったぜ」

　後藤は苦笑した。

「あれもこれも並べ立てて、呪《のろ》われた学校だの何だのと面白おかしく書いてあった。関係者は何かの祟りに違《ちが》いないと言って怯《おび》えているとよ」

　十時がぽかんとした声を上げた。

「関係者、って」

「俺《おれ》や、十時先生のことでしょうな、やはり」

　十時は少し眼《め》を見開き、それから苦笑を零《こぼ》した。

「僕は自分が怯えているとは、ついぞ知りませんでした」

「俺もですよ」

　後藤は笑ってから顔をしかめる。

「迷惑《めいわく》ならしてますがね。昨日、病院は報道陣で大変でした」

「らしいですねえ」

「状況《じょうきょう》が状況だし、ついこの間、岩木の件があったばかりですから仕方ありませんが。昨日も小さな事故がいくつかあったようだし」

「昨日、ですか?」

「ええ。うちのクラスの生徒が九人、階段だの歩道橋だのから転がり落ちて欠席者が続出してます。今日は授業にならんと思っているところです」

後藤がそう言って広瀬に目配せしたところで、校長が入ってきた。


授業時間を繰り下げて、全校朝礼が行われた。飛び降りた七人のうち、六人が死んだことを広瀬は校長の言葉で知った。

朝礼のためにクラスへ行くと、教室の中はなんともお寒い状況だった。六人が死亡し、一人は意識不明。一昨日から朝礼までの間に事故に遭《あ》って欠席した者が十二人。病欠として届のあった者が四人。そして高里。教室にはわずか十六人の生徒が不安そうな面もちで坐《すわ》っていた。

二週間に亘《わた》る教育実習も終盤《しゅうばん》に差し掛《か》かった。教生の研究授業は無理にでも行なわれたが、研究授業以外は自習が多い。広瀬は予定通り五時間目に一年生の理科Iを担当して授業を行なったが、見に来ていた教師と教生の大半が上の空だった。
研究授業が終わって準備室に戻ったところで電話が鳴った。入院していた生徒の最後の一人が、ついに目を覚まさないまま死亡してしまったことを告げる電話だった。

2

受話器を置いて、後藤はしばらく額に手を当てていた。広瀬にはかける言葉がなかった。それで黙《だま》ってその背中を見ていた。

「広瀬」

背中を向けたまま後藤が低く言った。

「俺は高里を怖《こわ》いと思うが嫌《きら》っちゃいねえよ。それでも、こういうことがあると堪《たま》らん気分になる」

広瀬はただ背中に向かってうなずいた。

「高里を怨《うら》めたほうがいっそ楽だよ。七人だぞ、七人」

「高里のせいと決まったわけではないでしょう」

後藤は振り向いた。

「お前は、高里は祟る、と言った」

広瀬は首を振る。

「高里と報復とは関係がある、と言ったんです。第一、報復だとは限らないでしょう。本当に自殺なのかもしれない」

「動機は」

「自殺者の動機なんて分からないことが多いものです。人は端《はた》から見れば馬鹿馬鹿《ばかばか》しいほど些細《ささい》な理由で死んだりします」

「本気で言ってるのか」

睨《にら》まれて広瀬は眼を伏せた。

「――高里じゃないんですよ、後藤さん」

広瀬が言うと、後藤は怪訝《けげん》そうに瞬《まばた》きをする。

「祟るのは高里じゃありません。いつか後藤さんが見たという、あの連中です」

後藤は広瀬と、スケッチブックを収めたロッカーを見比べるようにした。

「……あれか？」

「ええ。奴《やつ》らが何なのかは分かりません。奴らは高里に憑《つ》いています。高里を守っているつもりなんです。なぜなのかは分かりませんが」

「守るとは言わんぞ、ああいうのは」

「方法は誤っていますが、意図は明らかですよ。あいつらは、あいつらなりに高里を守っているつもりなんです。高里の敵であると見做《みな》した者には容赦しない。報復することで守っているつもりなんだと思います」

するると、と後藤は呟《つぶや》いた。

「すると、だ。そいつらは高里には危害を加えないんじゃねえのか」

「でしょうね」

「だったら、高里のそばにいたほうが安全なんじゃないか？　奴らがどういう手口で報復するつもりなのかは知らねえが、高里が教室にいる限り、教室の天井を落としたり床をぶち抜いたりするような手口は使えねえだろう。もっと姑息《こそく》な手を使うにしてもだ、高里のそばにいないよりいたほうが安全率はぐんと上がる。そういうことにならないか」

広瀬は瞠目《どうもく》した。

「その、通りです」

連中が高里を守る者なら、高里のそばにいればいるほど安全率は高くなる。

「高里を」

呼びましょう、と言いかけた広瀬を後藤は制した。待て、と強く言ってから戸惑《とまど》ったように視線を外《そ》らす。

「家に電話をします」

「やめろ」

後藤は明らかに狼狽《ろうばい》していた。広瀬はその意味が分からずに首をかしげる。

「――危険だ。生徒は事情を分かってねえ。連中はいまも高里を恐《おそ》れてる。高里自身が祟るんだ、となｏ切羽詰《せっぱつ》まった誰《だれ》かが、高里さえいなければ、と思ったとしても不思議はねえ。高里が死ねば、祟りから逃《のが》れられるんじゃないか、ってな」

「それは、そうですが」

言ってから、でも、と広瀬は言葉を継《つ》いだ。

「でも、万が一、高里に何かあっても、奴らがきっと守ります」

三階ぶんの高さを転落して無事でいられたのはそのせいではないだろうか。そう言うと、後藤はそっぽを向く。

「やめとけ。生徒連中だって高里のそばにはいたくねえだろう。仮病《けびょう》を使って休んでる連中がいるのがその証拠《しょうこ》だ」

「安全のためだと説明すれば、連中だって分かりますよ。休んでる連中も説得して、学校に来るように言ったほうが――」

「事情を、連中に教えてやる気か」

「いけませんか」

「やめろ」

短く、吐《は》き出すように後藤は言った。広瀬は後藤の横顔を不思議な気分で見返した。

「どうしてです」

「これこれの事情だから高里のそばから離れるな、ってか？　無駄《むだ》だよ。全員が二十四時間、高里のそばにいることは不可能だ」

「でも」

「やめとけ。これ以上誰か一人でも死んでみろ。そのとき目の前に高里がいたら何が起こると思う」

「しかし、他に自衛策がないでしょう」

「どの程度効果があるか分からん。リスクが多い。やめておけ」

「じゃあ、他にどうすれば」

「とにかく、言うな」

広瀬は嘆息《たんそく》した。どうして後藤がいきなりこんな頑迷《がんめい》な態度を取り始めたのか、理解できなかった。

「後藤さん」

後藤は広瀬には目もくれずにイーゼルの前に立った。腕《うで》を組んでただ画布を眺《なが》める。

「広瀬、俺をどういう人間だと思う」

広瀬には後藤が何を意図してそんなことを訊いたのか分からなかった。答えあぐねて首をかしげたまま黙っていると、やがて後藤は画布を見たまま呟いた。

「俺は広瀬を気に入ってる」

「それは、どうも」

「――だから言うな。お前の葬式《そうしき》には出たくねえ」

広瀬は眼を見開いた。

「後藤さん！」

「俺のエゴだよ。分かってる。だがな、少なくとも俺は全部の人間を同じだけ好きでいられるほど善人じゃねえ。それを言って、奴らの邪魔《じゃま》をしたら、お前まで祟られるかもしれんだろう。岩木のような姿になった広瀬を見るのは真っ平御免《ごめん》だ」

「言ってることの意味を分かってるんですか」

後藤は広瀬のほうを見ない。

「分かってるとも。平たい言葉で言ってやろうか。――事情を話しても犠牲《ぎせい》は出る。連中は手を出しちゃならない相手に手を出したんだ。手前《てめえ》のしたことのツケを、手前が払《はら》わされるのはやむをえん。お前が払ってやることはねえ」

「後藤さん」

後藤は画布のほうを向いたまま苦笑した。苦い苦い笑いだった。

「呆《あき》れたろ。もっと卑怯《ひきょう》なことを言ってやろうか」

「聞きたくありません」

「じゃあ、聞かせてやろう。——お前が死んだら高里はどうなる」

広瀬は後藤の横顔を見つめた。

「生田さんや岩木が死んだときの比じゃねえぞ。広瀬は多分、高里が生まれて初めて持った理解者だ。高里を置き去りにするのか」

「俺は……」

後藤は目を逸らす。辛《つら》い、苦い表情をしていた。

「誰だって全部の人間に良くしてやれるんならそうしたいさ。しかし順番を決めなきゃいけないときもあるんだよ。全員を好きだってことは、誰も好きじゃねえってことだ。少なくとも俺はそう思う」

広瀬は黙り込む。痛いところを突《つ》かれたと思う。実際のところ広瀬にしても、生徒たちに何かがあれば、そのぶんだけ高里の負担が増えるとそう思うから心配するのだ。広瀬の中には、突き落とした連中が多少の報復を受けるのはやむをえないという思考が確かに存在する。度を超《こ》した報復は高里の負担になる。だから、止められるものなら奴らを止めたい。邪魔をすれば自分の身に危害が及《およ》ぶ可能性があることを、すっかり失念していた。

「どうしても、って言うんなら、俺が言う。お前みたいな若い奴が危ない橋を渡《わた》ることはねえ」

さらに痛いところを突かれたと思った。

「……卑怯な爺《じじい》だ」

「ああ」

後藤は一気に老《ふ》け込んだように見えた。広瀬の担任をしていた頃《ころ》、たしか四十代の終わりだった。この人ももう数年で定年なのか、と唐突《とうとつ》にそう思った。

「俺は、あんたみたいな奴の葬式に出るのは嫌《いや》だからな。香典《こうでん》の無駄だ」

広瀬が低く言うと、後藤は本当に苦そうに笑った。そのまま何も言わなかったので、広瀬もそれ以上何も言わなかった。

人が人を大切に思う情愛は貴《たっと》いもののはずなのに、その裏側にはこれほど醜《みにく》いものが存在する。人が人として生きていくことは、それ自体がこんなに汚《きたな》い。そんなことを広瀬は思った。


屋上から飛び降りてその日のうちに死亡した者の葬儀《そうぎ》が午後からに予定されていた。重そうに足を引きずって出かけていく後藤を見送り、広瀬は出席簿《しゅっせきぼ》を開いた。岩木のときと同じように、七つの名前のあとに定規を使って丁寧《ていねい》に長い線を書き込んだ。

3

今日も会議ばかりで自習が多い。授業中の時間帯でも学校から喧噪《けんそう》は引かなかった。後藤が準備室を出ていって、しばらくした頃に人の話し声が近づいてきた。耳を澄《す》ますと勢いよくドアが開いて、野末と杉崎が姿を現した。

「あれえ、先生。大丈夫《だいじょうぶ》なんですか」

「具合どうです」

二人が口々に言う。広瀬は苦笑してみせる。

「まああ、ってとこかな」

野末が広瀬の顔を大仰《おおぎょう》に覗《のぞ》き込《こ》んだ。

「大丈夫? 昨日死にそうな顔してたって」

「誰がそんなことを」

「クラスの奴。白衣着た教生が、自分が飛び降りたみたいな顔してたって言ってましたよぉ」

「そりゃ、誇張《こちょう》」

「どうだかなあ。先生、結構ナイーブだから」

「ナイーブって言葉の意味を分かってるか?」

野末はきゃらきゃらと声を上げて笑う。

「授業は」

四時限目の授業中のはずだった。広瀬が訊くと野末は悪戯《いたずら》っぽく眼《め》を見開いた。

「自習。だから化学の自習なんかしてみようかなーと」

勝手に棚《たな》を荒《あ》らしてビーカーを引っ張り出す二人を、どこか救われた気分で眺めた。

一人でいると滅入《めい》って堪らない。きらきらしいほど明るい彼《かれ》らが嬉《うれ》しかった。

「二─六はガラガラなんですって?」

野末はコーヒーを注いだビーカーを持って広瀬の前に坐《すわ》る。

「まあな」

「何人くらい?」

「十六人。風通しがいいぞ」

「だろうなぁ」

杉崎がふいに声を潜《ひそ》めた。

「祟《たた》りだって話、聞いたか?」

野末は、いまさらだよ、と呟く。杉崎が首を振《ふ》った。

「違うって。二年の、ええと、高里? そいつじゃなくて」

「T氏じゃなかったら誰が祟るんだよ」

杉崎はさらに声を潜めた。

「岩木さん」

広瀬は一瞬《いっしゅん》声が出なかった。野末も同様に少しの間沈黙《ちんもく》を作り、やがて笑う。

「まさか。何で岩木さんが祟るんだよ」

「二年六組に被害《ひがい》続出、だろ？　連中が岩木さんを殺したわけじゃん」

「五組の人間もいたんだろ」

野末が言うと杉崎はニンマリした。

「五組、六組の合同授業で騎馬戦《きばせん》の予行演習をしてたわけだろ？　当然敵と味方に分かれてるよな。俺《おれ》たちもやったけど、そういう場合、クラスごとに分ける。違うか？」

「そこまでは納得《なっとく》」

「岩木さんは五組。味方同士で揉《も》み合っても仕方ないから、岩木さんの騎馬隊のまわりは六組の奴らばっかだったはずだよ。六組の奴らと揉み合ってて岩木さんは転んだ。ゆえに、加害者は六組のほうに多い。証明終わり」

「あ、なるほど」

「それにな、見た奴いるんだよ」

「見た、って」

杉崎は声を落とす。

「学校の近所の奴が夜に、クラス棟《とう》の屋上に体操服着た奴がいるの、見たんだって」

「体操服」

「あと、一組の奴がさ、玄関《げんかん》のとこで下駄箱《げたばこ》の陰《かげ》に体操服着た奴が入って行くのを見たってさ。その体操服というのが、泥《どろ》と血で汚《よご》れてたって、話」

「げげ」

広瀬は苦笑《くしょう》する。

「人が死ぬと、幽霊《ゆうれい》にしなきゃ気が済まないものらしいな」

杉崎は顔をしかめた。

「俺が言ったんじゃないっすよ。そういう噂《うわさ》があるんですって」

「人が死ぬと、そういう噂が流れるものなんだよ」

広瀬が笑うと、杉崎はさらに不服そうに頰《ほお》を膨《ふく》らませた。

「でもさ、昨日の飛び降りだって岩木さんの……って、もっぱらの噂ですよ」

「まさか」

「本当。体育館にいた連中が聞いたらしいんですよね。上の連中が叫《さけ》んでるの。助けてくれ、許してくれ、って」

広瀬は眉《まゆ》を顰《ひそ》めた。

「叫んでた？」

「そう。それで体育館の連中、上に人がいるのに気がついたって。全員で屋上の縁《ふち》に並んでさ、助けてくれ、って譫言《うわごと》みたいに言ってたって。勘弁《かんべん》してくれ、助けてくれもないでしょう？何かに操《あやつ》られてるみたいだった、って話」

ふと、広瀬の脳裏《のうり》を空想が過《よぎ》る。金縛《かなしば》りだ。身体《からだ》が動かない。声も出せない。なのに足が勝手に動く。歩きたくないのに足が動いて屋上に向かう。開いているはずのないドアが開いていて、屋上に出る。足は屋上の縁へ向かう。切迫した恐怖《きょうふ》でようやく声が出る。「助けてくれ」と。

広瀬は首を振った。空想にすぎない。何が起こったのか、正確なところは誰にも分からない。そこには彼らが自らの意思で自殺した可能性が含《ふく》まれていてくれる。

「しかも、今朝さ」

杉崎に言われて広瀬は慌《あわ》てて彼を見返した。

「何？」

「一年の教室の前に泥の跡《あと》がついてたって話」

「泥？」

「そ。一階の廊下《ろうか》に何かが這《は》ったみたいな泥の跡がついてたんだって。泥、ってのがさ、どうも……でしょう？」

「それ、いつの話だ？」

「今朝ですよ。朝一番の話。俺が予鈴の十分前に学校に来たときには、もう消されててなかったけど。用務員が掃除《そうじ》したらしいですよ」

へえ、と妙《みょう》に感心したような声を上げる野末に、杉崎は続ける。

「玄関側の階段の下から六組の前まで、何かが這ったみたいに泥の跡が、このくらいの幅《はば》で残ってたんだって」

杉崎は両手を開いて一メートルと少しの空間を示した。

「その話を玄関で聞いて、俺は飛んで行ったわけよ。根が野次馬だからさ。そしたらもう何も残ってなかった。変なにおいがしたけど」

「変なにおい？」

広瀬が顔を上げると杉崎は頷《うなず》く。

「何か、湿《しめ》った腐《くさ》ったようなにおいかな。どっかで嗅《か》いだことのあるにおいなんだけど」

広瀬はおそるおそる訊《き》いてみる。

「潮の……におい？」

あ、と声を上げて杉崎は指を鳴らした。

「それです。知ってるにおいだと思ったんだ。磯《いそ》のにおいなんだよな、あれ。汚い海のヘドロのにおい」

野末が呆れたような声を出す。

「それでぇ？　磯のにおいと岩木さんと何の関係があんだよ」

「え？　あ、——そうだな。おや？」

杉崎は首をかしげ、野末は笑う。人の噂の根拠《こんきょ》のなさについて野末がひとしきり演説をしていたが、広瀬の耳には入ってこなかった。

潮のにおい。

それは岩木が残していったと考えるより、ある意味で恐ろしい。高里も言っていなかったか。必ず潮のにおいがする、と。

4

授業終了《しゅうりょう》のチャイムが鳴って、すぐに橋上がやってきた。

「よう、聞いたか」

橋上は準備室に入ってくるなりそう言う。

「出るんだってよ、杉崎」

杉崎はどこか得意そうに笑った。

「とっくに知ってますって。岩木さんでしょう」

言われて、橋上はきょとんとした。

「岩木？　岩木が何だって？」

訊き返されて杉崎も眼を見開く。

「その話じゃないんすか？　岩木さんの幽霊が出るっていう」

「そんな話があるのか」

「あるんです。それと違《ちが》うんですか？」

橋上は呆れたような顔をして椅子《いす》に坐る。

「岩木が化けて出るようなタマか。それは初耳だぜ。——岩木じゃない。若い女の話」

杉崎は興味深そうに身を乗り出した。

橋上はにんまりと笑う。野末がコーヒーを差し出すと軽く手を上げて、

「よくある話なんだけどな。最近有名らしいぜ。このあたりのあちこちに現れてるとさ」

「どんな、どんな？」

「若い女の幽霊で、そいつが人を呼び止めて質問をするんだと。『き、を知りませんか』ってな。知らないと答えると消えてしまうが、知ってると答えるとどこからともなく一つ眼の大きな犬が現れてそいつを喰《く》う、って話」

杉崎は嬉しそうな声を上げた。

「お前、こういう話、好きだろ」

「好きなんですよぉ」

野末が首をかしげた。

「その、き、ってのは何なんです？」

橋上は、さあ、と呟く。

「オニじゃねぇのか？　鬼《き》」

「鬼なんて、捜《さが》してどうするんです」

「知るか。一番らしいじゃねえか」

杉崎が首をかしげた。

「人の名前じゃないかな。昔《むかし》そういう怪談《かいだん》があったから。名前の一番上に『ひ』のつく男を捜してる女の話」

何だそれは、と橋上が言ったところにドアが開いて坂田が姿を現した。

坂田は三人に一瞬だけ目をやってから、まっすぐ広瀬のそばにやってきた。

「先生、高里がどこにいるか、知ってる？」

質問の意味を取りかねて広瀬が首をかしげると、

「昨日家に電話したんだけど、誰も出ないんだよね。どこにいるか知らないかなぁ」

知ってるが、と答えると、坂田は媚《こ》びた笑いを浮かべる。

「教えてくれないかな。高里、学校に来てないんだろ？　俺、どうしても高里に会って話をしてみたいんだよねえ」

広瀬はわずかに思案し、場所を教えるわけにはいかない、とだけ答えた。

「高里もそのうち学校に出て来るだろう。学校で会えたら、そのときに話をすればいい」

坂田は不服そうに広瀬を見上げた。

「なんかさあ、先生って高里と仲いいのな」

「そうか？」

「どうも違うんだよねえ。他の連中が高里の話をするときと、先生が高里の話をするときは雰囲気《ふんいき》がさぁ」

広瀬はこれには返答をしなかった。

「先生、高里と仲いいんなら、一回高里と会わせてくれないかな。俺、どうしても高里と話をしてみたいんだよ」

ひどくねちこい言い方だった。

「何の話をしたいんだ？」

「色々とね」

舌舐《したな》めずりが聞こえそうな声が生理的な嫌悪感《けんおかん》を誘《さそ》う。

「高里、いまちょっと辛《つら》い立場じゃない。俺、励《はげ》ましてやりたいんだよね」

へえぇ、と含みのある声を上げたのは野末だった。

「坂田さんがそんな親切だなんて、知らなかったなあ」

坂田は鼻先で笑う。

「俺は親切だよ。……親切にする価値のある人間にはね」

「やらしい言い方」

「そんな意味じゃないけど。くだらない人間に関《かか》わるの、嫌《いや》なんだよね。つまんない人間のくせに偉《えら》そうな奴《やつ》って多いからさぁ」

野末は揶揄《やゆ》を含んで笑う。

「高里さんと仲良くなれば、祟《たた》られることはないかもしれないもんねえ」

「そんなんじゃ、ない」

坂田は頰を膨らます。

「みんな、高里を誤解してると思うんだよねぇ。高里って、いわば特殊《とくしゅ》な才能の持ち主じゃない。そういう人間をさあ、普通《ふつう》の人間みたいに扱《あつか》ったりするの、よくないと思うんだよね。やっぱ、特別な人間は特別に扱わなきゃ。そうでないと高里だって、面白《おもしろ》くないと思うんだよ」

嫌な言葉だと広瀬は思った。少なくとも高里は坂田を喜ばないだろう。俺はそういうことはしたくない。

「高里とは学校でいくらでも会うチャンスがあるだろう。俺はそういうことはしたくない」

そう言うと、坂田は鼻を鳴らすようにした。

「べつにいいけど。無理に、ってんじゃないし」

でもさ、と坂田は広瀬の顔を覗《のぞ》き見る。

「そういう態度、感心しないなあ」

「何が」

「べつに。分からなきゃいいんだけど」

わけもなく人をいらいらさせる奴だと思った。野末が呆《あき》れたような声を出す。

「坂田さん、どうして高里さんに拘《こだわ》るわけ？　なんか坂田さん見てると、異常っぽい」

「失礼なこと、言うなよな」

「だってそうでしょ。坂田さんって、高里さんが本当に祟ればいいって思ってるみたい。そういうの、高里さんにしたら迷惑《めいわく》なんじゃないかな」

「どうして」

「普通さ、自分のせいで人が死んだ、なんて言われて嬉しい人いないでしょ。現に、吊《つ》るし上げられて怪我《けが》してるんだし」

「だから、会って励ましてやりたいんだろぉ。ひょっとして自分のせいで人が死んだ、なんて気に病《や》んでたらさ、可哀想《かわいそう》じゃない。仕方ないんだよ、高里は特別なんだし。それを分からないで手を出した連中が馬鹿《ばか》なんだと思うわけ。高里が責任を感じる必要なんてないんだしさぁ」

坂田はこれみよがしに溜息《ためいき》をついた。

「みんなが認めないから悪いんだよねぇ。要は高里に逆らわなきゃ、誰《だれ》も死なずに済むわけじゃない。みんな、高里は祟る、なんて言いながら心の中じゃ認めてないんだよね。だからこんな変なことが起こるんだよ。みんながちゃんと高里は特別だって認識《にんしき》すればさ、全部丸く納まるんじゃない」

そう言って、坂田はひどく不穏《ふおん》な笑い方をした。橋上が吐《は》き捨てる。

「俺は、御免《ごめん》だな。誰かの機嫌《きげん》を取って生きるのなんか」

「そういう人はさぁ、勝手にすればいいんですよ。いずれ粛清《しゅくせい》されるんだから」

橋上は坂田を睨《にら》んだ。

「はっきり言わせてもらうが。坂田、お前は異常だよ。絶対にどっか変だ」

これに対して坂田は笑った。

「自分だけが正しい、みたいな態度をさぁ、改めないといずれ高里の逆鱗《げきりん》に触《ふ》れると思うけどなあ」

広瀬は口を開かなかった。坂田の存在が許しがたく不快だった。鼻白んだように橋上も口を閉ざす。野末と杉崎の顔にははっきりと嫌悪が現れていた。

広瀬は腰《こし》を上げる。どうしたの、というように見上げてきた野末に、野暮《やぼ》用、とだけ言って準備室を出た。廊下に出、坂田の存在をドアの向こうに隔離《かくり》して、そこで広瀬は大きく息をついた。

5

特に目的があって準備室を出たわけではなかったので、広瀬はあてもなく一階へ降りた。一階の廊下から外に出ると、中庭の芝生《しばふ》には生徒たちがたむろしている。その様子を見る限り、異常な事態が起こりつつある学校だという印象はなかった。ぼんやりと昇《しよう》降口《こうぐち》に腰を降ろすと、すぐ目の前の植え込《こ》みが鳴って、刈り込んだ柘植《つげ》の陰《かげ》から生徒が顔を出した。築城《ついき》だった。

「どうしたんですか、そんなところで」

「休憩《きゆうけい》。昼飯か？」

訊くと築城は頷く。広瀬は立ち上がって上履《うわば》きのまま中庭に降りた。植え込みを廻《まわ》り込むと、ベンチに築城と五反田が坐《すわ》っていた。

「あ、上履き」

「内緒《ないしょ》にしといてくれ」

築城が笑って、ベンチを詰《つ》めた。一人ぶんの空白を作ってくれる。広瀬はそこに腰を降ろす。二人は弁当箱を膝《ひざ》の上に載《の》せていたが、もう食事は済んだようだった。

「まだ日向《ひなた》ぼっこには暑いな」

ベンチには強い陽射《ひざ》しが降り注いでいた。明るい陽射しは暗い影《かげ》を作る。周囲が明るければ明るいだけ、気分が落ち込んでいく気がした。

「ここにはクーラーはないから」

築城が笑う。

「うん。築城は準備室には来ないのか?」

広瀬が訊くと、築城は少し困惑した表情をした。

「行きたいけど、なんとなく橋上さんと顔を合わせ辛いし……。それに坂田がいるから」

「なんだ?　築城は坂田が嫌《きら》いなのか」

築城は顔をしかめた。

「もともと嫌なタイプだけど。でも、最近あいつ妙だから」

「妙?」

築城は言い淀《よど》む。代わりに五反田が口を開いた。

「彼《かれ》は最近、神懸かってますから。新興宗教でも始めるみたいですよ」

首をかしげると五反田は無表情に言う。

「高里教」

ああ、と広瀬は呟《つぶや》いた。五反田は気がなさそうに肩《かた》を竦《すく》める。

「何度も電話がかかってくるんです」

「坂田から？」

「ええ。悔《く》い改めよ、って」

驚《おどろ》いて五反田と築城を見比べる。二人はうんざりしている様子だった。

「知り合いだろうと、知り合いでなかろうとお構いなしですよ。うちのクラスの人間に頻繁《ひんぱん》に電話してきて、高里に逆らうなって説教していくんです」

広瀬は溜息をついた。

「で……？　入信する気は？」

五反田はもう一度肩を竦めてみせる。

「冗談《じょうだん》でしょう。坂田は性格異常者ですよ」

まったくだ、と広瀬は内心で呟いた。

築城は大仰《おおぎょう》に溜息をつく。

「怪我をした奴は洗礼を受けたようなもんなんだって」

「何だ、それ」

「高里神の洗礼ですよ。チャンスだって」

「わけが分からん」

「僕もですよ。——高里の能力がどんなもんだか、お前にはよく分かってるだろう。そういう奴が率先《そっせん》して態度を改めるべきなんだ。お前は罰《ばつ》を受けたが改心するチャンスがある。何も知らない奴らより、ある意味でずっと恵《めぐ》まれている。——なんて言ってましたよ。早く態度を改めないと、もっと悪いことが起こるって。高里はもうウンザリしてるはずだから、って。……あいつ、頭が可怪《おか》しいんだ」

同感だ、と広瀬は口の中で呟いてから、

「よくは分からんが、貧しきものは幸いなり、というやつかな」

「ちょっと違いますね」

五反田が言った。

「坂田の言葉を宗教的に翻訳《ほんやく》すると、こういうことですよ。高里に逆らうことは罪である、と。罪を犯《おか》した者は神によって断罪される。断罪は一つの奇蹟《きせき》なんです。罪人は罪を犯したゆえに罪深いが、罰されるゆえに奇蹟を目の当《ま》たりにする幸いに恵まれている。世の中には許されない罪を犯したゆえに死をもって裁かれる者もいるが、生き残った者は奇蹟にまみえる機会を持てたわけだから、これは一種の祝福である、と」

築城が呆れたような声を上げた。

「お前、よく理解できるなあ」

「理解できたんじゃなくて、理解するために学習したんだよ。多分クラスでも僕《ぼく》だけだよ。坂田の電話に一時間も二時間も付き合うのは」

「もの好き」

「知的好奇心が旺盛《おうせい》、と言ってくれないかな。――べつにいいんだよ、僕は。坂田の電話は僕にとって無害だから。でも他の奴らはね」

どういうことだ、と広瀬が問うと五反田は肩を竦める。

「つまり、奇蹟だの断罪だの、悔い改めなければさらに罰が下されるだろうだのって言われても、僕は平気なんですよ。僕は高里の吊るし上げに積極的にも消極的にも参加しませんでしたから。でもね、あれに参加してしまった人間にしたら坂田の電話は脅《おど》しですよね」

広瀬は息を吐いた。

「確かに……」

「休んでる奴のほとんどは仮病《けびょう》じゃないかな。実際に怪我をしている奴らだって、学校に来られないほどの怪我人なんてほとんどいないわけだし。みんな、学校に出て来るのが怖いんですよ。いま来てる奴らだって、親が厳しくて休ませてもらえない人間がずいぶんいるんじゃないかな。いずれにしても、坂田の電話は登校拒否《きょひ》に一役買ってると思うな」

「まさか。連中は単に報復が怖いんだろう」

五反田は断言した。

「学校を休むほどじゃないですよ。スケープゴートはすでに決定したんだし。いつもならもう出て来ていいはずなんです」

広瀬が首をかしげると、ああ、というように五反田が眼《め》を見開いた。

「僕、一年のときも高里と同じクラスだったんですよね。ついでに言うなら中学三年の半分も同じ。中三の時、転校してきたんで。おかげで高里については詳《くわ》しいわけですが。高里に危害を加えたからといって、必ずしも報復があるというわけではないんです」

「そう……なのか?」

五反田は頷く。

「この間の事件みたいに大勢が寄ってたかって高里に危害を加えた場合、そのうちの何名かが酷《ひど》い目に遭《あ》って、他《ほか》の人間はそこそこで済むか、あるいは見逃《みのが》される、という法則があるんです」

「ああ、それでスケープゴート……」

「高里の意図は、復讐《ふくしゅう》というより見せしめなんじゃないかな。自分に手出しをしたらろくなことがないぞ、という脅しですね。だから、大勢が寄ってたかって危害を加えた場合、そのうちの運の悪い連中だけに手酷い報復があって、あとの連中はまあ、お付き合い程度。運が良ければお咎《とが》めなし。いま怪我で休んでる連中だって、そんな大した怪我じゃないんでしょう?」

「……ああ」

「だから、一度事故に遭った人間は、それ以上のことはないんです。傍観者《ぼうかんしゃ》も被害《ひがい》に遭わない。いつだって傍観者はいました。見てるだけで止めなかった連中はね。でも、傍観してた連中が事故に遭ったことはありません。つまり、見せしめなんですよ。見せしめならこれ以上の報復は無駄《むだ》だし無意味です」

広瀬は頷く。

「少し考えれば分かることなんです。それでも出て来ないのは、坂田が奇妙《きみょう》な煽《あお》り方をしてるせいだと思うな」

それは一見、理があるように見えた。

「結局、何人が参加したか分かるか」

広瀬が訊《き》くと、五反田は首をかしげるようにして口の中で生徒の名前を繰《く》り返した。

「二十六、だと思います。築城と他に二人欠席があったし、僕はすぐに止めに入ったし。

あと、止めに入って怪我した連中が四人いました。傍観していたのが、多分五人。高里を含《ふく》めて十四人。クラスはピッタリ四十人だから、二十六」

すでに事故に遭っている者が十二人。七人はもういないし、残りは七。——その七人は本当に付き合い程度の怪我で済むのか。

五反田の弁に一理あると思うのは、期待に他ならないことを広瀬は自覚している。怖いのは報復を行なっているのが高里ではないという事実だった。異形《いぎょう》の連中に、果たして人間の論理が通用するものだろうか。

それでも広瀬は安堵《あんど》した。何かの緊張《きんちょう》が胸の中で解けたのは確かだった。

＊＊＊＊＊＊＊

彼は三階の廊下《ろうか》を階段へと急いでいた。すでに校舎の中は光度が落ちて、寂《さび》しい色の影があちこちに蟠《わだかま》っている。

彼は腕時計《うでどけい》を掠《かす》め見た。思いのほか、アグリッパは時間を食った。特に、美術教師の米田がビニール袋《ぶくろ》を被《かぶ》せたりするので、描《か》き慣れたはずの石膏像《せっこうぞう》がどうしようもない難物になってしまった。校門前からタクシーを拾って真《ま》っ直《す》ぐ画塾《がじゅく》へ駆けつけたとして、開始時間に間に合うだろうか。今日はクロッキーなので、遅《おく》れたくなかった。彼はそれがもっとも苦手だったが、第一志望の美大では、しばしば入試に速写が課せられたからだ。

小走りに階段を降りて、玄関《げんかん》へ向かう。窓が少なく、しかも建物の陰《かげ》に入る玄関は、すっかり陽が落ちてしまっていた。

ずらりと下駄箱《げたばこ》が並《なら》ぶ空虚《くうきょ》な空間を前にして、彼は一瞬《いっしゅん》だけ近頃《ちかごろ》囁《ささや》かれている噂《うわさ》を思い出した。火曜に死んだ下級生が、出没《しゅつぼつ》するという怪談噺《かいだんばなし》。一瞬思い出しただけに留《とど》まったのは、彼が追い詰められているからだった。

彼の通うこの学校は、偏差値《へんさち》で言えばレベルは高いが、美大を志望する者にとって良い予備校とは言えなかった。一次試験には自信があったが、結局のところ入試の合否は実技試験が決定する。彼には実技対策のための絶対的な時間が不足しており、しかも教師に恵まれていなかった。

乱暴に靴《くつ》を引っ張り出し、上履きを中に放《ほう》り込んだ。靴を履くのももどかしく、玄関を抜《ぬ》けようとして彼は近くの物陰に人がいるのに気がついた。

そこにいたのは死んだ下級生ではなかった。それだけは断言できた。彼は死んだ生徒を知らないが、その人物がこの学校の生徒である以上、女性でないことが確実だったからだ。

彼女《かのじょ》は下駄箱に身体《からだ》を預けるようにして立っていた。白い顔が彼のほうを見ていた。誰《だれ》だろう、と彼は思った。特に不審感《ふしんかん》は抱《いだ》かなかった。彼は校内で流布《るふ》し始めた噂についてはは知っていたが、ニュータウンで流布し始めた噂を知らなかった。

彼は首をかしげた。

「あの、誰ですか？　誰かの父兄？」

訊くと彼女は気落ちしたように眼を伏《ふ》せた。すぐにその眼を上げて、もう一度彼を見る。

「わたし、たいきを捜《さが》しているんです」

「たいき？」

彼女は頷いた。

「き、を知りませんか？」

言葉の意味が分からずにただ彼が立ち止まっていると、彼女は再び眼を伏せた。

「とても、困っているんです。早く見つけないと……」

彼は首をかしげながら、

「聞いたことない。悪いけど」

彼が思わず詫《わ》びたのは、彼女があまりにも悄然《しょうぜん》として見えたからだった。それで彼はつけ加えた。

「それは何？　人？」

彼女は首を振った。

「き、は獣《けもの》です。たいきという名前なの」

「犬？」

彼女は細い溜息《ためいき》を落とした。

「きは、きです。じゃあ、あなたは御存じないんだわ……」

「うん。役に立てなくてごめん」

彼は言いながら記憶《きおく》を探《さぐ》っていた。き、という獣がいただろうか？

「では、さんし、を知らない？」

「さんし？」

「はくさんし」

これは彼にとって「き」以上に意味不明の言葉だった。

「それも獣？」

彼女は首をかしげた。

「獣よりは人に近いと思うわ。彼女を見なかった？」

彼は首を横に振《ふ》った。そうしながら、「獣よりは人に近い」とはどういう意味だろうと考えていた。

「早く見つけないと、とても悪いことが起こるのに……」

「悪いこと？」

「ええ。とても。酷《ひど》いことになってしまう」

「酷いことって……」

ふいに脳裏をよぎったのは、近頃校内で続いている変事のことだった。彼女はどういうつもりでか、首を横に振った。

「たいきの気配がとても汚れているの。あれは血の穢《けがれ》ではないかしら。血を厭《いと》う獣は血に病《や》んでしまうから」

独り言のように彼女は語る。

「せっかくハンシがここを見つけてくれたのに……」

彼には彼女の言葉の意味がよく分からなかった。ようやく、何かが違《ちが》うという気分が彼の中に頭を擡《もた》げ始めていた。何かが違う。彼の知っている世界とは違う。

彼はようやく、彼女から離《はな》れたいと思った。それで、

「とにかく、早く出たほうがいいよ。守衛が戸締《とじ》まりに来るし、見つかると煩《うるさ》いから」

そう言うと、彼女は頷いて身体を下駄箱から離した。

そうだ。こんな変な女、さっさと置いて帰らないと。急がないと塾に遅れる。

彼女は彼に背を向けて、廊下のほうへ歩き出した。

「駄目だって。部外者は……」

言いさして、彼は言葉を呑《の》み込んだ。

彼女の姿は徐々《じょじょ》に薄《うす》れていこうとしていた。彼が声を上げることすら忘れているうちに、彼女の姿は溶《と》け入るように消えてしまった。

彼はしばらくの間、そこで呆然《ぼうぜん》としていた。

八章

1

翌日の土曜日が広瀬にとって教育実習最後の日だった。職員室での朝礼を終え、準備室に戻《もど》ると少し遅《おく》れて後藤が戻ってきた。

「事故が七、仮病《けびょう》が八」

後藤はそれだけを言ったが、それで充分《じゅうぶん》用は足りた。

教室に行くと、築城《ついき》と五反田を含《ふく》め、わずかに五人の生徒が待っていた。二週間担当してきたクラスとの、別れの光景がそれだった。

本来なら今日の午後には研究授業研究会と称して打ち上げが行なわれる予定だったが、それは後日に先送りになった。

その代わりというわけでもなかろうが、土曜四時間目の授業を終えて準備室に戻ると、後藤がコーヒーを淹《い》れてくれた。後藤と二人だけで、ビーカーをぶつけて小さな乾杯《かんぱい》をした。

広瀬の教育実習は終わったのだ。

「後藤さん」

広瀬は机の上を整理しながら呼びかける。

「これからも、ちょこちょこ顔を出してもいいですか」

後藤はイーゼルの前に立っている。カンバスに絵筆が降ろされることが絶えたのは、いつからだったろうか。

「そうしろや。このままじゃお前も寝覚《ねざ》めが悪いだろう」

「はい」

後藤は笑って手を拭《ぬぐ》った。

「会議に行ってくる。今日はもう戻れるかどうか分からんから、いまのうちに言っておく」

広瀬は後藤の顔を見た。

「お前が来てくれて嬉《うれ》しかった。高里のためにも良かったと思う。奴《やつ》を頼《たの》むな」

広瀬はただ頷《うなず》いた。


その日のぶんの実習日誌をつけ終え、反省記録を書き終えて広瀬はノートを閉じた。

こんな波乱に富んだ実習日誌も珍《めずら》しいだろう。八人の生徒が実習中に死んだ——。

奇妙《きみよう》に胸に迫《せま》るものがあって、広瀬はノートに手を置いてぼんやりしていた。そこへ陽気な声を上げながらやってきたのは、橋上をはじめとする三人の生徒たちだった。

「あ、まだいた」

「よかったぁ」

坂田と築城の姿は見えなかった。

「どうした」

訊《き》くと、三人は背後からスーパーの袋《ふくろ》を出してみせる。

「打ち上げ」

「お別れ会、というやつやね」

そう言って、てきぱきと机の上を片付け始める。飲物などをそこへ広げた。ささやかな宴会《えんかい》会場ができあがるのに、いくらの時間もかからなかった。

「先生、うちへ戻ってくるの？」

そう訊いたのは野末だった。

「採用してくれればな」

広瀬がそう答えると、野末は顔をしかめる。

「うちって、なかなか採用ないもんねえ」

「まあな。募集《ぼしゆう》がなければ教員採用試験でも受けるんだろうな。合格するとは思えんが」

「つまんないなぁ」

　橋上が悪戯《いたずら》めいた笑いを浮かべた。

「その前に、卒業できれば、の話だろ。留年したりしてな。そしたら来年は俺《おれ》、後輩《こうはい》だ」

「合格すれば、の話でしょ」

　野末が混ぜ返して軽い笑いが起こる。

　橋上が軽くビーカーを上げた。

「ま、何にしてもお疲《つか》れさん。無事に終わって良かったな」

　広瀬が苦笑《くしょう》すると、野末が、

「でも、無事って言うの？　波乱万丈《ばんじょう》の教育実習じゃない。語り草になるよね。岩木さんだって――」

　言いさして、野末は口を噤《つぐ》んだ。少しだけ空気がしんとする。橋上が苦笑した。

「ま、その話はやめとこうや」

　そうそう、と杉崎が声を上げた。

「全然関係ない話なんだけど、橋上さん、昨日出たって聞きました？」

　野末が嫌《いや》な顔をする。

「また、あの話か？」

「違うって。ほら、橋上さんが言ってた、キを捜してる女の幽霊《ゆうれい》」

橋上が口を開けた。

「出たって？　どこに」

「この学校。昨日の夕方らしいですよ」

「まじ？」

杉崎は重々しく頷く。

「会ったの、三年生だって。玄関に女がいて、キを知らないか、って訊かれたらしいですよ。あと、ハク何とかを知らないかって」

「ハク——何とか？」

杉崎は頭を掻《か》く。

「ええと。忘れた。美術部の奴が、先輩から聞いたって」

言って杉崎は身を乗り出す。

「でもね、キ、って動物の名前らしいですよ。鬼《おに》じゃなくて」

橋上が人の悪い笑《え》みを浮かべる。

「単に犬か何かが迷い込《こ》んで、捜《さが》してたんじゃねえのか？」

杉崎は顔をしかめる。

「違《ちが》いますよぉ。三年生の目の前で消えた、って言ってましたもん」

「三年生か。誰《だれ》だ、それ？」

「さあ。それは聞いてないけど」

「ガセじゃないのか」

「違いますって」

杉崎が言い募《つの》ったところに、慌《あわ》ただしい足音がしてドアが開いた。後藤だった。

後藤は部屋に入るなり口を開きかけたが、部屋にたむろした三人の生徒を見て慌てたように口を閉ざした。

「広瀬」

短く言って廊下を示す。広瀬が立ち上がって廊下に出ると、音高くドアを閉めて声を潜《ひそ》めた。

「広瀬。もう帰れ」

広瀬は眼《め》を見開く。

「後藤さん？」

「十時《とき》先生が送ってくれるから帰れ」

「どうしたんです」

後藤は明らかに狼狽《ろうばい》していた。

「スポーツ紙だ」

「後藤さん」

後藤は新聞を広瀬に突《つ》きつけた。声を潜めたまま吐《は》き出すように言う。

「高里だ。すっぱ抜《ぬ》かれた。しかもあの低能どもは実名を出しやがった」

広瀬は瞠目《どうもく》し、次《つ》いで眼を閉じた。

感じたのは身の置きどころがないほどの不安、だった。

怖《こわ》い、と広瀬は思う。

高里の噂《うわさ》がばら撒《ま》かれたとき、人はそれにどう反応するのだろう。——そうして、その反応に対し、いったい何が起きるのか。

2

十時に送られて広瀬が部屋に帰ると、部屋の玄関《げんかん》の前に三人の男がたむろしていた。ベランダ風になった通路を歩いて行くと、もの問いたげな視線が広瀬に向けられる。中の一人が声を上げた。

「ここに住んでる人？」

広瀬は返答をしなかった。

「ひょっとして、教生の広瀬君？」

「広瀬君、なんだろ。ねえ、ちょっと話を聞かせてくれないかなぁ」

広瀬は黙《だま》ったまま鍵《かぎ》を出す。近づいてくる彼《かれ》らを無視して部屋に戻ろうとした。

「高里って生徒が突き落とされた事件のとき、そばにいたんでしょ。そのときの話を聞かせてよ」

目の前に立ち塞《ふさ》がった男を軽く押《お》し退《の》ける。

「どいてください」

「突き落とされたんでしょ、高里君」

「通してください」

「ちょっとでいいから話してくれないかなあ。どうしてもって言うんなら、名前は伏せとくからさ」

腕《うで》を摑《つか》んでくる手を振《ふ》り切って鍵穴に鍵を挿《さ》す。細くドアを開け、中に滑《すべ》り込もうとした。誰かが広瀬の腕を捕《と》らえる。カメラのシャッターが落ちる音が断続的に聞こえた。

「高里君が祟《たた》るって本当？」

「集団自殺が高里君の祟りだって話は？」

「ちょっとでいいから話をしてくれない」

「高里君の家、留守なんだよねえ。彼の行き先を知らないかなぁ」

追いかけてくる声を腕と一緒《いっしょ》に振り解《ほど》き、広瀬は部屋の中に入る。ドアに手を掛《か》けて無理にも開こうとする連中の手を摑んで外し、強引《ごういん》にドアを閉めた。ノックの音が続けざまにする。二つある錠《じょう》の両方に鍵を掛け、チェーンを掛ける。ドアに背を当てて軽く息をついた。

連中は高里がここにいるとは知らないらしい。それは幸いだが遠からず暴露《ばくろ》されるだろう。彼らがああいう生き物だということは知っている。しかし、危険だ。高里は彼らがいままで相手にしてきたどんな犠牲者《ぎせいしゃ》よりも危険なのに。

「高里？」

六畳《じょう》のガラス戸を開けると、彼は部屋の隅《すみ》に逃《に》げ込むようにして蹲《うずくま》っていた。その姿は広瀬に少なからず衝撃《しょうげき》を与えた。小さな獣《けもの》が怯《おび》えた姿にひどく似ていた。

ガラス戸が開く音で顔を上げた高里は、安堵《あんど》したように表情を緩《ゆる》めた。次いで済まなそうに頭を下げる。広瀬は顔をしかめて笑ってみせた。

「あいつらに会ったか？」

訊くと高里は首を振った。

「しばらくは外に出るなよ。不自由だろうけど、あいつらに捕《つか》まるよりはましだからな」

軽く言いながらネクタイを緩める広瀬に、高里は深く頭を下げる。

「済みません。本当にご迷惑《めいわく》をかけて……」

「謝《あやま》るなって」

広瀬は無理にも笑ってみる。

「すぐにほとぼりが冷める。連中は移り気だから。二、三日は不自由だろうが天災だと思って我慢《がまん》してくれ」

高里は神妙《しんみょう》に頷いて、

「よかった」

そう言った。広瀬が問い返すように振り向くと安堵した表情をいっぱいに浮《う》かべる。

「何かあったのかと思ったんです。昼前から表に人が集まってて、アパートの人を捕まえては先生のことを訊いてたから……」

まさか、という小さな声を広瀬は聞き漏《も》らさなかった。

「まさか、俺に何かあったんじゃや、って？」

高里は頷く。

「御覧の通り、俺は何ともない。小さな事故はあったが学校もほぼ平穏《へいおん》。実習も終わったし。一段落ついたんだと思うぞ」

広瀬が言うと、高里は安堵したように表情を緩めた。

「あの人たちは、新聞記者ですか？」

「……だろうな」

高里は深く頭を下げた。

「本当に、申し訳ありません」

広瀬は溜息《ためいき》をつく。そうして鞄《かばん》から後藤に貰《もら》った新聞を引っ張り出した。

「俺なんかより、お前のほうが大変だよ」

隠《かく》すのは簡単だが、そんなことに意味があるとは思えなかった。高里は真実を知っておく必要がある。

高里は新聞を受け取り、それを見やる。一面には当然のように野球記事が載《の》っていた。

高里は新聞を開く。中の一ページで手を止めた。

そこには呪《のろ》われた私立高校についての大きな記事が載っていた。岩木の事件も七人の飛び降りにしても、三面のトップ記事になった事件だった。いまさら学校の名前を伏せても仕方ないのだろう、ちゃんと実名が載っている。その高校では二つの事件の間にもう一つ事件があった、と新聞は伝えていた。興奮した生徒たちに窓から突き落とされた同級生。その被害者《ひがいしゃ》として、高里の実名がしっかり記載《きさい》されている。

新聞は軽く、学校側がこの事件を隠蔽《いんぺい》しようとしたことを責めて、生徒たちが同級生を突き落とすに至った事情を分析《ぶんせき》する。その過程で高里が昔《むかし》神隠しに遭《あ》ったと言われていること、そのために彼が生徒の間で孤立《こりつ》していたこと、さらには彼に「祟る」という噂があったことを詳細《しょうさい》に書き立ててあった。

ちなみに、として、記事は過去の事件に触《ふ》れる。今年度の春、修学旅行で生徒が死んだこと、その後も大きな事故が続いたこと、さらには昨年度生田教諭《きょうゆ》が死んだことや、それ以前に起こった事件――それは小・中学校時代の事故や死についても触れてあった――を列挙して、これらの事件が彼のせいであると噂されている、と締めくくってあった。

高里は硬《かた》い表情で新聞を畳《たた》んだ。心配していたほど狼狽した様子ではなかった。

「高里」

「大丈夫《だいじょうぶ》です」

彼は視線を落としたまま呟《つぶや》いた。

「僕《ぼく》は、大丈夫です」

強調された主語に、言外の含《ふく》みを聞き取った。果たして、彼らは大丈夫なのか。事件を報道した彼ら、情報を提供した彼ら、取材をする彼ら。

高里は広瀬を見上げた。

「僕は家に帰ります」

広瀬は首を振った。あの母親がこの記事を見たら、どんな態度を取るか想像がつくというものだ。

「遠慮《えんりょ》だったら、する必要はない」

そう言ってから、広瀬はふと電話に目をやった。

「それでも家に電話は入れといたほうがいいかもしれんな。取材が来るだろうから、——とっくに行ってるか。とにかく、注意するように。それと、お前の出先を言わないように、口止めをしといたほうがいい」

高里がここにいると知ったら、連中はもっと強硬《きょうこう》な態度に出るだろう。それは偏見《へんけん》かもしれないが、何をするか予想もつかない。そうして、そんな彼らの行動に対し、奴らが何をするのか分からない。

高里は頷き、お借りします、と言って受話器を取った。ダイヤルボタンを押し、しばらくの間待つ。広瀬が見守るうちに、高里は受話器を置いた。

「出ないのか？」

「はい」

おそらく、と広瀬は思う。電話攻勢《こうせい》もすごいのだろう。それできっとあの母親は電話を無視しているのだろうと、そう思った。

それは他人事《ひとごと》ではなかった。夕方になってから、広瀬の許《もと》にも電話がかかり始めた。そのうちの大部分が高里が突き落とされた事件についての証言を求めるものだった。いくつかは学校からで余計なことを言わないように、と念を押す電話だった。夜になって広瀬は音《ね》を上げた。電話を留守電の状態にして呼び出し音を切った。メッセージを録音するテープはその夜のうちに振り切れた。

3

翌日の日曜も外の様子は変わらなかった。おかげで、家の中でゴロゴロしているしかすることがない。前日に決死の覚悟《かくご》で部屋を出て、食料品をたっぷり買い込んである。食事のために部屋を出る必要もなかったし、広瀬はテレビや本を見ながら高里と他愛《たわい》のない話をした。

昨日買い物に出た際、広瀬はスケッチブックと水彩《すいさい》絵具を買ってきた。高里はカーテンを閉め切った窓際《まどぎわ》に坐《すわ》って、朝から鉛筆《えんぴつ》を走らせている。そばにはギアナ高地の写真集が広げてあった。

高里が描《か》こうとしているのは奇岩《きがん》の連なる風景だった。写真とよく似た、それでもどこか明らかに違う奇岩の連なりが無数の線で描《えが》き出されようとしていた。彼は何度も迷っては下描きを消し、そのせいで紙の表面はすっかり毛羽立ってしまっている。

その絵を覗《のぞ》き込みながら、広瀬は他愛もない世間話を一方的に繰《く》り返した。高里の相《あい》槌《づち》は短かったが、それでも広瀬を無視している気配はない。犬か猫《ねこ》に話しかけているような気がした。返事が返ってくるぶん、好ましい。

準備室の常連が送別会をやってくれた話をすると、高里は画面から顔を上げて微笑《ほほえ》んだ。採用があるといいですね、と言う。そうだな、と広瀬が答えると軽く微笑《わら》って視線をスケッチブックに戻《もど》す。そんな、繰り返し。

「そういえば」

広瀬は杉崎の話を思い出した。

「き、って何だと思う？」

そう訊《き》くと高里は顔を上げた。ほんの微《かす》かに驚《おどろ》いているような気配があった。

「——どうした」

高里は微笑って首を振る。

「それは何ですか？」

「分からん。近頃《ちかごろ》流行《はや》ってる怪談《かいだん》だそうだ」

そう言ってから、広瀬は苦笑《くしょう》しながら杉崎から聞いた話をした。ささやかで無害な怪談だ。そう思っている自分を奇妙に思う。

「橋上は鬼だろう、と言ったんだが、動物の名前なんだそうだ」

高里は考え込《こ》むように視線を落とした。

「動物の種類の名前ですか？　それとも、ミケとかタロウみたいに、人がつけた名前ですか？」

広瀬はさあ、と首をかしげる。

「それは聞かなかったな」

高里は鉛筆を軽く顎《あご》に当てる。

「キじゃないかな」

「え？」

「キリンの牡《おす》です」

広瀬は問い返す。

「キリン？　首の長い？」

高里がほのかに笑った。

「中国の伝説にある獣です。麒麟《きりん》。たしか、麒が牡で麟が牝《めす》じゃなかったかな。逆だったかな。本によっては逆に書いてることもあるから……」

広瀬は辞書を引っ張り出した。麒麟の項《こう》を引いてみる。

「麒麟……。ああ、これじゃあ高里ので正しい。麒が牡で麟が牝だ。聖人の出る前に現れる、か。中国の一角獣《いっかくじゅう》みたいなもんかな？」

「一角は麒です。角端《かくたん》ともいうんですよね」

「なるほど。しかし、よく思いついたな」

「なんとなく……」

高里は困ったように微笑う。

「じゃあ、ハク何とかって、分かるか？」

「ハク？」

「それ以上は分からないんだ。ハク何とか」

高里は少し考えるふうをみせてから呟いた。

「ハクサンシ……」

「はくさんし？」

「白、汕、……子」

余白に文字を書きつけた高里の手が止まった。

「どうかしたか？」

広瀬が訊くと高里は首を振る。何か怪訝《けげん》そうにしていた。

「白汕子って何だ？」

辞書を繰ったが載っていない。

「分かりません」

広瀬は驚いて高里を見返した。

「分からない、って」

「よく……分かりません。唐突《とうとつ》に言葉だけがぽんと浮かんで……」

　高里はひどく混乱しているように見えた。

「……変なんです、この間から。何か急速に思い出しそうな気がして……」

「あの間のことか?」

「だと思います」

　高里が戻ってきてから七年。七年間、高里を拒《こば》み続けてきた記憶《きおく》の覚醒《かくせい》。

「いつからだ」

「窓から落ちる前、です。手を突《つ》け、って言われて……」

　広瀬は思い出す。初めて見た高里の勁《つよ》い顔。気丈な声。——嫌だ、と。

「自分でもどうしてだか分かりません。でも、絶対にそれはできないと思ったんです」

　広瀬は高里の困惑《こんわく》を見守る。

「それはしてはいけないことだって。謝ってみんなが落ち着くならそれでもいいと、その直前まで思っていたのに。なのに床に押さえつけられた瞬間《しゅんかん》、絶対にできない、と思ったんです」

「高里、それは……」

　人には矜持《きょうじ》というものがある。屈辱《くつじょく》を知る生き物だ。そう言いかけた広瀬を高里は強く遮《さえぎ》った。

「違うんです。恥《は》ずかしいとか悔《くや》しいとか、そういうことじゃなくて、それはしてはいけないことなんです。彼《かれ》らに対して膝《ひざ》を折ることは絶対にできないと、そう思って」

言葉が途切《とぎ》れる。むきになった自分を恥じるように口を噤《つぐ》んだ。

「それでなのか？　お前は呆然《ぼうぜん》としてるように見えた」

高里は頷《うなず》く。

「そう思った瞬間、誰《だれ》かを思い出しかけたんです。僕はそれに気を取られていて……」

「誰かって？」

「分かりません。ちょうど影《かげ》みたいな感じです。それが人だということは分かるけれど、どんな人なのかは分からない……」

高里は溜息を落とした。

「それからなんです。ここでギアナ高地の写真集を見ていて、何だか見たことがあるような風景だと思って……。ほうざんに、似ているって」

「ほうざん？」

「よもぎ、です。蓬山。ぽんと言葉だけが出てきて、でもそれが何なのか分からないんです」

広瀬は本棚《ほんだな》の前に寄った。地図を引っ張り出す。そんな山がありはしないか。日本でも、日本以外の土地でも。しかし索引《さくいん》を引いてみても、そんな名前の山は見つからなかった。

広瀬はスケッチブックに目をやる。無数の線で奇岩を描いた奇妙な風景。それが、蓬山。高里の失われた一年に何か繋《つな》がりを持った土地なのだ——。

4

しばらくやんでいた呼び鈴《りん》の音が響《ひび》いたのはそのときだった。

広瀬は一瞬だけ台所のほうに目をやり、それから目を逸《そ》らした。呼び鈴の音が続く。音と一緒《いっしょ》に広瀬を呼ぶ声が聞こえた。

「先生」

広瀬は腰《こし》を浮かせた。

「広瀬先生」

誰か生徒が呼んでいるようだった。それ以外にも何人かの声が聞こえる。呼び鈴を押《お》している誰かに何事かを話しかけているようだった。

広瀬は立ち上がる。玄関《げんかん》に立ってそっとドアを開いてみた。

「あ、いたんだ、やっぱり」

そう言ったのは坂田だった。ここぞとばかりに背後にいる男たちが何事か喋《しゃべ》り始める。

広瀬はドアチェーンを外してドアを開けた。

「入ってくれ」

言って坂田を促《うなが》すと、外の男たちには目もくれずにドアを閉めた。

「すごいですねえ」

坂田は靴《くつ》を脱《ぬ》ぎながらそう言う。どこか楽しんでいる響きがあった。

「羨《うらや》ましけりゃ、分けてやるよ。──どうした？」

奥《おく》の六畳に戻りながら訊くと、

「高里の居場所を知りたいんですよ。高里の家に行っても──」

言いさして、坂田は当の本人が部屋の中にいるのを見て驚いたように口を開けた。高里が軽く会釈《えしやく》をする。

「た……」

高里、と言いかけた坂田を強く制す。キョトンとしたように広瀬を見返す坂田に、ドアのほうに目配せをしてみせた。

広瀬はガラス戸をぴったり閉めて、

「悪いが、こいつがここにいることは黙《だま》っといてもらえるか」

「いいですけど。どうして高里が先生のところにいるわけぇ？」

「色々と事情があってな。親御《おやご》さんから預かってるんだ」

「へえぇ」

坂田は立ったまま高里を見降ろす。高里は閉じたスケッチブックの表紙の上に両手を載《の》せて、俯《うつむ》き加減に坐っている。

坂田はその脇《わき》に坐り込んだ。

「高里、ずっと学校に出て来てなかったろ。俺《おれ》、心配してたんだよ」

表情のない眼《め》が坂田を見返すばかりで高里の返答はない。

「家に電話しても訪《たず》ねて行っても、誰も出ないしさぁ。雨戸までしっかり閉まってて。いったいどこに行ったのかと思ってたんだぜ」

高里はまったく返答をしなかった。わずかに眉《まゆ》が顰《ひそ》められた。坂田は何を気にしている様子でもなかった。

「あ、高里、俺のこと知ってるかなあ。一緒のクラスになったことはないんだけど」

「いえ」

ごく短い返答だった。

「だろうなあ。俺、坂田って者なんだけど。俺、どうしても高里に会って話をしてみたくてさぁ。高里、いま大変だろ？　でも、俺は味方だから」

坂田はそう言って、一方的に喋り始めた。対する高里の返答はないに等しい。質問をされれば答えるが、質問でなければ答えない。概《おおむ》ね無表情でただ相手の眼をじっと見るだけ。

広瀬は奇妙な感慨《かんがい》を覚えた。それは最初に会ったころ、よく見た顔に違《ちが》いなかった。ついさっきまで微笑って会話をしていたのが嘘《うそ》のようだった。

——高里に感情がないと言ったのは誰だったか。

広瀬は高里の静かな横顔を複雑な思いで見た。こうやって生きてきたのか。何も言わず、何も見せず。だから、誰も高里を分からなかったし、高里を見なかった。果たしてどちらが先なのだろう。高里が世界を締《し》め出したのか、あるいは世界のほうが高里を締め出したのか。

「岩木はさぁ、自業自得《じごうじとく》だよ」

坂田は喋り続ける。

「仮にも高里に手を上げるなんてさぁ。そういうの、やっちゃいけないことだよ。祟《たた》ってみろ、なんて。そういう、高里を疑うようなマネをするべきじゃなかったんだよ。結果はまあ、残念なことになったけど、あれは自業自得なんだよねえ」

「そうでしょうか」

高里が言った。静かだが勁い声だった。

「そうだよ。高里を試《ため》すようなマネした奴《やつ》が悪いんだよぉ」

「岩木君には死ななきゃならない理由なんて、ありませんでした。どんな人間だろうと、そんなことがあっていいはずがないんです」

坂田はちょっと気圧《けお》されたようだった。幾度《いくど》か瞬《まばた》きをしてから、急に笑顔《えがお》を作る。

「人には寿命《じゆみよう》があるからさぁ。岩木が死んだのは寿命だよ。だから、高里が自分を責める必要なんかないんだよ」

高里は眼を伏《ふ》せた。返答はしなかった。

坂田は高里の様子を気にしたふうもなく、再び一方的に喋り始めた。彼が語ったのは、要するに他の人間がいかに馬鹿《ばか》でくだらない生き物か、ということだった。人は馬鹿だから、利口な人間を見ても異端《いたん》だとしか感じられない。異端を蔑《さげす》んでその実、彼らこそが蔑まれるべき存在なのだということを分かっていない。——そう坂田は繰《く》り返した。

広瀬はどうしようもない不快感と不安とに苛《さいな》まれた。坂田のようなタイプの人間の思考回路が、広瀬にはまったく理解できなかった。坂田が繰り返すエセ哲学は、どうしようもなく広瀬を不快にさせた。それと同時に、広瀬は壊《こわ》れていく、という不安に曝《さら》される。部屋をいっぱいに満たした無色透明《とうめい》のブロックが、坂田のまわりからぼろぼろと崩《くず》れていくのが見えるような気がした。

5

ずいぶんと長い時間が経《た》っても、坂田は一向に口を閉じる様子がなかった。自分の経験から実例を引いて、人間の愚《おろ》かさについて延々と語り続けた。

業を煮《に》やした広瀬が、遠回しに帰るよう勧めても、坂田はその意図を理解しなかった。

——あるいは、理解できないふりをした。夕暮《ゆうぐ》れの気配が見えて、ようやく広瀬は重い口を開いた。

「坂田。そろそろ俺たち、晩飯にするから」

広瀬がそう言うと、坂田は笑う。

「へえ。ずいぶん早い晩飯だなあ」

「自炊《じすい》はめったにしないんで、時間がかかるんだよ。だから」

「あ、俺のことは気にせずに食べてくれていいから。俺、昼が遅《おそ》かったし」

広瀬は溜息《ためいき》をつく。

「悪いが、横で二人だけ食べるのは落ち着かないから」

「じゃ俺、飯の間、外に出てようか？」

「そんなことをしてたら、結局帰るのが遅くなるだろう」

「俺、泊《と》まってもいいよ。うちの親、そういうの何も言わないからさぁ」

広瀬はもう一度溜息をついた。

「布団《ふとん》がないし、部屋も狭《せま》いから」

「俺、台所でも気にしないから。どこででも眠《ねむ》れるのが特技なんだよねぇ」

笑った坂田に苦い気分で言った。

「悪いが、帰ってくれないか」

坂田は笑いを引っ込める。胡乱《うろん》なものを見る目つきで広瀬を見た。

「俺、邪魔《じやま》ですか」

条件反射的に否定する言葉を言いかけたのを慌《あわ》てて呑《の》み込んだ。

「……いまは取り込んでるから」

「ああ、そう」

冷ややかに言って立ち上がる。高里に向かって手を挙げた。

「それじゃ。ここで帰るのは残念だけど。また陣中見舞《じんちゆうみま》いに来るからさ」

広瀬は深く嘆息《たんそく》した。

「坂田。ここへは来るな。表はあの状態だから」

坂田は一瞬何か言いたげにしたが、結局ふうん、と呟《つぶや》いただけだった。そそくさと踵《きびす》を返し、玄関に向かう。一度だけ広瀬を剣呑《けんのん》な目つきで睨《にら》んで帰っていった。広瀬はドアに鍵《かぎ》を掛《か》けながら、深い溜息を落とした。

奥の部屋に戻《もど》ると、高里が困惑したような表情で広瀬を見上げてきた。広瀬は苦笑《くしよう》してみせる。

「悪い。我慢《がまん》できなかったんだ」

高里は微《かす》かに笑った。

「僕《ぼく》もです」

「いろんな人間がいるな、地上には」

本棚に凭《もた》れた広瀬がぼんやりと嘆息すると、高里が頷いた。

「そうですね」

坂田のようなタイプの人間はひどく広瀬を滅入《めい》らせる。こういうときは、心底帰りたい、と思う。

「俺な、仙人《せんにん》になりたかったんだ」

高里は首をかしげる。

「高校のころかな。どっか山奥にでも籠《こ》もって、小さい畑でも作って自給自足の生活をする。──結構本気で夢《ゆめ》だったんだ」

高里は微笑《わら》った。

「分かります」

広瀬は苦笑する。

「しかしな、山奥ったって、やっぱり土地は買うかどうにかしなきゃならんだろ。畑なんていっても一年中実りがあるわけじゃない。やっぱりある程度蓄《たくわ》えがなきゃなぁ、なんて思ってさ。一応社会に出て、まとまった金が貯《た》まるまで働かないと、なんて思って。あまりの遠大さにウンザリして諦《あきら》めた」

「南に行かなきゃだめですよ」

「南？」

「一年中暖かいところ。日本の山奥じゃなくて、熱帯雨林のジャングルとか。探せば食料がなんとかなる場所でないと」

広瀬はきょとんとした。

「小説でも漂流者《ひょうりゅうしゃ》が辿《たど》り着くのは南の島ですよね。北のほうだと話が成り立たないから」

「なるほど、そうだ」

高里は淡《あわ》く微笑って、それから手許《てもと》に置いた写真集に目をやる。

「ベネズエラなんて、いいな」

「アウヤンテプイ？」

ギアナ高地にあるアウヤンテプイと呼ばれるテーブルマウンテンの麓《ふもと》には、ライメという老人が暮らしている。リトアニア生まれの白人である彼は、そこで自給自足の生活を営み「仙人」と呼ばれている。

「ロライマ」

「ロライマ山の麓かぁ。ライメ老人の向こうを張って、『ロライマ山の仙人』になるわけだな」

それはけっこう楽しい想像だった。密林ならば勝手に住み着いても文句を言う者はあるまい。そこでジャングルを切り開き、バナナでも植えて暮らすのは悪くないかもしれない。

「どうせなら、上のほうがいいけど……」

「確かになあ。しかし、上は寒いぞ。標高が三千メートル近くあるから。畑を作れるとも思えんしな」

「畑は無理でしょうけど、寒さは何とかなるんじゃないかな。陽射《ひざ》しが強いから」

「『水晶《すいしょう》の谷』の水晶を拾って売る、ってのはどうだ?」

高里は微笑う。

「だめですよ。そんなの黙認《もくにん》されるはずがないし、第一、売りに下山するのが大変すぎます。八百メートルの断崖絶壁《だんがいぜっぺき》ですよ」

「じゃ、これはどうだ? 『岩の迷宮《めいきゅう》』はまだ未踏査《みとうさ》なんだろ? 『岩の迷宮』の詳細《しょうさい》な地図を作るのを条件にパトロンを捉《つか》まえる。そうしたら、暇《ひま》も潰《つぶ》れて一石二鳥だ」

「……それはいいな」

「だろ?」

広瀬は高里としばらく小声で笑っていた。

「でも、どうやって地図を作るんです？　三日で迷子《まいご》になりそうだな」

「そりゃやっぱ、『岩の迷宮』の縁《ふち》に小屋を作るんだよ。でもって外側からじりじりと内側に向かって調べていく」

「長さでも三キロ、幅《はば》でも一・五キロはあるんですよ？」

「調査しながら小屋も移動させるんだ。『岩の迷宮』の岩はけっこうデカいんだろ？　写真じゃよくスケールが分からんけどさ、きっとビル程度の大きさはあるんだぜ。浸食《しんしょく》されて妙《みょう》な形に抉《えぐ》れたりしてるし、探せば家になりそうなやつもあるかもしれない。カッパドキアみたいにさ」

トルコにある奇岩と地下都市で有名なそこも、広瀬が長く憧《あこが》れている場所の一つだった。

「岩も調べて、それぞれに名前をつける。星の名前をつけるみたいに」

高里は微笑う。

「コンパスを持って？」

「そう。コンパスとロープ。チョークなんかも有効かもしれないな」

「雨が多いんですよ。絶え間なく霧《きり》も出るし」

「じゃ、傘《かさ》と長靴《ながぐつ》も必要だな」

高里は小さく笑い出した。

「傘？」

「そう。雷《かみなり》が怖《こわ》いから金属製の骨のやつは駄目《だめ》だな。こう、片手に傘を持って片手にロープ。メルヘンだろ？」

「赤い傘がいいな」

「赤ぁ？」

広瀬が訊《き》くと、高里は笑って頷《うなず》く。

「赤ですよ。岩の色が暗いから、赤。ビルほどもある奇岩が立った迷路に霧が流れてて、そこに赤い傘。メルヘンでしょう？」

広瀬は笑った。

「じゃ、俺は黄色にしよう」

高里と二人、くすくすと笑いながら馬鹿なアイディアを出しあった。その夜のうちに、隠遁《いんとん》生活の計画は完全にできあがった。

＊＊＊＊＊＊＊＊＊

彼女《かのじょ》は窓を開けた。

地上三階の窓だった。窓からは黒い巨大《きょだい》な船のように、学校の建物が間近に見えていた。あれを船だと思うのは、それが小学校の社会見学で見たタンカーとひどく印象が似ているからだった。

彼女はなぜだかあのタンカーが怖かった。それと同じように夜のあの建物が怖い。近頃色々な事件があって彼女の通う高校では気味の悪い噂《うわさ》が飛び交《か》っているけれど、そんな噂を聞く以前から、彼女はあの学校が——学校の建物が怖かった。

窓の正面に見えているのは、職員室などのある本部棟《とう》だということを彼女は知っている。いまは窓にブラインドが降りているが、そうでなければ窓際《まどぎわ》にある机の上に置いた湯呑《ゆの》みの色が分かるほど近い。

その上に突《つ》き出るように見えているのが、この間飛び降り自殺のあったクラス棟。その横に見えているのが特別教室棟。その陰《かげ》に覗《のぞ》いているのがクラブ棟だ。

彼女は窓に凭《もた》れてしばらく怖い建物を見た。怖くて嫌《きら》いなのだけど、なんとなく寝《ね》る前にはあれを見ないと落ち着かなかった。きっと確認《かくにん》したいのだと思う。それは怖いものなどではなく、単なる夜の学校にすぎないことを。

彼女は頬杖《ほおづえ》を突いて視線を建物に走らせた。ふと眉《まゆ》を顰《ひそ》める。窓枠《まどわく》に手を突いて軽く身を乗り出した。

クラス棟で何かが動いていた。彼女の部屋からはそれが何なのか、遠すぎてよく見えない。彼女は机の引き出しを開けてそこから小さな双眼鏡《そうがんきょう》を引っ張り出した。クラブでバードウォッチングをするのに買ったものだった。

覗いてみると、それは人の姿だった。

彼女の学校の女の子にとって、この学校の生徒はちょっとした憧れの存在だった。大《だい》胆《たん》な女子の間では夜に学校に忍《しの》び込んで、意中の男の子のロッカーに手紙を投げ込んでくる遊びが流行《はや》っていたことがある。クラブ棟の使用がずさんで一階の窓が施錠《せじょう》され忘れていることが多かったからできた遊びだが、運悪く守衛に見つかった女の子がいて、結局絶えてしまった。

彼女がそんなことを思い出したのは、その人影《ひとかげ》が女だったたからだ。いまでもあんな遊びをする子がいるのかしら、と彼女は思い、それからふと学校で流行っている別の噂を思い出した。

双眼鏡を持つ手が震《ふる》えた。女は何をするわけでもなく窓の内側を歩き廻《まわ》っていた。双眼鏡で覗いてみて初めて、その窓が廊下《ろうか》の窓だということが分かった。

彼女は震えながら双眼鏡から顔を離《はな》した。ほんの少しの間、うまく景色が見えなかった。すぐに視力が戻《もど》る。すると今度は、クラス棟の屋上で何かが動くのが見えた。彼女は引き寄せられるようにもう一度双眼鏡を当てる。屋上を見上げた。

そこにいたのは犬のような動物だった。どうして学校の屋上に、犬なんかがいるのだろう。そこはこの間、七人もの生徒が飛び降りた不吉《ふきつ》な場所だ。そこに犬が歩いているのはあまりにそぐわなくて、それで気味が悪かった。

彼女はそのまま双眼鏡の視野を動かしていく。なぜだか一通り学校を見てみないと気が済まない気分になっていた。横に動かすと特別教室棟に向かう渡《わた》り廊下が見えた。その二階に彼女は黒い影を見つけた。黒い大きな牛のような影だった。さらに横に動かすと、クラブ棟の窓が見える。それを確認しているうち、その壁《かべ》を何かが這《は》っているのが見えた。それは赤黒い、窓の高さほども長さがある蛭《ひる》に似たものだった。蛞蝓《なめくじ》が這うような動きで、それは下から上へ這い昇《のぼ》る。追いかけて上を見ると、屋上の縁に蛭が何匹《びき》かしがみついていた。さらに下を見ると、建物の下に十数匹の蛭が蠢《うごめ》いている。

中庭には黒い侏儒《しゆじゆ》のようなものが歩いていた。グラウンドを見ると巨大なアメーバのようなものが張り付いていた。

何なのこれは、と彼女は双眼鏡を放《ほう》り出した。あの学校はどうしてしまったのだろう。怯《おび》えて窓を閉めようとしたとき、星が流れるのが目に入った。光を追うと、それは星などではぜんぜんなかった。彼女はぽかんと口を開けた。

それは鹿《しか》に似た獣《けもの》だった。鹿とは違《ちが》って淡く輝《かがや》き、どこからかクラス棟の屋上に舞《ま》い降りた。不思議に怖い気はしなかった。むしろいままで感じていた不安が急に引いていく気分がした。

それはすぐにどこかへ消えてしまったが、彼女は至極《しごく》落ち着いた気分で窓を閉めることができた。

九章

1

翌朝、広瀬が目を覚ましたのは六時にもならないころだった。

高里とつまらない話をして、寝《ね》たのがすでに二時過ぎだった。四時間足らずしか寝ていない計算になる。広瀬がぼんやりと身を起こすと、高里はすでに起きてきちんと制服に着替《きが》えていた。

「高里……お前」

「学校に行きます」

しかし、と言いさすと、

「まだ表には誰《だれ》もいないようです。いまのうちなら出られますから」

そう微笑《わら》ってから深く頭を下げた。

「どうもお世話になりました」

帰るという意思の表示だった。

高里、と広瀬は息を吐《は》く。高里がいることによって広瀬にもたらされた被害《ひがい》は甚大《じんだい》だが、それでもあの家へ、あの母親の許《もと》へ帰ってほしいとは思えなかった。

「お前が帰っても状況《じょうきょう》は変わらない。俺《おれ》はマークされてるし、離《はな》れれば気にかかるだけだ。お前だってそうじゃないのか」

俯《うつむ》いたまま高里の返答はない。

「それとも家が恋《こい》しくなったか？」

言うと顔を上げる。途方《とほう》に暮れた表情をしていた。

「僕《ぼく》には帰る家がありません」

広瀬は頷《うなず》く。

「僕が帰っても誰も喜んではくれません。両親にとっても弟にとっても、僕はいないほうがいいんです。——先生にとってもそうなんじゃないでしょうか」

広瀬は軽く息をついた。

「正直言ってな、俺はウンザリしてるよ。お前にじゃない。表で張ってる連中にだ。学校の連中にもウンザリしてる」

広瀬は言って、背中を壁《かべ》に預けた。

「だがそれは、お前のせいじゃない。俺はお前に出て行ってほしいとは思わない。むしろ目の届くところにいてくれたほうがありがたい。これは俺のエゴなんだ。俺だったら、あんな家に帰りたくない。だから、お前が帰るのは我慢《がまん》できない」

広瀬は高里に目をやる。

「お前だって帰りたくはないだろう。だからいつも放課後に残っていたんじゃないのか」

言うと、高里は緩《ゆる》く首を振《ふ》った。

「帰りたくないのとは……違《ちが》います」

「どう違うんだ」

「帰っても迷惑《めいわく》になるだけですから」

広瀬は息をついた。寝起きの頭を掻《か》き回す。

「高里の思考回路はよく分からんな。嫌《いや》な気はしないが、理解するのが難しい」

高里は首をかしげる。目を伏《ふ》せたまま言葉を探すふうをした。

「両親も弟も、僕がいないほうがいいんです。僕は有害で気味の悪い子供なので、そばにいると不愉快《ふゆかい》なんです。僕は、そう思われていることを知っています。だからできるだけ家にいないほうがいいんだと思って」

広瀬は溜息《ためいき》をつく。

「どうして気味が悪いんだ。どうしてそう思われていることを知っていて、腹が立たないんだ?」

「だって……事実ですから」

「事実って、お前」

　高里は不思議そうにした。

「誰もがそう言います。先生は、僕が気味悪くないんですか？」

　問い返されて絶句した。

「気味が悪いと思ったことはないな」

「先生は変わった人ですね」

「そう……かもしれん」

　広瀬は言って、軽く笑った。

「ここにいろ」

　広瀬が言うと、高里は首を振った。

「僕は、学校を中退しようと思うんです」

　広瀬はまじまじと高里の静かな顔を見た。

「何を」

「ずっと考えていたことではあるんです。僕は自分が学校に行ったりしないほうがいいんじゃないかと思ってましたから。僕が人の中に入るのは、有害で端迷惑《はためいわく》なことです。それでもなんとなく決心がつかなくて。だから、中学の先生にいまの学校を受験してはどうだと言われたとき、結局それに従ったんです」

そう言って高里は苦い色の笑いをみせる。

「僕は怖《こわ》かったんだと思います。ずっと無目的に生きてきたので、だから足場がなくなるのが怖かった。崖《がけ》の途中にいるようなものです。両手に摑《つか》んでいるものがないから、足場が崩《くず》れるのが怖かった。高校生という立場が欲しかったんだと思います」

「──で？」

広瀬は低く問う。どこかしら声に刺《とげ》が混じった。

「学校を辞《や》めて家を出ようと思うんです。僕が人の間に交じって働いたりするのは学校に行くのと同じくらい端迷惑なことですけど、短期間なら何とかなると思います。仕事を転々としなきゃならないでしょうけど、実際そうやって生活している人もたくさんいますし……」

広瀬は怒《いか》りを持て余す。高里に向けられたものだが、高里が広瀬を怒《おこ》らせるわけではない。目の前にいる人間がどうしてごく普通《ふつう》に生きていくことを許されないのだ、という怒り。さらにその事実をどうしてこいつはこうも淡々《たんたん》と受けとめるのだ、という怒り。

「それで？　お前はいったい何を摑んでるんだ？」

足場を自分から踏《ふ》み外して。両手で何かを摑んでいなければどこかへ転落していくというのに。

「ロライマ山に行ってみたいんです」

広瀬は間近に坐《すわ》った相手を見る。くだらない、と一瞬《いっしゅん》思った。南米の、奇岩《きがん》の山を見る、それだけの欲望。多くの人間を無目的なまま足場に縋《すが》りつかせている欲望に較《くら》べたら、なんて小さい。

高里は微笑った。

「つまらないですか？　でもこれは、僕が自分の現実の延長線上に見つけた、初めての望みなんです」

「行けばいい」

広瀬は投げ出すように言った。

「艱難辛苦《かんなんしんく》の末に『岩の迷宮《めいきゅう》』を見に行って、そこは蓬山《ほうざん》じゃないとガッカリして帰って来りゃいいさ」

高里が一瞬ひどく悲しい顔をした。

「……済まん。ひどい八つ当たりだ」

自分が情けなくて顔を伏せた。ひょっとしたら頭を下げたかったのかもしれない。

「ちょっと待ってくれるか。俺も出るから」

立ち上がった広瀬を高里は見上げる。

「辞めるんなら後藤さんに話をしなきゃならないだろう。俺も行く」

「呆《あき》れ……ましたか」

いや、と広瀬は頭を振った。

「俺は多分、お前に平穏《へいおん》な生活を送ってもらいたいんだと思う。恵《めぐ》まれた人生を歩いてもらいたい。だが、何が恵まれた人生なのかは本人が決めることだよな」

広瀬は強《し》いて微笑ってみせた。

「少し残念なのは、お前が自分の望みのためにそれを捨てるんじゃなくて、捨てざるをえないから望みのために歩いて行こうとしていることかな」

そう言ってユニットバスのドアを開ける。

「何年後でも、行くのが決まったら連絡してくれ。──赤い傘《かさ》をプレゼントするから」

今度はちゃんと本当に笑えた。高里が安堵《あんど》したように口許を綻《ほころ》ばせた。

2

早朝のことで、学校のまわりに人影《ひとかげ》はなく、そのうえ校門もまだ開いていなかった。広瀬は高里と裏門を乗り越《こ》えて中に入り、体育館裏の人目につかないあたりに坐ってぼんやりとしていた。

他愛《たわい》のない話をしながら登校時間を待って、それから隠《かく》れ家《が》を忍《しの》び出た。

広瀬は高里の肩《かた》を一つ叩《たた》いて、彼《かれ》をクラス棟《とう》のほうへ送り出した。高里を見たクラスメイトは何を感じるのか、言うのか、行うのか。教室まで送って行こうかという申し出を高里は首を振って断った。その表情が淡々としているだけに、覚悟《かくご》を定《さだ》めた殉教者《じゅんきょうしゃ》のように見えた。

広瀬は裏道を辿《たど》って真《ま》っ直《す》ぐ特別教室棟に向かった。なんとなく人目につかぬよう気をつけた。ここで当然のように二週間を過ごした。その期日が過ぎて、学校は広瀬を部外者として拒《こば》む場所に戻《もど》った。人気《ひとけ》のない廊下《ろうか》を歩きながら、そんなことを考えた。

準備室に入ると、中にいた後藤が呆れたような顔をした。

「実習が終わったのを知ってるか？」

そう訊《き》かれて広瀬は頷く。

「来てもいいと言ったでしょう？」

「言うには言ったが、今日の朝から来るとは思わなかったぜ」

広瀬は軽く笑い、そうして顔を引き締《し》める。

「今日は護衛です。——高里が来てますよ」

後藤は広瀬を見返す。

「……そうか」

「放課後に来るよう言っておきました。後藤さんに相談があるそうなんで」

「相談？　高里が俺に？」

「むろん、後藤さんにです。退学の相談ですからね。当然でしょう」

後藤は眼《め》を見開く。

「辞めるって？　辞めてどうすんだ」

「働くそうですよ」

「お前が焚《た》きつけたのか」

「まさか。奴《やつ》が自分で決めたんです」

そうか、と後藤は声を落とした。

「俺のクラスはどんどん席が空いていくなあ」

広瀬がただ黙《だま》っていると、

「それより見たか？」

問われて顔を上げると、後藤は眉《まゆ》を上げてみせる。

「今朝発売の週刊誌に、高里の記事が載《の》ってたぜ。さすがに名前は伏せてあったけどよ」

「そうですか……」

広瀬は考え込《こ》んだ。

予鈴《よれい》が鳴って、後藤は朝礼に出ていった。戻って来たときにはなんだか複雑そうな表情をしていた。

「二十六。どうだい、大した出席率だろう」

「出席が二十六ですか？」

「おうともよ。間に日曜を措《お》いて、連中も気が治まったかな。ま、ありがたいこった」

「クラスの様子はどうでした」

後藤は再び複雑そうな顔をした。

「概《おおむ》ね平常通りだよ。高里はもともとあんなふうだし、他の連中も事件の前の状態だ。つまり、遠巻きにして我関せず、だな」

広瀬は少し首をかしげる。

「まったくいつも通りですか？」

「多少は違うかもしれんな。俺が教室のドアを開けたとき、二、三人の奴が高里の机のまわりから離れていくのが見えたからよ」

不安が過《よぎ》った。

「まさか？」

後藤は手を振る。

「諍《いさか》いがあった様子じゃねえ。感じとしちゃ、世間話でもしてたみたいだったぜ」

広瀬は狐《きつね》につままれたような気がした。

「世間話？　高里と？」

「俺に訊くな。あとで本人に訊きゃいいだろう。とにかく、俺には至極和《しごくなご》やかな雰囲気《ふんいき》に見えたんだよ」

広瀬は考え込む。ひどくそぐわないことのような気がした。難しいと評判の試験で、馬鹿《ばか》みたいにやさしい問題用紙を見たような気がした。

「そういや、高里の家から連絡があったか？」

後藤に訊かれて広瀬は首を振った。

「いえ。高里が昨日連絡をしようとしましたが、留守みたいで」

ふうむ、と後藤は唸《うな》る。

「昨日、俺の家に電話があってよ。高里の弟が行ってる学校からだったんだが。弟が金曜、土曜と無断欠席なんだとよ。何か知らないかってことだったんだが」

「へえ？」

「それがな、父親も二日続けて無断欠勤をしてるらしいんだよ。同僚《どうりょう》が、次男が行ってる学校を思い出して問い合わせたらしいんだな。ところがこれも無断欠席だと。連絡を取ろうにも家にいる様子がない。それで俺のところに電話が来たんだが」

ふいに嫌な気分がした。

電話に出ないのは居留守だと思った。あの母親は雨戸を閉めて暮《く》らすんだ、と言っていた。きっとそれで閉じ籠《こ》もっているのだと思っていたが、果たして父親が仕事を休んだりするものだろうか。

「放課後、行ってみます」

広瀬が言うと、後藤は呆れた顔をする。

「お前、放課後までここにいるつもりか」

「授業の途中《とちゅう》で学校を出られませんよ。門の前には報道陣が構えてますから。どうせ、高里を送っていきたかったし、行ってみます」

昼休みに準備室へやって来た橋上たちは、広瀬を見るなり呆れたような顔をした。

「どーして広瀬さんがいるわけ？」

開口一番そう言った橋上に広瀬は苦笑《くしょう》してみせる。

「せっかく送別会までしてやったのに、ありがたみのねえ奴だなぁ」

「だよねぇ。僕《ぼく》なんて、ああ、このドアを開けても広瀬先生のお姿はもう見られないのね、なんて感傷に浸《ひた》ってたのに」

妙《みょう》なシナを作る野末を広瀬は軽く小突《こづ》く。

「野暮《やぼ》用があって朝学校に来たら、ハイエナのせいで出られなくなったんだよ」

「あー、なるほど」

軽く手を叩くふりをしてから、

「登下校のたびに声かけられてまいっちゃうよ。築城《ついき》さんのとこなんて、昨日家まで電話がかかってきたらしいですよ。T氏が転落した事故について教えてくれ、って。それも、三回も」

広瀬は苦笑する。

「不審《ふしん》な事故で怪我《けが》をした教生Aのところに何回電話がかかってきたか、教えてやろうか?」

橋上が憐憫《れんびん》の眼差《まなざ》しを向けた。

「……不幸だなー」

野末が身を乗り出す。

「ひょっとして、張り込みアリ?」

「土曜、日曜と表に終始二、三人の人間がいたな」

「うわー、不幸……」

そう言ったところに珍《めずら》しい人間が顔を出した。

「あれ、どうして先生がいるんですか」

築城だった。

橋上が折り畳《たた》みの椅子《いす》を引っ張り出す。

「築城、久しぶりだなあ。元気にしてたのか」

「ま、何とか」

橋上が出した椅子に腰《こし》を降ろす。野末がその前にコーヒーを注いだビーカーを置いた。

「お久しぶりのサービスでぇす」

サンキュ、と言ってから築城は広瀬を振《ふ》り返る。

「高里、出て来てましたよ」

広瀬は、らしいな、と曖昧《あいまい》に頷《うなず》いた。野末が身を乗り出す。

「出て来たんですか、いよいよ？　どんな感じです？」

「変な感じだよ」

築城は面白《おもしろ》くなさそうに答えた。

「変って、やっぱ某《ぼう》T氏のせいで？」

「もちろん、高里のせいなんだけど。教室の高里に対する態度が変わったんだよな。なんだか変な感じなんだ」

広瀬は尋《たず》ねる。

「今朝、後藤さんが高里のまわりに人が集まっていたと言っていたが」

「そうなんです。ずっと高里をシカトしてきた連中が、高里の姿が見えるなりまわりを取りまいて。いつかの事件を詫《わ》びてましたけどね。出来の悪い青春ドラマみたいでしたよ」

野末が混ぜ返す。

「高里、俺《おれ》たちが悪かった。みんなお前を誤解してたんだ。俺たちは仲間だ、な、みんな！——ってやつですか」

築城は笑った。

「それに近いかな。いまも、仲良く昼飯を食べてるんじゃないかな。朝より人数が増えてたよ。なんだか見てて薄気味《うすきみ》悪くてさ」

広瀬は眉を顰《ひそ》める。その変化はどうしても解《げ》せなかった。

「T氏が特別な人間だって認識《にんしき》に目覚めたんじゃないですか？」

築城が問い返すように野末を見る。

「坂田説ですよ。T氏は特別な人間だからみんなでチヤホヤするべきだって。こないだ一席ぶっていきましたよ」

野末がそう言うと、築城はウンザリしたように溜息《ためいき》をついた。

「あいつは変なんだよ。昼休みも、やけになれなれしい感じで高里のとこに来てたし。まさか坂田の影響《えいきょう》ってわけじゃないだろうけど、何か見てて気分悪くて」

そう言ってから築城は野末を見返す。

「でも、野末の表現は当たってるよ。チヤホヤするって感じだな、あれは」

広瀬は考え込んだ。それは何を意味しているのだろう。まさか坂田にそこまでの影響力があるとは思えない。だとしたら、いったい何が彼らを変化させたのか。

「そういえば、先生」

野末は顔を上げた。

「今日出た週刊誌に高里の記事が出てたらしいですよ」

「ああ、聞いた」

「土曜のスポーツ新聞には実名入りで載ってたって」

広瀬は頷く。突然《とつぜん》築城が声を上げた。

「それって、坂田がリークしたんじゃないかな」

全員が築城の顔を見返した。

「木曜の放課後、坂田が記者らしい男と喫茶店《きっさてん》にいたんです。あいつ何か得意そうにべラベラ話をしてました。詳《くわ》しい内容は聞き取れなかったけど、ときどき高里、って言葉が聞こえたから」

3

高里が準備室にやって来たのは、放課後になってさほど経《た》たないころだった。彼《かれ》は一礼して入ってくると、ごく淡々《たんたん》とした口調で「退学したいと思います」とだけ言った。対する後藤の対応もごく淡泊《たんぱく》なものだった。

「辞《や》めてどうする」

「働きます」

「就職のあてはあるのか」

「ありません」

後藤は真摯《しんし》な視線を注いだ。

「多少遠くても良ければ心がけておく。お前も準備があるだろうし、せめて九月いっぱいは我慢《がまん》しろ」

そう言われて高里は深く頭を下げた。

「ありがとうございます」

それで会談は終わりだった。

帰りは十時《とき》が彼の車で送ってくれた。高里は最初それを固辞したが、校門の前に集まっている取材陣《しゅざいじん》を見、後藤のところに電話があった話をすると承諾《しょうだく》した。

高里の家の門はぴったりと閉ざされていた。留守にしているためか、付近に取材陣らしい人影《ひとかげ》は見えない。車を降りて十時に礼を言うと、広瀬は鉄パイプ製の門扉《もんぴ》につけた郵便受けを見る。狭《せま》い投入口から新聞がはみ出していた。

高里が外から閂《かんぬき》を開ける。建物の表に面した窓はどれも雨戸が引かれていた。一見して留守宅にしか見えなかった。

高里は玄関《げんかん》の呼び鈴《りん》を押《お》す。家の中からは何の返答もなかった。何度試《ため》しても家は森閑《しんかん》とした沈黙《ちんもく》を守っている。

「本当にいないようだな」

広瀬が言うと、高里は頷く。釈然としない顔つきで鞄《かばん》から鍵《かぎ》を取り出した。錠《じょう》を外し、ガラス戸《ど》に手を掛《か》ける。ただいま、と声をかけながら戸を開いた。

いつか見た玄関はしんとして何の気配もなかった。正面にある下駄箱《げたばこ》の上の花が見る影もなく枯《か》れている。そうして、ほのかに鼻孔《びこう》を突く異臭《いしゅう》。

「何か嫌《いや》なにおいがしないか」

広瀬がそう訊くと、高里も不審そうな顔を頷かせる。

「何でしょう」

「におうか？」

「ええ。何か腐《くさ》ったみたいな」

言いさして、高里は息を呑《の》んだ。怯《おび》えたように眼《め》を見開く。

「まさか……」

鼓動《こどう》が早鐘《はやがね》のように鳴り始めた。広瀬は玄関に踏《ふ》み込む。家の中に一歩入っただけで澱《よど》んだ異臭が明らかだった。

「……お母さん」

高里が正面にある障子を開いた。さらに臭気が強くなる。ただ事ではない、と思った。乱暴に靴《くつ》を脱《ぬ》いで駆《か》け上がろうとする高里を制す。

「お前はここにいろ」

高里は首を振り、上がり框《かまち》を踏んで四畳《じょう》の部屋に上がった。広瀬も勝手にあとに続く。四畳の三方は襖《ふすま》になっている。高里が右手にある襖を開くと廊下《ろうか》だった。中の空気はすっかり澱んで、粘《ねば》るほど濃厚《のうこう》に異臭がした。

「高里、行かないほうがいい」

廊下を急ごうとする高里の腕《うで》を摑《つか》んで止めた。

「警察を呼ぼう。それまで待ったほうがいい」

「……でも！」

顔色のない高里に首を振ってみせる。ふいにどこかで微《かす》かな音がした。畳《たたみ》を撫《な》でるような音がしている。

「何の音だ？」

言うと高里は耳を澄《す》ますふうをし、それから廊下の奥《おく》に向かって、お母さん、と声を上げた。とたんにブンと重いものを振り廻《まわ》したような音が聞こえた。広瀬は高里と顔を見合わせる。廊下を歩き出したのは広瀬のほうが先だった。

「高里さん！　いるんですか⁉」

廊下にはうっすらと埃《ほこり》が溜《た》まっていた。真《ま》っ直《す》ぐに奥へ向かった廊下の、その先から音が続いている。廊下へ踏み込むと、いっそう異臭は強烈《きょうれつ》だった。口だけで息を繰《く》り返しても喉《のど》に腐臭《ふしゅう》が張り付くように流れ込む。

広瀬は音を頼りに奥へ歩いた。廊下を少し行ったところの片側には大きなガラスの掃《は》き出し窓が、もう片側には障子が続いている。その窓には雨戸が引かれていず、カーテンだけが閉められている。淡《あわ》い模様の布越《ご》しに陽射《ひざ》しが入り込んでいた。先に立って近くの部屋をそっと覗《のぞ》いた。そこは二間続きの和室で、どうやら居間のようだった。音はさらに家の奥のほうから聞こえる。

突き当たりまで行くと、廊下は左右に分かれていた。右には洗面所などが並んでいるようだったが、音は左から聞こえる気がする。

廊下を左に曲がって、最初の部屋の障子に手を掛けた。

「ここは？」

口をハンカチで覆《おお》っているのでくぐもった声になった。高里は呆然《ぼうぜん》としたように、父母の部屋です、と答える。

広瀬は障子をそっと開けた。開けるやいなや、顔に向かって何かが飛んで来て蹈鞴《たたら》を踏む。細く開けた障子の間から何かが飛び出して来た。とっさに身構えた広瀬の眼に小さな影が映って、それが昆虫《こんちゅう》の群れだと分かる。

「……何ですか？」

高里に訊かれて広瀬は自分のまわりを飛ぶ昆虫を目で追いかけた。

「蠅《はえ》だ……」

異臭が酷《ひど》い。広瀬は改めてそろそろと障子に手を掛けた。細く開いたそれをさらに押し開ける。開けたところは四畳半の次の間になっていた。反対側にある窓にも雨戸は引かれていない。カーテン越しだが明るい光が満ちていた。花瓶《かびん》を載せた棚《たな》と、文机《ふづくえ》がある。さらに隣《となり》へと続く襖は半分開いていて、そこにも光が満ちていた。

部屋の様子は分からなかったが、絨毯《じゅうたん》を敷《し》いた畳が見えた。その絨毯の上に飛び散ったおぞましい色。太った蠅が螺旋《らせん》を描《えが》いて飛んでいた。

高里が悲鳴に似た苦悶《くもん》の声を上げて次の間に飛び込んだ。とっさにそれを止めようとしたが、広瀬の手は間に合わなかった。

高里は半分開いた襖の前に立って、愕然《がくぜん》としたように中を見つめた。広瀬はぼんやりと絨毯に視線を向けて、腐り爛《ただ》れた色の中から何かの意味を汲《く》み取ろうとしていた。

その部屋では高里の両親の死体が、もう一つ別の部屋では高里の弟の死体が見つかった。誰《だれ》もが眠《ねむ》っていたところを襲《おそ》われたようで、布団《ふとん》から逃《に》げ出そうとした恰好《かっこう》で死亡している。むろん、変死に違《ちが》いなかった。

絨毯の上に流れを作るほどの蛆《うじ》が死体のあちこちを白骨に変えていた。夏の終わり、気温も高く腐敗が酷い。それでもその死体がそもそも人間の形を止《とど》めていないことは広瀬にも分かった。自殺や事故などではありえなかった。

警察は広瀬が呼んだ。高里はほとんど自失したように呆然としていた。警察がやって来て高里に死体の確認を求めたが、相好の区別などつくはずもなかった。ただ泥《どろ》のように形を失った手に金の指輪を見つけ、母の結婚指輪だと思います、とだけ高里は答えた。

4

事情聴取《ちょうしゅ》は警察署で受けた。高里の家は閉め切ってあっただけに腐臭が酷く、人が長時間そこにいることは到底《とうてい》できなかった。

　帰りはパトカーが送ってくれた。警察署のまわりには大勢の取材陣が待ち構えていたので、人の好《よ》さそうな私服警官が、裏口に横づけにしたパトカーのドアまで送ってくれた。彼は俯《うつむ》いた高里の頭から上着を被《かぶ》せた。離《はな》れたところにある通用門の前に集まった記者連中に「未成年だってことを考えろよ」と言っていたので善意だったのだろうが、高里はまるで護送される犯人のように見えた。

　アパートの前には二、三人の記者がいるだけだった。他《ほか》は警察署なり高里の家に行っているのだろう。広瀬は故意に連中に捕《つか》まって注意を引きつけた。その間に、高里を部屋に入れた。


　高里は放心したように口をきかなかった。広瀬には高里のそばに坐《すわ》っているより他にしてやることがなかった。

　後藤が訪《たず》ねて来たのは、夜も遅《おそ》くなってからだった。やって来た後藤を認め、高里は深く頭を下げる。頭を下げたそれだけで、一言も口をきかなかった。

「大変だったな、高里」

　そう言った後藤の声にも返答はない。後藤はそんな高里を痛ましいものを見るような目で見てから広瀬を振り返った。

「いつ亡《な》くなったって？」

「三日前の夜から明け方なんじゃないかと警察が言ってました」

「事故か？」

広瀬は首を横に振る。

「いまのところ、殺人、ってことになってます。死体が酷い有り様だったんで」

広瀬は言い淀《よど》む。目撃《もくげき》した死体は誰かが悪意でもって、あえて人とは異なる形に捏《こ》ね上げたように見えた。死体を見たという衝撃《しょうげき》は少なかった。それは死体というより、人肉で拵《こしら》えた滅茶苦茶《めちゃくちゃ》な粘土細工の残骸《ざんがい》に見えた。

「野犬か何かに食い荒《あ》らされた死体に似ている、と言っている捜査員《そうさいん》もいましたが。結局のところ詳しいことは解剖《かいぼう》待ちです」

そうか、と呟《つぶや》いて後藤は腰のあたりを探《さぐ》った。珍しくスーツを着た後藤の腰にタオルはない。後藤は忌々《いまいま》しそうにズボンで手を拭《ぬぐ》った。

「家族は両親と弟か。親戚《しんせき》は」

「父方、母方とも遠方らしいですが、高里もよく知らないそうです。ほとんど付き合いがなかったらしいので」

後藤は頷《うなず》いた。

「葬式《そうしき》は？」

「警察で手配を済ませました。警察とパイプを持ってる葬儀屋《そうぎや》というのがあるみたいですね。紹介《しょうかい》されたので、全部そこに任せるようにしてきました。とにかく解剖が最低でも明日いっぱいはかかるんで、通夜《つや》も葬儀も明後日以降ということになりそうです」

そうか、と言ってから後藤は、

「ずいぶん表は静かだったな」

「まあ、何とか」

連中は高里がここにいるとは知らない。

後藤は高里を振《ふ》り返った。

「高里は明日から忌引《きび》きだな？」

高里は顔を上げずに、ただ頷く。

「心からお悔《く》やみを言わせてもらう。しっかりしろよ」

そんな言葉にも情感の漂《ただよ》わない頷く動作だけで答えた。

後藤が帰ってから、高里はようやく口を開いた。彼を呆然とさせていたのが突然《とつぜん》家族を失ったことではないのだと、そのときになってようやく悟《さと》った。高里は広瀬に訊いたのだ。「やはり僕《ぼく》のせいなんでしょうか」と。

広瀬には一瞬《いっしゅん》答えられなかった。

加害者というなら、高里の家族は最も高里にとって加害者だ。報復を受けるなら、高里の母親こそが一番の犠牲者《ぎせいしゃ》でしかるべきだろう。奴《やつ》らが見逃《みのが》すはずがない。いままで連中が許されていたのは、ゆえあってのことだろう。彼らは高里の敵だったが、高里には彼らが必要だった。彼を庇護《ひご》し、最低限の生活を保障する存在が。そうして、いまや彼らは必要でなくなった。むろん、広瀬がいるからに違いない。

そうして広瀬は思い出した。三日前の夜から朝。それはあの飛び降り事件があったその夜のことだ。あの夜、広瀬は声を聞いた。

──お前は王の敵か、と。

自分が返答したことは覚えていたが、何と返答したのかは思い出せずにいた。それをいま思い出した。広瀬は否《いな》、と答えたのだ。

──俺《おれ》は敵じゃない、と。

その夜高里の家族は死んだ。この符合《ふごう》に意味がないのか。連中が広瀬が敵でないことを納得《なっとく》して、高里の家族をもはや不要とばかりに粛清《しゅくせい》に行ったとは考えられないだろうか。

では、と広瀬は自分を見つめる高里をまじまじと見返した。

──では、王とは？

緇《すが》る色の眼に動かされて広瀬は首を振った。

「少なくとも、お前の責任じゃない。誰があれをやったにしろ」

犯人があの連中にしろ、そうでないにしろ。

「お前は被害者《ひがいしゃ》なんだから」

「……そうでしょうか」

広瀬ははっきりと頷いてみせた。

「お前のせいじゃないよ、高里」

高里は俯いた。ずっと呆然としていた彼《かれ》は、ようやく涙《なみだ》を零《こぼ》し始めた。

5

翌朝はノックで起こされた。半分眠った状態でチェーンをしたままドアを開けると、いきなりマイクが突《つ》き出された。

部屋の前には通路を埋《う》めるほどの人間が集まっていた。

「ここに高里君がいると聞いたんですけど」

広瀬はとっさにドアを閉めた。背後から、高里と話をさせろ、という声が渦巻《うずま》くように聞こえた。開け放したガラス戸から身を起こした高里が不安そうにこちらを見ていた。

見つかったのだ、と思った。警察から漏れたのか、それとも他の誰かからか。しばらくはやりきれない状態になるだろう。

電話は一旦《いったん》鳴り出すと、ほとんど切れ目がなかった。警察から電話がある予定だったので呼び出し音を切るわけにもいかず、広瀬は頭を抱《かか》える。騒音《そうおん》を紛《まぎ》らそうとテレビを点《つ》けると、朝のワイドショウ番組はほとんどこの事件一色だった。

「たった独り残された彼は、現在教生だった学校の先輩《せんぱい》宅に身を寄せています」

深刻そうな顔つきでそう話す女性レポーターの背後には、広瀬のアパートが映っていた。視線を逸《そ》らすようにチャンネルを変えた先では、広瀬の実名が出ていた。

取材の申込みばかりだった電話の中に、様々な電話が交じり始めた。大学の知人、ちょっとした知り合い、後藤をはじめとする高校の関係者、広瀬の母親。

広瀬の母親は、こんなことに巻き込《こ》まれたのは広瀬が親の監督《かんとく》を振り切って勝手な生活をしているからだ、と責めた。

『テレビに、あなたがドアを開けたところが映ってたわよ。とにかく、一度家に帰って来なさい』

いまはできない、と応じると彼女は言う。

『せめて、その子を追い出しなさい。なにもあなたが面倒《めんどう》を見る必要なんかないんでしょう。こんな事件に巻き込まれて名前が出るなんて』

広瀬は一方的に電話を切った。

アパートの大家や近隣《きんりん》の住人からの電話もあった。それらのほとんどが苦情だった。落ち着いて生活ができないので取材陣《しゅざいじん》を何とかしろ、と彼らは言う。まったく無関係な第三者からの電話もあった。悪いことは言わないから高里を追い出せという女、高里を匿《かくま》うと天罰《てんばつ》が下るぞと脅《おど》す男、高里に対する同情、激励《げきれい》、疑惑《ぎわく》、非難、糾弾《きゅうだん》。

二—六の生徒からの電話もあった。その全《すべ》てが悔やみと激励だった。

「彼の周囲では小さいころから事故や死が絶えませんでした。彼の祟《たた》りだという噂《うわさ》もあって、そのせいか親子の仲は険悪だったそうです」

昼のワイドショウでレポーターがそう言った。広瀬はテレビのスイッチを切った。切ったとたん、部屋の外で広瀬の知らない間にとんでもないことが進行しているのではないかという不安に捕《と》らわれる。しばらくは不安を黙殺《もくさつ》するが、ある程度経《た》つと耐えきれずにテレビを点ける。それを繰り返した。

夕方には近隣の人間が訪ねて来るようになった。そのほとんどは取材陣を何とかしろという苦情だったが、中には子供が学校で事故に遭ったが、高里のせいではないのか、とまくし立てる女もいた。

警察から電話があって、解剖が難航しているので、遺体の引き渡《わた》しは明日の昼過ぎになると言ってきた。広瀬は葬儀屋に電話をかけ、その旨《むね》を伝える。それから電話の呼び出し音を切った。呼び鈴のコードを外し、鳴らないようにした。

高里はその間、じっと俯いて坐っていた。ときおり、もの言いたげな視線を広瀬に向けたが、ほとんど何も言わなかった。

彼が深々と頭を下げたのは夜、ようやく部屋のまわりが静かになったころだった。

「本当に、御迷惑《ごめいわく》をおかけして申し訳ありません」

広瀬は、高里は謝《あやま》ってばかりだと思った。

「お前のせいじゃない」

言うと、高里は無言で首を振る。

「迷惑をかけてるのはお前じゃないだろう」

高里は淡《あわ》く微笑《わら》い、それから真顔で溜息《ためいき》を落とした。

「僕は自分の存在が端迷惑なだけだと分かってるんです。それでも、死ぬのは怖《こわ》いから」

「高里」

窘《たしな》めると少しだけ微笑ってみせて、すぐに視線を落とした。

「戻《もど》って来なければ良かったんだということは分かっているんです。せめて帰ればいいのですけど」

言って深く頭を下げる。

「許してください。僕は帰る道を知らないんです」

広瀬は溜息をつく。それは広瀬にもよく理解できる思考だった。ここは自分の世界ではない。生きるべき世界は別にあって、だからこの世と折り合いがつかない。

「お前が謝ることはない。迷惑なのはマスコミや野次馬で、お前じゃないんだから」

広瀬はそう言ったが、説得力などないことを自覚していた。そもそも広瀬が高里と関《かか》わり合いにならなければこんな騒《さわ》ぎに巻き込まれることはなかったのではないか、という命題は解決されずに残る。広瀬が高里でも自分を責めるだろう。だからといって突き放すことは絶対にできない。

クーラーは効《き》いていたが、部屋の空気が澱《よど》んで重かった。広瀬が少し窓を開けよう、と言うと、高里が立ち上がった。カーテンを少しだけ開け、窓を開ける。そのとき声が飛んで来た。

「お前が高里か!?」

広瀬は飛び上がって窓に駆《か》け寄る。窓の外に迫《せま》った堤防《ていぼう》の上にカメラを構えた男がいた。広瀬は高里の腕《うで》を摑《つか》んで窓から引き離す。シャッターが連続的に落ちる音がした。

窓を閉めてカーテンを引く時に声がした。

「親まで祟り殺しやがって！」

高里の顔が蒼白《そうはく》になった。広瀬はその肩《かた》を叩《たた》く。顔を覆《おお》った高里の肩をひたすら叩く。それより他にしてやれることのない自分の無力さを呪《のろ》った。

6

遺体は翌日の昼過ぎに解剖から戻ってきた。警察が事情を察して迎《むか》えのパトカーを廻《まわ》してくれた。

「死因は分かりましたか」

そう訊《き》いたのは高里だった。同行した刑事が首をかしげる。

「それがねえ。動物に襲《おそ》われた、というのが結論らしいんだよ。きっとあとで詳《くわ》しい説明があると思うが、犬か何かに殺されたということらしいんだがねえ」

彼は首を捻《ひね》る。

「しかし、家の中に動物はいなかったからね。どこも内側から戸締《とじ》まりがしてあって、そんな大きな生き物が通り抜《ぬ》けられるような隙間《すきま》もなかったしねえ」

連れて行かれた大学で、解剖の担当者からもう少し詳しい説明を受けた。

「歯形から顎《あご》の大きさの推定ができるわけですが……。顎の大きさから考えると、犬というよりももっと大きな獣《けもの》、例えばトラやライオンのような、そういう動物だとしか考えられないのです」

法医学教授は首を捻った。

「一応、専門の先生を呼んできて見てもらったんですが、猫《ねこ》科の動物の歯形ではないと言うし、どちらかというと犬科の動物の歯形に似ているそうです。結局特定はできませんでした。これはもう、警察の捜査のほうから解決してもらうしかありません」

彼自身、不思議そうな顔をしていた。

遺体をそのまま火葬場に持っていって荼毘《だび》に付した。原形を留《とど》めていない遺体を残すことに意味はない。三人ぶんの遺骨を抱えて高里は火葬場を出た。

葬儀屋が近在の寺を手配してくれて、通夜も葬儀もそこで行なわれることになっていた。捜査の都合もあって、家にはしばらく入れない。葬儀屋の車で寺に向かうと、山門の前には報道陣、小さな本堂には幾人《いくにん》かの弔問客《ちょうもんきゃく》が待っていた。

弔問客のほとんどが遠方から駆《か》けつけた親戚だった。本当に付き合いがなかったらしく、高里はいちいち相手の名前と続き柄《がら》を尋《たず》ねていた。

その段になると、広瀬には本当にしてやれることがなかった。本堂の隅《すみ》に坐《すわ》っていると、後藤をはじめとする数人の学校関係者がやって来て、徐々《じょじょ》に場が賑《にぎ》やかになった。

後藤たちが来て少ししたころ、小さな揉《も》め事があった。誰《だれ》が高里を引き取るか、という問題だった。最初は誰もが遠廻しに引き取ることを拒絶《きょぜつ》していたが、誰かがこのあたりの土地は近年の開発で地価が急上昇していることを思い出した。高里の家は祖父母の代までは農家で、多数の農耕地を有していたらしい。祖父母が死去して農地の全《すべ》てを売《ばい》却《きゃく》あるいは貸与《たいよ》したという。売却した土地は金銭に変わったはずだし、貸与している土地も金銭に変えうることに彼らは思い至った。自分が引き取ってもいい、と彼らはごく控《ひか》え目な喧嘩《けんか》をした。高里は目の前で行なわれるそれを、淡々《たんたん》とした顔で見ていた。

堪《たま》らず広瀬は庭に降りた。夜の風はすっかり涼《すず》しくなっていた。すぐに後藤が追って来る。

「まったく──堪らねえな」

「ええ……」

後藤は鐘楼《しょうろう》の縁《ふち》に腰《こし》を降ろした。

「最初は押《お》しつけ合い、次は取り合いか。例の噂を思い出してみろ、今度はまた押しつけ合いだぜ」

おどけた調子で言ったが、広瀬には笑えなかった。

「かもしれませんね」

「──どうした。お前のほうが傷ついたような顔をしてるぞ」

広瀬は答えなかった。

人は獣ではない。獣でないだけ不純で醜《みにく》い。

「どうしたんだ、ん？」

「……俺《おれ》、今日高里と一緒《いっしょ》に焼き場に行ったんです」

後藤は広瀬を見返す。

「骨が上がるまでの間、二人で待ってました。高里は死者を悼《いた》んでいたし、俺は遺族の心配をしてた。——どうして、誰《だれ》もがそんなふうでいられないんですか」

広瀬、と後藤が溜息を落とした。

「表にいる連中にしてもそうです。祟るの何のと言われて嬉《うれ》しい人間はいない。どうしてそんなことが分からないんです。怖いのなら離《はな》れていればいいんだ。無視するなり村八分にするなりすればいい。どうしてわざわざ関わるんです。どうして俺たちを放《ほう》っておいてくれないんですか」

後藤の返答はない。口に出し始めると、もう全部が我慢《がまん》ならなかった。

「俺たちは生まれたから生きてるんです。生きることをやめるわけにはいかないから、必死で生きてる。俺たちだって嫌《いや》なんですよ。俺たちには他人の理屈《りくつ》がよく理解できないし、そういう他人の作った世界は気味が悪い。でも、いまさらリタイアするわけにはいかないいから——」

「広瀬」

後藤の諫《いさ》めるような声を広瀬は無視する。

「戻ってこなければ良かったのに、俺たちは戻ってきてしまった。帰ればいいのに、帰る方法が分からない。この世界は理不尽《りふじん》で悪意に満ちてる。俺たちには到底馴染《とうていなじ》むことなんてできない」

「広瀬」

後藤が強い声を出した。見返した広瀬に苦く笑ってみせる。

「なあ、広瀬。その、俺たちという言い方はやめたほうが良くねえか」

広瀬は後藤の表情を窺《うかが》う。

「なぜです？」

「俺にはな、お前と高里はずいぶんと違《ちが》って見える。そういうことだ」

広瀬は眉《まゆ》を顰《ひそ》めた。

「意味が分かりません」

「お前と高里は一括《ひとくく》りにできるほど似ちゃあいねぇよ。俺にはお前がそうやって高里に感情移入するのが良くないことに見える」

「後藤さん」

「お前は高里と関わるようになってから、少しばかり厭世《えんせい》的になったよ。少なくとも俺にはそう見える」

「それは、色々なことがあったから」

「うん。かもしれん。俺の気のせいかもな。だが、お前は以前ならそうも簡単に馴染めないなんて言いやしなかった。それを口にするのを恥《は》じているように見えた」

広瀬は断言する。

「高里は関係ありません。それは正直なところ、俺がずっと思ってきたことなんです」

後藤は深い溜息を落とした。

「中学のころな」

少しして後藤は唐突《とうとつ》に言い出した。

「同級生に、自分は捨て子だと言う女がいたんだ」

話の意図を取りかねる広瀬に、後藤は微笑ってみせる。

「自分は捨て子で、二親《ふたおや》は本当の親じゃないと主張するんだな。しかしだ、顔を見ると親とよく似てんだよ。それでもその子は卒業までそう言い続けてた」

広瀬は首をかしげて聞き入る。後藤が広瀬を見返した。

「いいか。誰もがここは自分の住処《すみか》じゃねえと思ってる。誰でも一度は言うんだよ、帰りたいってな。帰る場所なんかねえんだ。それでも言うんだよ。この世界から逃《に》げたいからだ」

後藤は膝《ひざ》の上で組んだ手を見つめた。

「これは本当の世界じゃない。これは本当の家じゃない。本当の両親じゃない——」

軽く言葉を切る。

「ここから逃げればどこかに居心地《いごこち》のいい世界があるんだと思ってるんだ。手前《てめえ》のために用意された、手前のために都合のいい、絵に描《か》いたような幸せが転がった世界があると思ってる。そんなものはないんだ。本当はどこにもねえんだよ、広瀬」

「後藤さん」

「お伽噺《とぎばなし》だよ、広瀬。生きることは時々辛《つら》い。人はどこかに逃げ込みたいんだ。それは分かる。お前がお伽噺に逃げ込む気持ちはな。他人の迷惑になるわけじゃねえ。悪いことだとは俺も言わない。――それでも人は現実の中で生きていかなきゃならないんだ。現実と向き合って、どこかに折り合いをつけていかなきゃならねえ。罪のないお伽噺でも、いつかは切り捨てなきゃならないんだよ」

　それは広瀬にとって恐《おそ》ろしい科白《せりふ》だった。

「……それでも俺は、あれが夢《ゆめ》でなかったことを知っています」

「あの子だって、本当に捨て子だと信じてたんだよ」

　そう言って後藤は目を伏《ふ》せた。

「お前は人を怨《うら》んだことがない、と言ってたな。消えてしまえと思ったことはねえってさ」

「――言いました」

「俺はそれは嘘《うそ》だと思う。あの世に帰る夢を見て、それで心を慰《なぐさ》めておいて、他人のことは怨まずにおく。それは表裏だよ、広瀬」

「……表裏？」

広瀬は眉を顰める。たしか後藤は前にもそんなことを言っていた。後藤は頷《うなず》く。その思考はな、ひっくり返せば消えてしまえということだ」

「表と裏だ。その思考には裏がある。帰りたい、ここは自分の世界じゃない。その思考はな、ひっくり返せば消えてしまえということだ」

広瀬は瞠目《どうもく》した。

「この世もこの世の人間も、全部消えていなくなれ。自分の夢でない世界は消えてしまえ。──そういうことじゃねえのか」

言って後藤は広瀬を真《ま》っ直《す》ぐに見た。

「この野郎《やろう》消えちまえ、と思うのと、相手のいない世界を夢見るのと、いったいどこがどう違うんだ。それは表裏だ。俺の言ってることが分かるだろう」

分かりたくない、と思った。そんな理屈は分かりたくない。広瀬は首を振《ふ》った。

「夢なんかじゃありません。俺は確かに、あの場所を見たんだ」

「夢だ」

あっさりした断言に広瀬は後藤をねめつけた。

「じゃあ、高里はどうなんです。夢なのだったら一年の間、あいつはどこにいたんです。一年間どこでどうやって、何を食べて生きていたんですか。戻ったとき、身長が伸《の》びていたのはなぜなんです」

　後藤は頷く。

「俺はあの世を信じない。魂《たましい》の不滅《ふめつ》を信じない。それと同じように神隠《かみかく》しなんて信じねえんだよ。高里は小さいころ姿を消した。それは確かに事実だろう。それでも神隠しなんてものじゃなかったんだよ。現実にはな、一見して奇妙《きみよう》なことがひっきりなしに起こる。高里は多分誘拐《ゆうかい》されたんだし、連れて行かれたそこで一年間過ごしたが、それを覚えていないだけなんだと思う」

　間隙《かんげき》を見つけたと広瀬は思った。

「じゃあ、あれは何なんですか。高里のまわりにいる連中は。高里のまわりで人が死ぬのは偶然《ぐうぜん》ですか」

　半ば勝ち誇《ほこ》ったように言うと、後藤は静かに頷いた。

「それだよ、広瀬。そこが高里の難しいところだ。俺の理性がどんなに否定しても、高里には否定し切れない部分が残る。だから高里は異質なんだ」

「でも」

「お前の夢なんか、いくらでも否定してやらぁ。単なる夢だという証明もできんが、お前だって夢でないという証明はできんだろう。お前と高里が違うのはそこだよ。高里に引きずられるな。同情するのはいいが、同胞《どうほう》なんて甘《あま》い夢を見るな」

「甘い……夢」

「高里の夢は否定し切れない。お前はそれに縋《すが》りつこうとしてるように見える。自分の夢を高里におっかぶせて、あの世があったことの証明を高里に求めているように見える。それはお前のために良くないことだ、広瀬」

広瀬は後藤を凝視《ぎょうし》する。言葉が出てこなかった。

「人は汚《きたな》い卑《いや》しい生き物だよ。それは俺たちヒトが背負った宿命で、人に生まれた限りそこからは逃げられやしない。エゴのない人間はいねえ。我欲のない人間は人間じゃないんだ」

広瀬は俯《うつむ》いた。この人も、結局は理解してくれないのか、と思った。

やはり味方ではなかったのだ。この男も結局はこの世の人間にすぎない。後藤には広瀬を理解できないし、広瀬にも後藤を理解できない。なんて遠いんだ、と思った。世界はなんて遠いのだろう。帰れるものなら帰りたい。白い花の咲いた楽園に――。

それは表裏だ、と後藤の声がした。

――なぜ帰りたいと思う？

こちらの世界の人間は、結局のところ広瀬を理解などできないからだ。だからこちらの世界からいなくなりたい。

――それは死にたいということか？

死にたいのではなく、帰りたい。

――帰ったら、あちらの人間は理解してくれるのか？

そうだ、と思った。

――表と裏だ。

ここから逃げればどこかに居心地のいい世界があるんだと思ってる。誰もが自分を理解してくれる、自分のための都合のいい世界が。

帰りたい。ここは自分の世界じゃない。誰も理解してくれないから。――消えてしまえ。こんな世界は消えてなくなればいい。理解してくれる者は別の世界にいる。

――いったいどこがどう違うんだ？

広瀬は深く俯いた。

不覚にも落涙《らくるい》した。

「広瀬。俺たちを拒《こば》まないでくれ」

後藤の深い声が響《ひび》いた。広瀬には返答できなかった。

人は、人であること自体がこんなに卑しい。

長く俯いてからそう独白し、それからふと疑問を感じた。言葉にすることもできないほど、ごくささやかな疑問だった。それは違和感《いわかん》に近い。何に対するどういう違和感なのか、額に手を当てて考え始めた。

＊＊＊＊＊

彼女《かのじょ》は深夜に目を覚ました。布団《ふとん》の中でしばらくじっと意識を掻《か》き集め、なぜ目を覚ましたのか考えようとした。

彼女は緩《ゆる》く瞬《まばた》きをする。何か声を聞いたような気がしたのではなかったろうか。不思議なことに、彼女はもう眠《ねむ》る気がしなかった。枕許《まくらもと》の時計を見ると、まだ二時間も寝《ね》ていない。彼女は横を向いた。隣《となり》の布団に、仰臥《ぎょうが》した夫の寝顔が見えた。

彼女は軽く溜息《ためいき》をつく。このところずっと寝られない日が続いていた。不安はつきない。いったいこれから自分たちはどうなるのか。あの子供のために――。

生まれた時には可愛《かわい》い子供だった。待望の長男。義母はたいそう厳しい女で、子供たちには辛く当たった。なぜだか特にあの子には冷たかった。それでも別段拗《す》ねるでもなく、あの子はごく優《やさ》しい子供に育った。利発だが素直《すなお》で穏和《おとな》しい性格だった。義母と彼女の仲があまり良くないのを小さいながら察していて、彼女が秘《ひそ》かに泣いていたりすると必ずそばに来て小さな手で慰《なぐさ》めてくれた。

――それが、あの神隠しのせいで。

彼女の手には年子で生まれた次男だけが残された。あのときの悲嘆《ひたん》はどれほどのものだったろう。次男は祖母の躾《しつけ》が悪い方向に出た子供だった。小狡《こずる》くて人の顔色を窺《うかが》い、その上乱暴者だった。それでも可愛くないはずがない。他《ほか》ならぬ彼女自身の子供なのだから。それでも、あの子がいないと分かったとき、次男のほうなら良かったのに、と思った自分を知っている。

戻《もど》ってきた子供は自分に何が起こったのか覚えていなかった。喪失《そうしつ》した一年を埋《う》めたい一心で思い出させようとあらゆる手をつくしたが、子供の記憶《きおく》は彼女を拒み通した。彼女たちの時間に生じた齟齬《そご》は、そのまま関係の齟齬になった。最初に次男が怪我《けが》をし、次《つ》いで隣の子供が事故に遭《あ》った。戻って半年で可怪《おか》しいと思った。それは彼女だけでなく、近所の人間も同様だったらしい。一年後にはもう有名だった。誰もが親子を白い目で見、次第《しだい》に近所付き合いが困難になった。

祟《たた》る、という噂《うわさ》を聞いたのはそのころだった。あの子は遠巻きにされ、むしろ虐《いじ》められたのは次男のほうだった。そのころ次男はあの子と同じ学年にいた。なのに次男のほうだけが、学校で酷《ひど》い虐めに遭った。中学のときに同級生に殴《なぐ》られて右の鼓膜《こまく》が破れた。加害者の親に会ったとき、こちらが相手を詰《なじ》るより早く相手の親が言った。「お兄さんのせいでたくさんの子供が怪我をしてるんでしょう」と。彼女は怒《いか》りを呑《の》み込《こ》んだ。呑み込まざるをえなかった。次男を虐めた子供が死ぬことはなかった。祟るというのなら、弟を虐めた子供にも祟ればいいものを。

にもかかわらず、あの子は出来のいい子供だった。成績も品行も次男より格段に良かった。次男は何度も補導された。三年生の進路指導では教師に最低の高校を勧められた。あの子は近郊の名門校を勧められたというのに。

——まただ、と彼女は思った。

またあの子のせいで人が死んだ。これでいったい何人目だろう。

横になったまま顔を覆《おお》ったとき、すぐ枕許で小さな音が聞こえた。それは何かの息遣《いきづか》いに似ていた。彼女は枕許を見上げる。暗い闇《やみ》にはほのかに襖《ふすま》の白が見えるばかりで何もない。視線を戻したとき、もう一度はっきり息遣いが聞こえた。犬が荒《あら》い息をするときの音にとてもよく似ていた。

彼女は跳《は》ね起きた。半身を返して枕許を見る。いまではっきりと荒い吐息《といき》が聞こえていた。目を凝《こ》らしても何も見えない。彼女は立ち上がった。明かりを点《つ》けようと思った。電灯の紐《ひも》を手探《てさぐ》りしようと片手を挙げたとき、いきなり足を何かに挟《はさ》まれて引きずられた。彼女は悲鳴を上げて転倒《てんとう》した。挟まれた足が脈打つように痛んだ。

「どうした」

半分眠った声で夫が訊《き》く。彼女は彼女の問題に気を取られていて、それに返答をすることができなかった。

傷口を確認《かくにん》しようとして見た視線の先に、彼女の足首はなかった。酷い怪我をしたからといって、痛みがそれに正比例するものではないことを、このとき彼女は初めて知った。

自分の足首を捜《さが》して向けた視線の先に黒い闇が蟠《わだかま》っていた。彼女は悲鳴を上げた。それは痙攣《けいれん》したような呼気にしかならなかった。

「なんだ？」

夫がようやく目を覚まして身動きした。同時に闇が動いて、夫の、布団から出た肩口《かたぐち》に襲《おそ》いかかった。夫も悲鳴を上げた。夫は布団から転がり出、畳《たたみ》の上にまろび出た。重い鈍《にぶ》い音がして、畳の上に腕《うで》が落ちた。傘《かさ》の水滴《すいてき》を切るような音がしたが、それはおそらく血糊《ちのり》が何かを叩《たた》いた音だろう。

闇のように黒い生き物は夫のあとを追った。彼女はそれを呆然《ぼうぜん》と見ていた。何かが夫に覆い被《かぶ》さり、夫に何度も悲鳴を上げさせる。悲鳴は上がるごとに弱くなって、ゴロゴロという嫌《いや》らしい音が混じっていった。

闇がむくり、と身体《からだ》を起こした。夫の姿がようやく見えた。腹部が咬《か》み裂《さ》かれ、しきりに気にしていた太鼓腹《たいこばら》が大きな窪《くぼ》みに変わっていた。それでもなお、夫の身体は痙攣を繰《く》り返している。

闇が彼女のほうに向き直った。

——分かってたわ。

彼女はそう独白した。

分かっていた、自分がいつかあの子に殺されることなんか。当然だと彼女は思う。

——だってわたしは、ずっとあの子を殺してしまいたかったんだから。

闇が忍《しの》び寄ってきた。彼女はゆっくりと眼《め》を閉じた。視野が完全に闇一色になった。

あるいは、闇が彼女に覆い被さってきたのかもしれない。

十章

1

翌日、小さな本堂に大勢の弔問客《ちょうもんきゃく》がやって来た。驚《おどろ》いたことに十人あまりの生徒が学校をさぼって葬儀《そうぎ》に来ていた。彼《かれ》らは全員が二―六の生徒で、その中に坂田の姿は見えなかった。生徒たちはぎこちなく焼香《しょうこう》をし、高里に励《はげ》ましの言葉を投げかけていった。その心温まるはずの風景を広瀬はどこか釈然としない思いで見た。

弔問客は驚くほど多かった。彼らの大半は高里の顔さえよく知らない様子だった。本堂や境内《けいだい》のあちこちに少人数の集団を作り、口さがない噂話《うわさばなし》を小声で続けている。そこから漏《も》れ聞こえる声で、彼らが単に噂の疫病神《やくびょうがみ》を見物しにきたのだと分かった。

遺骨を戴《いただ》いての葬儀だったので、出棺《しゅっかん》はなかった。高里のごく短い儀礼通りの挨拶《あいさつ》を汐《しお》に弔問客は席を立とうとする。そのときだった。地響《じひび》きに似た轟音《ごうおん》があたりに響いた。本堂に集まった弔問客がいっせいに音のしたほうを見る。振《ふ》り返った参道には砂煙《すなけむり》が充満《じゅうまん》していた。全員が声を上げた。

山門が崩《くず》れ落ちていた。

一瞬《いっしゅん》のうちにあたりは大騒《おおさわ》ぎになった。広瀬は本堂を駆《か》け降り、山門に向かって走る。小さいながらも古寺の風格を備えた門は、横倒《よこだお》しになって崩壊《ほうかい》していた。堆積《たいせき》するように散乱した木材や瓦《かわら》や土壁《つちかべ》の間に人の手足が見えた。血と呻《うめ》き声と——カメラと。

山門の前で待ち構えていた取材陣《しゅざいじん》を下敷《したじ》きにしたのだと分かった。顔を上げると、運良く難を逃《のが》れた取材陣が呆然《ぼうぜん》としたように瓦礫《がれき》の山を見つめている。

「馬鹿《ばか》みてぇ」

ふいに声がして、広瀬はそちらを振り返った。押《お》し寄せた人垣《ひとがき》のごく近いところに二——六の生徒が三人、集まっていた。

「あんな大騒ぎしてさ、無事で済むわけねぇのに」

「だよな。祟《たた》るなんて放送しといて、信じてないんだからなあ」

彼らがちらちらと視線を送る先に、蒼白《そうはく》な顔で立った高里が見えた。

門の前に立った取材陣が騒ぎ始めた。救急車を、という声と、誰《だれ》かビデオを回していたかと問う声。やはりあいつは祟るんだ、と高里を指差す男。盛大《せいだい》にシャッターが切られ始めた。

高里が動いた。彼は瓦礫の中に駆け込んで散乱したものを押し退《の》け始めた。慌《あわ》てたように人垣の何人かがそれに参加する。瓦礫を掻《か》き分け、怪我人《けがにん》を引っ張り出し始めた。

近郊の救急車を集めたのだろう、数台の救急車が来て、怪我人を運び出し始めた。広瀬は息をついて埃《ほこり》を払《はら》う。人混みに高里を捜《さが》した。高里は本堂の近くで弔問に来た生徒たちに取り囲まれていた。

少し近寄ると、「びっくりしただろ」と優《やさ》しげな声がするのが聞こえた。

「高里、顔色が悪いぞ」

「ほんと。どっかで休んだほうがいいんじゃないのか？」

「いろいろと大変だったんだもんな。俺《おれ》、どこかで休めないか訊《き》いてくる」

そう言って生徒の一人がその場を離《はな》れる。参道で怪我人が運ばれていくのを見ている老僧《ろうそう》に何か話しかけた。

ことのからくりが見えた気がした。——彼らは阿《おもね》っていたのだ。

ここに、崇る王がいる。彼は恐怖《きょうふ》によって周囲を統治してきた。周囲の者はある日反旗を翻《ひるがえ》す。王を倒して恐怖を打ち払おうとした。だがしかし、王は斃《たお》れなかった。彼は三階ぶんの距離《きょり》を落下しても無傷だった。次いで始まったのは粛清《しゅくせい》だった。恐怖を打ち砕《くだ》こうとした者は恐怖によって報《むく》いられた。それで彼らは追従《ついしょう》することにしたのだ。革命が不可能なら彼らに残される道はそれしかない。王の不興を買わぬよう、ましてや怒りを買わぬよう。決して相手に逆らわず、親切にしておけば間違《まちが》いはない。

高里は孤独《こどく》だ、と思った。彼はどこまでも真実、孤独だ。

救急車の一台がサイレンを鳴らして立ち去っていった。


結果として九人の死者、二十数人の重軽傷者が出た。その日のニュースにはその瞬間を撮《うつ》したビデオが幾度《いくど》も放映された。

山門は唐突《とうとつ》に傾《かたむ》き、下にいた者が声を上げる間もなく倒壊《とうかい》した。高く作りすぎた積み木の塔《とう》が壊《こわ》れる瞬間によく似ていた。

その日、夜になって広瀬が高里とアパートに戻《もど》ったとき、あたりは静かなものだった。あれほど集まっていた取材陣の姿が見えない。アパート前の道路は閑散《かんさん》としていた。向かいの家の塀《へい》が壊れて、そこにシートが掛《か》けられていた。不思議に思いながらも黙《だま》ったままアパートの階段を昇《のぼ》り、そうして広瀬はドアの前で立ち竦《すく》んだ。

ドアには張り紙がしてあった。その紙には乱暴なマジックの字で「出て行け」とだけ書いてあった。広瀬はそれを引き剝《は》がす。手の中に握《にぎ》り込《こ》んで錠《じょう》を開けた。

アパートの前に人影《ひとかげ》がなかったことの理由は、その夜のニュースで分かった。

ちょうど山門が崩れたころ、広瀬のアパートの近くで事故があったのだった。暴走した車がそこで待っていた取材陣の群れに突《つ》っ込んだ。二人が死に、四人が怪我をした。

車の運転手は死亡した二人のうちの一人だったので、何が暴走の原因かは分からない。

なるほど、それでさすがに怖《お》じ気づいたわけか、と広瀬は思った。

硬派《こうは》のニュースキャスターは、山門の倒壊事故と車の暴走事故について「とある事件で取材中の報道陣が犠牲《ぎせい》になった」とだけ言ったが、それがどの事件を指すのかどうせすぐに広まるだろう。

ニュースを見た高里の顔色は蒼白だった。広瀬は心底哀《あわ》れに思った。彼という存在が巻き起こしたあまりに大きな惨禍《さんか》。いったい彼のためにどれだけの命が失われるのか。

広瀬は昨日までとはいくぶん違った憐憫《れんびん》の念をもってその横顔を見て、そうして視線を宙に向けた。

おそらく、と広瀬は思う。おそらく敵を排除《はいじょ》したつもりなのだ。子供のような思考回路だと思った。これで連中が手を引くはずがない。明日には必ず次の取材陣が来る。きっと彼らはいままでいた連中よりも高里に対して非好意的だろう。彼らをいったいどうするのだろう。やはりそれも排除するのだろうか。

そうして、やがて全部の人間を敵に廻《まわ》すつもりなのか。見境なく守っていく限り、生き延びる方法も場所も失われていくというのに。

「高里」

広瀬が呼びかけると、高里が見返した。

「いまのうちに散歩に行かないか」

広瀬は強《し》いて微笑《わら》ってみせる。

「明日になると、また外に出られなくなるだろうから」

2

月は見えなかった。街灯のない堤防《ていぼう》の上はどこまでも暗い。堤防の外には漆《うるし》のように暗い泥《どろ》が打ち寄せていた。

「お前の祖母《ばあ》さんってさ、どういう人だったんだ?」

水を見降ろしながら広瀬は問う。高里はどうしてそんなことを、と唐突な質問に困惑《こんわく》を隠《かく》せない様子だった。

——これは罠《わな》だ。

広瀬は高里の顔に目線をやりながら独白する。罠なんだ。かからないでくれ。

彼は首をかしげ、

「普通《ふつう》……だと思うんですけど。少し厳しい人だったかな」

「厳しい」

「躾《しつけ》には厳しい人だったと思います。昔気質《むかしかたぎ》の人だったので……。お箸《はし》の持ち方とか、御飯のときは正座だとか、そういうことをたくさん言われた覚えがあります」

「へえ。そりゃ厳しいなぁ」

高里は微笑う。

「両親よりも祖母のほうが怖《こわ》かったです。容赦《ようしゃ》なく打《ぶ》たれたし。あのときも」

広瀬は高里を凝視《ぎょうし》する。

「神隠しに遭《あ》ったとき？」

高里は頷《うなず》く。苦笑《くしょう》めいた笑《え》みが浮《う》かんでいた。その表情が広瀬には悲しい。罠にかかろうとしているとも知らないで。

「原因は何だったのかな。たしか……洗面所に水を零《こぼ》したのを拭《ふ》かなかったのは誰か、って。そんなことだったと思うんです。弟が犯人は僕《ぼく》だと言って。僕は身に覚えがなかったので、違う、と言って」

「実は弟が犯人だったんだろ？」

高里は首を振った。

「分かりません。僕は見ていなかったし。誰かが零すのを見ていたのなら、その人がやったんだと言えたんですけど。あいにく、僕も誰がやったのか知らなかったので、僕じゃないと言うしかなかったんです」

面白《おもしろ》い思考回路だと広瀬は思った。高里だと言い張った弟を疑わないのだろうか。

た」

「祖母も僕がやったんだろうと。どうして正直に謝《あやま》らないんだと叱《しか》られたんです。正直に言うまで家に入れないから、って言われて庭に出されて。二月で、雪が降ってました」

高里は微笑う。

「とても寒かったんですけど、僕は自分が犯人じゃないことを知っていたし、謝るためには僕がやりました、って嘘《うそ》をつかなきゃいけません。でも、祖母は嘘をつくのは一番いけないことだと常々言っていたし」

「……で？　どうしたんだ？」

高里は微笑う。

「途方《とほう》に暮れてしまったんです。どうしたらいいのか分からなくて。どんどん寒くなるし陽《ひ》も落ちてくるし、家の中に入りたくて。でも嘘をつくわけにはいかないし。そうしたらふわっと暖かい風が吹《ふ》いて。そっちのほうを見たら、腕《うで》が見えたんです」

微笑《ほほえ》んだ高里の顔が、広瀬の顔を覗《のぞ》き込んでふと怪訝《けげん》そうな色を浮かべた。

「……どうか、しましたか」

お前は罠にかかったんだよ、という言葉を広瀬は呑《の》み込んだ。

高里。この目の前にいる、無力で不運に見える少年。

「お前は、ひょっとして祖母さんが嫌《きら》いだったか？」

「いいえ」

高里は首を振った。

「厳しい人だったんじゃないか。嫌《いや》だったろう？」

「そんなふうに思ったことはありません。叱られるのは怖かったですけど」

「無実の罪で真冬の庭に放《ほう》り出されても？　少なくともそのときは祖母さんを恨《うら》めしいと思ったろう？」

高里は首を振る。嘘や偽《いつわ》りのない表情をしていた。

「でも、仕方ないでしょう？　祖母は犯人が誰だか知らなかったし、弟は僕が犯人だと言うし、だとしたら弟の言葉を信じるしか……」

「弟が犯人だと思わなかったのか」

「なぜです？　弟は僕が犯人だと」

「だからだよ。お前は犯人じゃなかった。弟だって、お前が水を零したところを見たわけじゃないだろう。なのにお前のせいだと言い張ったのは、自分の罪をお前に擦《なす》り付けるためだとは思わなかったのか？」

高里はキョトンとし、それから、

「ああ、そう言えば——。そういうこともありうるんですね」

ようやくそこに思い至ったという顔だった。

広瀬は溜息《ためいき》を落とす。演技には見えなかった。それはかえって意味が深い。

「弟に腹が立たないか？」

広瀬が低く訊くと、高里は微笑う。微笑うのが下手な相手だけに、その笑顔は真実に見えた。

「弟と決まったものではないし——それに、もう昔のことです」

笑顔を見て納得《なっとく》した。獲物《えもの》は罠にかかった。あとは罠の口を閉じるだけだ。

広瀬は軽く息を吸う。それからできるだけ静かな声で高里に言ってみた。

「お前なんだろう、高里」

言われた当人は広瀬の言葉の意味を取りかねたような表情をした。広瀬は重ねて低く言う。

「お前なんだよ」

「僕が……何ですか？」

「お前がやってるんだ」

高里は眼《め》を見開き、それから眉《まゆ》を顰《ひそ》めた。

「……何をですか」

「報復。全部お前がやってるんだ」

高里は広瀬の顔を見つめる。様々なものが混入した色の眼をしていた。

「無意識のうちにやってるんだとは思う。それでも、これは全部お前がやっていることだ」

「……違います」

彼《かれ》の声には驚愕《きょうがく》が滲《にじ》む。表情も気配も、どうしてそんなことを言い出したのか分からない、と訴《うった》えている。

「違わない。お前に誰かが危害を加える。お前の無意識は報復したいと思う。そして、お前の持っている『ちから』がそれを行う」

「ちから」

「超能力《ちょうのうりょく》と言えば陳腐《ちんぷ》だけどな。何か特殊《とくしゅ》な『ちから』だよ。それがお前の意識に成り代わって復讐《ふくしゅう》をしているんだ」

高里はただ首を振《ふ》った。怒《おこ》った様子はなかった。ただ悲嘆《ひたん》だけが浮上してくる。

「お前は家が嫌いだった。どこかに逃《に》げたいと思っていた。無意識が『ちから』に働きかけてお前はどこかへ消えてしまった。そんなふうに馬鹿でかい力だ。気に食わない奴《やつ》は排除する。寂《さび》しくなれば慰《なぐさ》めを呼ぶ」

「そんなはずは……ありません」

広瀬はきっぱりと首を振った。

「自分自身では分からないだけだ。お前はそんな『ちから』を持ってる。心のどこかで憎《にく》んでいるんだ、自分に危害を加える奴らを」

高里の返答はない。見開かれたままの眼が広瀬の顔を凝視していた。突き放された子供が状況《じょうきょう》を理解できず、ただ悲嘆に暮れているように見えた。

「人は汚《きたな》い生き物だ。汚い、卑《いや》しい生き物なんだよ」

獣《けもの》でないぶん、不純で卑しい。

「人の魂《たましい》は光でもガラスでもなく毒々しいエゴでできている。お前のように、誰も憎まず怨まずに生きることはできない。それは人にはできないことなんだ。怨んでないはずがない。お前はそれを隠しているだけだ。そうでなければ、お前自身がそれを認めようとしてない。そんな感情がないふりをしているだけなんだ」

「……違います」

広瀬は高里を正面から見る。

「それじゃあ、どうして橋上に築城《ついき》の名前を訊いたんだ。お前は報復したかったんだ。触《ふ》れてほしくないことに触れた奴らに」

「違います」

高里は広瀬を見上げる。

「僕はそんなことを訊きたかったんじゃありません。築城君の名前を聞きたかったんじゃないんです。三年の人が変なことを言うから、誰がそんなことを考えたんだろうかと思って」

高里、と溜息と一緒《いっしょ》に吐《は》き出して広瀬は首を振った。

「欺瞞《ぎまん》だよ。俺《おれ》には通じない」

同じ自己欺瞞の中にいた広瀬には。

「本当です。そんな奇妙《きみょう》な噂《うわさ》になっているのかと思って、それで」

「高里」

広瀬は高里の言葉を遮《さえぎ》った。

「やめるんだ、もう。分かるだろう？　こんなことを続けていても、何一つ良くならない。お前はどんどん居場所を失っていくんだ。敵が増えるだけだ。それも、より手強《てごわ》い敵が」

高里は首を振った。

「高里。人は綺麗《きれい》なだけでは生きられない。危害を加えた連中のために泣いたり、殴《なぐ》った連中を悼《いた》むような、そんな生き方ができる生き物じゃない」

「……やめてください」

「殴り返していいんだ。怨んでも呪《のろ》ってもいいんだ。それに気づかないふりをして、これ以上お前のエゴを追いつめるな」

高里は深く顔を伏《ふ》せた。

「言わないでください」

「耳を塞《ふさ》ぐな」

「お願いだから言わないでください」

「高里！」

「何もしないでください！」

真摯《しんし》な眼が広瀬を見上げてきた。

「お願いです。死なないでください」

それは真実の声に聞こえた。

認められないのか。認めたくないのか。

広瀬は俯《うつむ》いてしまった高里の肩《かた》を叩《たた》く。

「……戻《もど》ろう」

3

その夜、遅《おそ》くに後藤から電話があった。高里に、明日学校まで来るように、という。呂《ろ》律《れつ》が少しだけ怪《あや》しかった。酔《よ》っているのか、と広瀬は思った。後藤が酒を飲むのを当然のことながら見たことがなかった。

翌日高里は、学校へついて来てくれ、と頼《たの》んできた。広瀬は高里がした初めての頼み事に驚《おどろ》いたが、黙《だま》って頷いた。

外に出ると、驚くような数の報道陣《ほうどうじん》が前の道に集まっていた。高里の姿を見ると彼らはどよめき、迎《むか》えに来てくれた十時《ととき》の車まで小走りに歩く間に頭痛がするほどの罵声《ばせい》を浴びせた。

指示された通りに準備室に行くと、後藤が待っていた。彼は広瀬を見て眉を上げたが、何も言わなかった。

「高里。済まんな」

「いえ……」

「悪いが、校長室に行ってくれるか。校長が話があるそうだ」

高里は一瞬《いっしゅん》後藤の顔を見返したが、何も言わなかった。代わりに広瀬を見る。

「済みませんが、先生、ついて来てくださいませんか」

「俺が？」

後藤が呆《あき》れたような声を上げる。

「おいおい。校長は広瀬には用はないと思うぞ」

高里は後藤を見返す。

「心細いんです。広瀬先生が一緒でなければ嫌です」

後藤は呆気《あっけ》に取られたように広瀬を見る。広瀬も後藤を見返した。後藤は腑《ふ》に落ちない表情で電話を取る。内線を回して電話の相手に高里の言葉を伝えた。

相手は否《いな》と言っているらしかった。後藤が電話口で相手と高里の中継《ちゅうけい》をして、ようやく受話器を置く。奇妙な表情をしていた。

「広瀬、行ってこい」

校長室に行くと、校長の他《ほか》に教頭と二年生の学年主任が待っていた。彼らは気まずそうに高里と広瀬を見比べる。渋面《じゅうめん》を作ってソファを勧めた。

「ええと、高里くん」

「はい」

「まず、このたびは御愁傷《ごしゅうしょう》さまでした。今後の身の振り方は決まりましたか？」

「いえ」

校長は軽く咳払《せきばら》いをした。

「担任の後藤先生から聞いたのですが、高里君は学校を中退したいと言っていたそうですね」

「はい」

校長は何度も頷《うなず》いた。それから正体不明の笑顔《えがお》を作る。

「君も最近いろいろとあって大変なことでしょう。御家族が亡《な》くなって気持ちの整理も必要だろうし。どこかでいままでのことを清算して、心機一転を図りたいだろうと思います」

広瀬は校長の顔をまじまじと眺《なが》めた。

「退学届を出してもらえれば、学校はいつでも受理しますから」

広瀬は腰《こし》を浮《う》かせた。

「それは、高里に辞《や》めろ、と言ってるんですか⁉」

教頭が広瀬を睨《にら》む。

「そんなことは誰《だれ》も言ってないだろう。君は黙っていなさい」

校長は上目遣《づか》いに広瀬を見てから、目線を高里に戻す。

「いかがですか？」

高里は頷いた。何の表情もなかった。

「帰りに手続きをしていきます」

校長は明らかに安堵《あんど》した様子で笑みを浮かべた。

「そんなに急がなくても構いませんから。下で用紙を貰って、あとで郵送してください。

本来なら保護者の同意が必要なんですが、君の場合その保護者がもうおられないのだから、仕方ありません」

卑劣《ひれつ》な、と広瀬は思った。後藤が昨夜酔っていたわけが分かった。学校は高里を追い出したいのだ。処分する理由が見つからないので自主退学をしてくれと迫《せま》っている。忌《き》引《び》き中の高里を呼び出したのは、いまなら彼には反対する保護者がいないからだ。そのうち誰かが後見につくのだろうが、そのときには高里の退学届は受理されている。あとは知らぬ存ぜぬで通そうという卑劣な肚《はら》。

しかし、高里はまったく意に介《かい》したふうがなかった。淡々《たんたん》と頭を下げて了解《りょうかい》の意を伝える。校長は微笑《わら》って、学校を去っていく生徒におためごかしの教訓を垂れた。広瀬はそれを拳《こぶし》を握《にぎ》って聞いた。

話を終わって校長室を出ようとしたとき、教頭が広瀬を呼んだ。広瀬は立ち止まり、そうして高里も立ち止まる。

「広瀬君、ちょっと。——高里君は戻っていいから」

教頭の科白《せりふ》に高里は訊《き》いた。

「僕《ぼく》がいてはいけないのでしょうか」

広瀬は驚いて高里を見た。教頭は困惑《こんわく》したように校長を見る。

「とにかく、出ていなさい」

「嫌《いや》です」

きっぱりした勁《つよ》い声だった。広瀬はただ驚いてその真《ま》っ直《す》ぐに上げられた横顔を見た。

教頭が歩み寄ってくる。高里の腕《うで》を摑《つか》もうとした。

「とにかく――」

「無理にでも出ていけと仰《おっしゃ》るのなら、自主退学するよう言われたとマスコミに言います」

ぎょっと教頭は高里を見た。高里は微《かす》かに笑みを浮かべる。

「脅迫《きょうはく》された、と言ってもいいのですけど」

教師たちは渋面を作る。広瀬はただ驚いていた。豹変《ひょうへん》としか言いようがない。まったく高里らしくない。

「広瀬君」

教頭が苦々しげに言う。

「このことは――」

「言いません」

広瀬は吐き出す。

「ここで起こったことは何も見てないし、聞いていません。実習中にあったこともです。今後一切《いっさい》学校とは関《かか》わり合いになりません。――それでいいですか？」

頷く教師たちを見やって、高里を促《うなが》した。揃《そろ》って校長室を出た。

校長室を出て準備室に戻る間、広瀬は怒《いか》りよりも驚愕に支配されていた。いったいどうしたんだ、と言いかけ口を噤《つぐ》む。何度もそれを繰《く》り返して、階段を昇《のぼ》りながら言ってみた。

「高里。悪いが俺は、これから大学に行かなきゃいけない」

高里は広瀬を見る。

「僕もついて行ってはいけませんか」

「ゼミの先生に話をしに行かなきゃいけないんだ。悪いが……」

「お願いします。連れて行ってください。邪魔《じゃま》にならないようにしていますから」

真剣《しんけん》な顔だった。意図を悟《さと》った。

——高里のそばにいるほうが安全率が高くなる。

そんな話を後藤としたのはいつだったか。

「お願いです」

広瀬は深い感慨《かんがい》をもって自分を見上げてくる高里を見返した。

「嘘《うそ》だ」

高里が眼《め》を見開いた。

「済まん。嘘なんだ」

彼《かれ》は恥《は》じ入るように俯いた。

「高里。ありがとうな」

「……僕には分からないんです」

高里は俯いたまま言葉を零《こぼ》す。

「本当に自分がやっているのか、いくら考えても分からないんです。怨んでいるのに、そんなことを考えてないふりをしているのか、それでさえ分かりません」

声が微かに震《ふる》えていた。

「僕がやっているにしろ、誰かがやっているにしろ、僕にはどうやって止めればいいのか分かりません。でも、僕がやっているのなら自分に危害を加えるようなことはしないはずです。誰かが守ってくれているのなら、彼らだって僕に危害を加えるようなことはしないはずです。だから……」

どうして、高里なのだろう、と広瀬は思った。なぜこの運命を担《にな》うのが高里でなければならないのだろう。

「ありがとう。さ、後藤さんの所に戻ろう。あの人は今頃《いまごろ》、自己嫌悪《けんお》で落ち込《こ》んでるはずだから」

4

特別教室棟《とう》に戻ったときだった。廊下《ろうか》を歩いていて、広瀬は自分を呼ぶ声を聞いた。左右を見廻して足を止める。高里も足を止めた。地学実験室の前だった。

「広瀬」

実験室の戸が開いていた。声はそこから聞こえた。後藤の声のようだった。

「後藤さん？」

「広瀬か？　悪いが、手を貸してくれ」

広瀬は中を覗《のぞ》き込んだ。グラウンド側の窓も廊下側の窓も暗幕が引かれていて教室は夜のように暗い。その教室の一番後ろに屈《かが》み込んだ人影《ひとかげ》が見えた。

「後藤さん、どうしたんです」

中に足を踏《ふ》み入れたとたんだった。いきなり背後で戸が横滑《よこすべ》りに閉じた。

「先生！」

切羽詰《せっぱつ》まった高里の声が聞こえた。

広瀬は慌《あわ》てて小さな曇《くも》りガラスが入った戸に手を掛《か》ける。引いても揺《ゆ》すっても、戸はびくともしなかった。外から高里が呼んでいるのが聞こえる。

広瀬は戸を開ける努力を続けながら教室の中を見渡《みわた》す。教室の最後尾《さいこうび》にいた人影が立ち上がった。光源は手を掛けている戸の小さな窓しかない。その弱い明かりでは立ち上がったのが誰なのかは分からなかった。

それは机の陰《かげ》から通路に出る。そうしてそこで身を屈めて床《ゆか》に両手を突《つ》いた。広瀬はそれを凝視《ぎょうし》する。戸を開ける努力を忘れた。

それは大きな実験机の間を四這《よつんば》いで近づいてきた。通路はまわりよりもさらに暗く、その姿はよく見えない。素足《すあし》で歩くような音だけがした。広瀬は眼を擦《こす》る。闇《やみ》の一部にも見えるその影の、腕がいつの間にか増えていた。四本の前肢《まえあし》と二本の足でゆっくりと這うそれ。微かに潮のにおいが運ばれてきた。

やはり来たのか、と思う。

──やっぱりお前のエゴは俺《おれ》を許せなかったんだな、高里。

それは秘《ひそ》かな音を立てて這う。腕《むかで》がさらに増えていた。這うごとに近づくごとに腕が増える。いつの間にかそれは巨大《きょだい》な百足と化していた。

「俺を殺せばお前は独りだ」

百足のようなそれは通路から出て来た。広瀬までの距離《きょり》はもう二メートルもない。小窓から入る明かりで、血膿《ちうみ》のような色に輝《かがや》いて見えた。

「もうどこにも行けないいんだぞ、分かっているのか⁉」

突然《とつぜん》それが立ち上がった。もう人間のシルエットはどこにも残っていなかった。無意識のうちに教室の隅《すみ》に身を寄せる。立ち上がるとそれは二メートル以上の背丈《せたけ》があった。鎌首《かまくび》を持ち上げた蛇《へび》のように上体を揺らす。鼻面《はなづら》の尖《とが》った頭が見えた。

無視され黙殺《もくさつ》され水面下で歪《ゆが》み続ける高里のエゴの姿。醜《みにく》くて当然だと思う。人は身内にこんなにも醜悪《しゅうあく》な怪物《かいぶつ》を飼《か》っている。

それは揺れながら近づいてくる。濃厚《のうこう》に淀《よど》んだ潮のにおいがした。血膿色の顎《あご》を開いた。窓からの乏《とぼ》しい光に、内側に並《なら》んだ歯列が弱く光る。ふと脳裏《のうり》に高里の家で見た無惨《むざん》な死体の姿が甦《よみがえ》った。

――これだったのか。

ひどく冷静に広瀬は思った。思った瞬間にそれの前肢が閃《ひらめ》いて、胸に衝撃《しょうげき》が来た。立て続けに肩《かた》を突かれる。抉《えぐ》られるような痛みが走った。とっさに手で肩口を押《お》さえると生温かい感触《かんしょく》がした。

膝《ひざ》から力が抜《ぬ》けてその場に坐《すわ》り込んだ。強い腐臭《ふしゅう》を帯びた潮のにおいと一緒にそれは間近に距離を詰めてきた。視線がその歯列から動かなかった。

そのとき、ガラスの割れる激《はげ》しい音と一緒《いっしょ》に閃光《せんこう》が飛び込んできた。

それは驚いたかのように動きを止めた。

「先生！」

　高里の声が聞こえると、それは身を屈めて振《ふ》り返る。その身体《からだ》越《ご》しに廊下側の暗幕が翻《ひるがえ》るのが見えた。そこから入り込んだ真昼の光で醜悪な姿が一瞬《いっしゅん》だけ浮かび上がり、暗幕が落ち着くと同時に黒々とした影に戻る。

　一瞬光に灼《や》かれた視力に物の姿が甦った。化物を挟《はさ》んだ向こうに高里の姿が見えた。

「もう、やめてください」

　強い声がした。

「どうして、何のためにこんなことをするんですか」

　身を屈めたそれは、無数の手を突いて脇《わき》へ逃《に》げ出した。視野を遮《さえぎ》るものがなくなる。それへ向かって強い視線を投げている高里がはっきりと見えた。

「この人は僕の敵じゃない！　もうやめてください！」

　それは引き退《さ》がり、そこで身を屈めて首を垂れるようにした。その仕草は滑稽《こっけい》なくらい叱《しか》られた犬が項垂《うなだ》れる動作に似ていた。

「あなたは何なんです。いったい、僕の何なんですか」

　それはさらに身を縮めた。実際に影の大きさが縮み、それは動物の影に似たものを現しつつあった。

「全部が僕のためだというなら、あなた方は何より自分たちを罰《ばっ》するべきだ！」

高里は広瀬に目をやり、駆《か》け寄ってくる。

「大丈夫《だいじょうぶ》ですか」

「……ああ」

答えながら視線を影から外さない。影はいまや完全に犬に似た形をしていた。

「我らには」

突然その影が声を上げた。高里が振り返る。

「あなたを守る責務がある」

低い男の声だった。影はさらに縮んでいく。

「……責務？」

「我らはあなたを守るためだけにいる」

「どういうことです」

「そのためにあると……定められて……いる」

ぐずぐずと何かが崩《くず》れるような音がした。影はいまや赤ん坊ほどの大きさもなかった。

「それはいったい、どういうことなんです！」

ぐず、と音だけが答えた。もはや姿は見えなかった。

突然教室の外から声が響《ひび》いた。

「高里!?」

今度こそ後藤の声に間違《まちが》いがなかった。

教室の戸は難なく開いた。廊下には後藤をはじめ、十人近くの教師が集まっていた。明るい光の下で見ると高里は無数の切り傷だらけだった。廊下には破片《はへん》が散乱し、椅子《いす》が一つ転がっている。教室にある廊下側の窓は木枠《きわく》でできている。そのうちの一つが破られていた。

後藤が周囲の人間にここは任せてください、と声をかけた。広瀬は破られた窓から手を差し入れて暗幕を捲《めく》ってみる。教室の中にはもう何の異常も見つけられなかった。

5

「化学実験室の戸が開く音がしてな」

後藤は困惑《こんわく》した表情で語る。学校近くの病院の待合室だった。

「覗いたら高里が血相を変えて椅子を持ち出すところだったんだよ。どうした、って訊くとお前が隣《となり》の実験室に閉じ込められたって言うじゃないか。そんで高里と飛んで行ったわけさ。確かに戸は動かねえ。どうしたもんかと思う間もなく高里は窓をぶち破るし。高里が中へ飛び込んで、あとに続こうとしたら来るなと言うし。あんな顔で、危険だから、なんて言われるとさすがに剛胆《ごうたん》な俺でもびびるぜ」

「へえ……」

「しかも高里が入ると、入ったきりウンでもスンでもねえ。中を覗こうと暗幕を捲ろうにも動かねえ。暗幕が、だぜ。鉄でできたみてぇにビクともしねえんだ。そんでしかたなく廊下で待ってたんだよ。他《ほか》にどうしようもないだろう？」

口調がどこか言い訳じみていて、広瀬は笑った。胸筋を動かすと焼けつくような痛みがある。縫合《ほうごう》のときにかけた麻酔《ますい》がまだ効いているはずだったが、少しも楽な気がしなかった。鎖骨《さこつ》の下の傷と肩に受けた傷はかなり深かったが骨に達するほどではなかった。鋭利《えいり》な刃物《はもの》で切られたような傷だったので苦し紛《まぎ》れに窓ガラスに飛び込んで切ったと言っておいたが、老医師はそれで納得《なっとく》したようだった。本当にガラスで怪我《けが》をした高里が一緒に治療《ちりょう》を受けたせいかもしれない。

治療を受けたあと学校に戻《もど》って、教頭の事情聴取《ちょうしゅ》を受けた。広瀬は実験室に閉じ込められたのだ、とだけ言った。それ以上の説明が必要だとは思えなかった。

それを終えるとちょうど昼休みだった。十時が昼休みの会議が終わったら送ってくれるというので、時間を潰《つぶ》すために高里と準備室に戻ると、後藤の姿はなく四人の生徒が顔を揃えていた。

「後藤さんは？」

「会議。先生、また怪我だって？」

野末が広瀬を眺《なが》める。広瀬は後藤に借りた白衣をちょっと開いて包帯を見せてやった。

「縫《ぬ》ったの？」

「しばらく温泉には行けないだろうな」

「ひぇぇ」

言いながら、野末の視線はちらちらと高里に向かう。他の者も同様だった。築城だけはじっと冷たい視線を高里に向けている。高里はそれらの視線を淡々《たんたん》と受け止めていた。

「そういえば」

杉崎が声を上げた。

「先生、聞いた？　坂田さんが事故ったの」

広瀬は眼を見開いて杉崎を見る。

「なんだって？」

後藤はそんなことを何も言ってなかった。

「昨日の朝。地下鉄でホームから落ちて、入ってきた電車に撥《は》ねられたんだって」

顔から血の気が引くのが自分で分かった。

「学校さぼってどっかに行くつもりだったらしいんだよね。その途中《とちゅう》。地下鉄が徐行《じょこう》してたんで死にはしなかったんだけど、意識不明の重体だって」

——高里ではない。

広瀬は愕然《がくぜん》としたまま高里を振り返った。驚《おどろ》いたように眼を見張った高里の蒼《あお》い顔を見つめる。

あれは高里の自我に関係がない。まったく別の意思を持った別の生き物だ。

「済まなかった……」

高里が怪訝《けげん》そうに広瀬を振り仰《あお》いだ。

「お前じゃなかった。済まなかった」

「……どうして坂田君が」

高里は呟《つぶや》く。

「本当の事故なんじゃないんですか?」

広瀬は首を振った。

「報復だ。間違いないと思う」

「……理由がありません」

高里は困惑しきった顔をした。

「報復は本当に小さな理由で行なわれますが、坂田君にはまったく理由がありません」

坂田がなぜ報復を受ける。彼は一見して高里の味方だった。坂田が報復を受ける理由はたった一つしか思い浮《う》かばない。

野末が声を上げた。

「ひょっとしたら、リークのせいなんじゃない？」

言って築城を見る。

「リーク？」

高里は築城に目をやった。広瀬は築城に問う。

「築城。あの話、高里に聞かせたか？」

「いや」

築城は強《こわ》ばった顔で首を振った。

「誰にも言ってません。高里に関することを吹聴《ふいちょう》するなんて、できない」

高里が広瀬を見る。

「お前に関する噂《うわさ》な、記者に漏《も》らしたのは坂田らしいんだ」

高里が眼を見開く。

「実際にそうだったんだろう。でなきゃ、坂田が報復を受けるわけが分からん。ひょっとしたらお前の居場所を漏らしたのも奴《やつ》かもしれん。——お前じゃない。お前にはそれを知るチャンスがなかった」

広瀬は頭を下げた。

「疑って悪かった」

高里は緩《ゆる》く首を振った。上手《うま》く事情が呑《の》み込《こ》めない様子だった。ちょうどそのとき、準備室のドアをノックする音がした。

ドアを開くと、立っていたのは十数人ほどの生徒たちだった。二─六の生徒がほとんどだったが、そうでない生徒も見えた。

「……どうした?」

先頭に立っていた六組の生徒が口を開いた。

「高里がいるって聞いたんですけど」

「ああ、いるが……」

広瀬は中を示す。高里は首を傾《かたむ》けてこちらを見ていた。

「広瀬先生、怪我をしたって本当ですか?」

今朝家を出るときに着ていたものは再使用が不可能だった。それで素肌《すはだ》の上に包帯を巻いたまま白衣を着ている。包帯が見えているのは明らかだったので広瀬は正直に頷《うなず》いた。

そのとたん、どっと罵声《ばせい》が湧《わ》いた。部屋の中にいた高里たちが腰《こし》を浮かす。

「どうしてなんだよ!」

中の一人は指を突《つ》きつける。

「広瀬はお前を匿《かくま》ってんだろ！　坂田だってお前の味方してたじゃないか。なのにどうして祟《たた》るんだよ‼」

別の一人は蒼白《そうはく》な顔に涙《なみだ》を浮かべていた。

「親も殺して、味方も殺して、俺《おれ》たちにいったいどうしろっていうんだ」

「実は敵も味方も関係ないんだろ。要はお前、誰《だれ》でもいいんじゃないのか？　気が向いた奴を殺すんだ、そうだろ？」

悲鳴のように罵声が轟《とどろ》いた。

彼《かれ》らは恭順《きょうじゅん》する。これ以上の祟りがないように。祟る神に阿《おもね》り、なんとか保身を図る。その代表が――本人がどんなつもりだったにしろ――坂田だった。その坂田が粛清《しゅくせい》される。高里を保護した広瀬が粛清される。きっと味方であったはずの家族までが粛清される。

「待て！　誤解だ‼」

広瀬が襲《おそ》われたのには理由がある。坂田は善意だけの人間ではなかった。家族に至ってはぜんぜん高里の味方などではなかった。

「落ち着け！」

叫《さけ》んだとたん、傷が焼けつくように痛んだ。広瀬は思わず身体を折る。それを見て彼らはかえって逆上した。彼らが突進《とっしん》してくるのを見て、とっさに両手を開けた戸と柱に突いて立ちふさがった。

「高里、逃げろ！」

先頭にいた生徒が広瀬にぶつかってきた。その一撃《いちげき》で呆気《あっけ》なく広瀬は転倒《てんとう》した。彼の身体はまったく使いものにならなかった。

「よせ！」

橋上が怒鳴《どな》る。

「お前ら、そんなことしてどうなるか分かってんのか⁉」

分かってる、と誰かが叫んだ。

「敵でも味方でも殺されるんなら、敵になったからって何だってんだよ！　高里さえいなきゃ――」

橋上が机の上の広口壜《ひろくちびん》を投げた。窓に叩《たた》き付けられたそれは、サッシの桟《さん》に衝突《しょうとつ》すると、窓ガラスを砕《くだ》いて自らも弾《はじ》けた。その激しい音に準備室に駆け込んだ生徒の動きが止まる。

「高里さえいなきゃ、何なんだよ」

橋上が生徒たちを見渡《みわた》す。

「どうしようってんだよ、え？」

すっと部屋に満ちた興奮が冷めた。

「高里を殺すってか？　そうすりゃお前たちは枕《まくら》を高くして寝《ね》られるんだろうよ。感化院だか少年院だかでな」

「高里の味方すんのか」

誰かの問いに橋上は笑う。

「俺は馬鹿《ばか》が嫌《きら》いなんだよ」

「……覚えてろよ」

「覚えとくさ。俺はお前たちの恩人だからよ」

生徒たちが壁際《かべぎわ》に立ちすくんだ高里と、橋上とを見比べた。誰にも葛藤《かっとう》の色が見える。睨《にら》み合った中で口を開いたのは高里だった。

「僕《ぼく》は学校を辞《や》めます」

さっと全員が高里を見つめた。

「辞めることになったんです。今日は手続きのために来ました」

しんとした間を措《お》いて、誰かが唐突《とうとつ》に笑い出した。ヒステリックなその笑いが周囲の人間に伝染《でんせん》していく。騒《さわ》ぎを聞きつけた教師が駆けつけて来るまで、彼らは笑い続けていた。

6

十時の車でアパートの前まで送ってもらうと、待ち受けた人間の数はさらに増えていた。マイクを構えて押《お》し寄せる連中を押し退《の》けてなんとか階段まで辿《たど》り着く。二階の通路へ階段を駆け上がっていくとさすがに連中はついて来なかったが、その代わりにどこからともなく石が一つ飛んで来た。胡桃《くるみ》ほどの大きさの石は通路に跳《は》ねて高い音を立てた。

ドアの前には大きな張り紙がしてあった。

『勧告』と書かれたそれには細かい字で何かが連綿と書いてあった。剝《は》がそうとして手を伸《の》ばしたところに石がまた一つ、飛んで来た。背後で罵声が湧く。広瀬は張り紙をそのままにして部屋の中に逃《に》げ込《こ》んだ。

三時からのワイドショウもこの事件一色だった。高里は敵だというコンセンサスがマスコミの間では成立しつつあるようだった。もちろん、彼らが「祟り」などという現象を信じているはずはあるまい。言明はしていなかったが、彼らは遠回しに高里が自ら復《ふく》讐《しゅう》した可能性をにおわせていた。そうやって報道するどのキャスターの調子にも容赦《ようしゃ》がなかった。

これからどうなるのだろう、と広瀬はスケッチブックに向かっている高里を見た。マスコミの間で敵だとレッテルを張られてしまえば、誇張《こちょう》でなく人類の敵になってしまう。保護者を失った。学籍《がくせき》を失った。働くというが働ける場所があるのか。いつになったらこの騒ぎが収まり、そうして人々がこれを忘れてくれるのだろう。

広瀬は高里に視線を向けた。彼はスケッチブックに絵筆を滑《すべ》らせている。最初に高里が絵を描《か》くのを見たときと同じように、彼は画面に意識を凝《こ》らしているようだったが、あのときに見たような静謐《せいひつ》な真摯《しんし》さにはほど遠い。何かがひどく高里の気分を乱しているのだと分かった。

紙に描き出された「岩の迷宮《めいきゅう》」には緑の絵具が置かれていた。深い緑の、まるでびっしりと苔《こけ》でも生えたような奇岩《きがん》。ざっと色を着けて、高里は考え込んだ。じっと画面を見てしきりに小首をかしげる。

「――どうした?」

「何か違《ちが》うな、と思って……」

それでもこの作業は高里にとって重大事には違いないのだろう。広瀬は軽く微笑《ほほえ》み、それから突然不安に襲われる。この目の前にいる少年は何者なのだろう。広瀬を襲った影《かげ》は、高里を守る責務があるのだと言った。報復は高里の意思ではなく、そして無意識でもなかった。異形の者は異形の論理で高里を守っている。しかし、なぜ奴らは高里を守る責務を担《にな》っているのだろう。そして彼らは何者なのか。

——お前は王の敵か。

いつかの声を思い出した。「王」とは何だろう。それは高里を指してはいないか。だとしたら、なぜ高里が「王」と呼ばれるのか。

「高里」

呼びかけると彼は顔を上げた。

「王、と言われて何を思い浮かべる？」

「……王、ですか？」

高里はそう復唱してから少し考え込む様子をする。それから、

「たいおう」

広瀬は身を起こした。傷がひどく痛んだ。

「タイオウ？　何者だ？」

高里は途方《とほう》に暮れたように首を振《ふ》った。

「よく……分かりません」

「どんな字だ」

「安泰の『泰』……」

——泰王。広瀬は口の中で唱えた。

「泰王というのは名前か？　それとも称号？」

高里は怪訝《けげん》そうに眉《まゆ》を顰《ひそ》めて画面の奥《おく》を見つめていた。何かを懸命《けんめい》に捜《さが》しているように瞳《ひとみ》が揺《ゆ》れる。

「それは失《な》くした記憶《きおく》に関係があるんだろう？」

「……だと思います」

「覚えている以上、それはお前にとって意味の深い言葉だったはずだ。何でもいい、他に思い浮かぶことは？」

高里は首を振る。

「分かりません」

「連想ゲームだ」

広瀬は手近の紙を引き寄せる。

「蓬山《ほうざん》のときもそうだった。お前は絵画的なイメージよりも言葉のほうをよく覚えている。思いつく言葉を並べてみるんだ」

「でも」

「じゃ、王でなくてもいい。——そうだな、神隠《かみかく》し。神隠しと言われて何を連想する？」

高里はじっと画面の一点を見据《みす》える。そこに答が書いてあるかのように。

「記憶」

広瀬は素早くその単語を書きつける。

「それから?」

「曖昧《あいまい》。不安。事件。異端《いたん》。異邦《いほう》。異境《いきょう》。喪失《そうしつ》。……腕《うで》。ざわめき——」

「麒麟《きりん》」

「麒麟の絵。瑞兆《ずいちょう》、角端、角、孔子《こうし》、転変《てんぺん》、選定、王、契約《けいやく》」

孔子は野に麒麟の死体を見つけ、「道窮《みちきわま》る」と泣いたという。そこまではともかく、あとは意味不明の連想だった。

「……何だ、それは?」

高里は首を振る。

「分かりません。思いつくままに言ってるだけなので……」

ふむ、と頷いて広瀬は続ける。

「白汕子《はくさんし》」

「水、女、守護、あやかし」

広瀬は眉を顰める。

「水に関係した女で妖怪《ようかい》ってわけか?」

そう問うて、広瀬は眼《め》を見開いた。

――高里は何と呼んでいた？

広瀬は記憶を探《さぐ》る。妖精の名前だ。海の妖精の名前。そう、セイレーン。そのセイレーンが捕《つか》まって、そうして付けられた名。それは何だったか――。

高里が自分でも呆然《ぼうぜん》としたように呟《つぶや》いた。

「ムルゲン」

あの女が白汕子というのか。

「先生、これは――」

広瀬は制す。

「いいから続けろ。――蓬山」

高里は眼を閉じる。

「奇岩、ロライマ、ギアナ、故郷……、木、ほうろ……ぐう」

広瀬はメモ用紙を突きつける。高里はそこに「蓬廬宮」と文字を書いた。

「――王」

高里は即答《そくとう》する。

「泰王」

即答してから再び眼を閉じた。

「契約、麒麟、十二王」

「十二王？」

高里はなぜだか泣きそうな顔をしていた。

「十二の国に、十二の王」

言って広瀬を見る。

「泰王というのは称号です。戴極国《たいきょくこく》の王が泰王」

そう言って高里が書き付けた「戴極国」という文字を広瀬は見つめる。

「それから？」

高里は顔を覆《おお》った。

「分かりません。これ以上は思い出せません……」

広瀬はメモを眺《なが》める。高里の失われた記憶。その一年の断片《だんぺん》。彼は七年前神隠しに遭《あ》い、そして——と、広瀬は思って内心で苦笑した。何て馬鹿馬鹿しい想像だろう。しかし化物が本当に存在するなら、どんな馬鹿馬鹿しいことがあってもいいはずだ。

高里は七年前神隠しに遭い、そしてどこか異世界で一年を過ごした。十二の国があり、十二の王がいる。泰王はその一人、王と麒麟は「契約」という言葉で結ばれている。緑の奇岩が連なる蓬山には蓬廬宮がある。

広瀬は炬燵台《こたつだい》に顔を伏《ふ》せた高里を見た。

——お前が、泰王だ。

白汕子があの女なら、麒麟はあの化物だろう。麒麟は「責務がある」と言わなかったか。これが「契約」の内容なら、契約によって守られる者は王でしかありえない。

しかしその言葉を、なぜだか広瀬は口にすることができなかった。

自分でも己《おのれ》の心情を分析《ぶんせき》しかねて、広瀬は狼狽《ろうばい》する。高里は思い出したがっている。過去に関する情報はどんな情報でも欲《ほ》しいだろう。なのになぜ、言ってやることができないのだろう？

広瀬は戸惑《とまど》いながら、それでもその言葉を言ってやることができなかった。

＊＊＊＊＊＊＊＊＊＊＊

彼《かれ》は温《ぬる》い夜の中に立っていた。夜半にしては多くの人間が街角にたむろしていた。彼の間近にある青いシートを掛《か》けた塀《へい》の下には、誰《だれ》が置いたのか花束《はなたば》が供えられている。彼らの誰もが憤《いきどお》りをもって目の前のアパートを見ていた。特に彼は、怒《いか》りを込《こ》めて暗い窓を見る。友人は山門の下敷《したじ》きになって死んだ。許せない、と彼は思う。あの、一見して無害で穏和《おとな》しそうに見える子供。怪《あや》しい力を使い、その周囲に恐怖《きょうふ》でもって君臨してきた少年。

あの少年がこのまま何の制裁も受けずに生きてゆくことは許されない。それは正義が許さない。

彼は正義の代弁者であり、剣《けん》よりも強い武器を携《たずさ》えている。悪は暴露《ばくろ》され、弾劾《だんがい》されなければならない。そのために報道の自由があるのに、あの子供はそれを汚《きたな》い手口で妨《ぼう》害《がい》する。絶対に許してはならないのだと思った。

彼は煙草《たばこ》に火を点《つ》けた。ライターをポケットに戻《もど》したとき、集団の外れにいたカメラマンが背後の路地によろめくようにして入るのが見えた。

疲《つか》れているんだ、と彼は思った。誰もがひどく疲れている。

彼は煙草を灰に還《かえ》しながら、二階の窓を見つめる。通路に面した窓の隣《となり》にドアが見えた。ドアの上には白いものが見える。あれはアパートの住人が貼《は》っていったものだ。この場にいる誰もが貼っていった犯人を知っていたが、それを報道するつもりはなかった。石を投げたのが、いま背中を預けているこの塀の、向こう側にある家の親父《おやじ》だと知っている。しかし彼にはそれを少年に教えてやるつもりはない。

根元まで吸った煙草を足許《あしもと》に投げ捨てる。靴《くつ》の先で踏《ふ》みにじった。何気なく左右を見ると、いつの間にか集まっていた六人ほどの人間の数が半分に減っていた。根性のない奴《やつ》が多い、と彼は内心で呟いた。彼はここで徹夜《てつや》するつもりだった。明日の朝になれば交代要員が来る。それまでここで、あの少年が逃《に》げ出さないか見張っていなければならない。

すぐ近くに立っていた男が、手近の門の中に入った。門に入る姿を、彼は見た。光線の加減でか中に引きずり込まれたように見えた。用を足すのだろうと思い、マナーの悪い奴だと彼は心の中で独りごちる。

彼は塀に背中を預けて坐《すわ》り込んだ。足腰《あしこし》がギシギシ言った。そこに腰を据えて次の煙草に火を点ける。いつの間にかひそひそと続いていた話し声もやんでいた。

どこかで押し殺した声がした。声のしたほうを見ると、雑誌記者が路地に入るところだった。路地に隠れる足を、彼は見た。あるかなしかの風が吹《ふ》いて嫌《いや》なにおいを運んできた。河口の泥《どろ》のにおいだろう。それはどこか血のにおいに似ていた。

彼はぼんやりとアパートを見たままゆっくりと煙草を吸う。根元までを灰にして、フィルターをアスファルトに擦《こす》りつける。そのさなかに、微《かす》かな悲鳴に似た声を聞いた気がした。彼は慌《あわ》てて左右を見廻《みまわ》す。いつの間にか、夜の道には彼一人しかいなかった。

彼は立ち上がり、二、三歩左右に歩いてみた。身体《からだ》を伸ばし、左右の道を確認《かくにん》したが誰の姿もない。寝静まった家並《やな》みが廃墟《はいきょ》のように並んでいた。彼は門の中に入った男を捜してみようと思った。戻って来るのが遅《おそ》すぎる。人の家の庭先で寝入《ねい》ってしまったのだとしたら、またぞろ苦情を言われるだろう。

歩きかけて、彼は今度はすぐ間近で物音を聞いた。シートが動く音だった。彼はシートを見つめる。何かが塀に掛かった青いシートを内側から動かしていた。彼が見守っているうちにそれはやんで、もとの静けさを取り戻す。

彼はシートに歩み寄った。ただ塀の壊《こわ》れ目に被《かぶ》せてあるだけのシート。その重い端《はし》をそっと捲《めく》る。そのとき、彼の足許に置かれていた花束が菊《きく》ではなく金盞花《きんせんか》なのだとようやく気づいた。

——婆《ばあ》さんが仏壇《ぶつだん》に供える花だ。

彼はなんとなくそう思い、口許を歪《ゆが》めて笑った。笑いながらシートの端を持ち上げた。

塀に空いた穴が、黒々としたその形を曝《さら》した。

十一章

1

広瀬は早朝パトカーの音で目を覚ました。姦《かしま》しいサイレンがアパートのすぐ前から聞こえていた。広瀬が身を起こすと、高里も目覚めたのか起き上がる。眉《まゆ》を顰《ひそ》めて顔を見合わせた。部屋の中はまだ薄暗《うすぐら》かった。

広瀬は起き出して台所に行ってみる。窓を細く開けて外の様子を窺《うかが》った。アパートの前にパトカーが停《と》まり、幾《いく》つもの人影《ひとかげ》が右往左往している。

「……何ですか？」

「分からん」

一瞬《いっしゅん》表に確かめに行こうかと思ったが、また取材陣《しゅざいじん》に取り囲まれるのが嫌《いや》で思い留《とど》まった。ちらほらと人が集まってきていた。ざわめきや悲鳴じみた叫《さけ》びが聞こえる。ただ事ではない、と広瀬は思った。

見ているうちに、黒山の人だかりができた。野次馬らしい人影が何度もアパートのほうを見上げた。断片的に声が聞こえる。

「死……六人……記者」

人混みの声をそう聞き取って広瀬は青ざめた。慌《あわ》てて窓を閉める。高里が不安げな表情をした。

「……また何か？」

広瀬は無理にも微笑《わら》って首を振《ふ》った。

「分からない。何かあったのならあとで分かるだろう。まだ早い。寝《ね》てろ」

広瀬がそう言うと、高里はさして疑うふうもなく身体《からだ》を横にした。しばらくは不安そうに身動きを繰《く》り返していたが、やがて軽い寝息が聞こえ始めた。疲《つか》れているのだろうと思った。彼《かれ》に課せられたものはあまりに重い。

それは広瀬も同様だった。微熱《びねつ》があるのか、少し身体が怠《だる》い。冷えた床《ゆか》の感触《かんしょく》が足に心地《ここち》良《よ》かった。広瀬はしばらく台所に坐《すわ》り、ひんやりとした床の感触を感じていた。

ものの一時間もしないうちにアパートが騒《さわ》がしくなって、次いでドアをノックする音が聞こえた。広瀬は立ち上がり、ドアを細く開けてみる。外には制服の警官が立っていた。

「開けなさい」

警官の口調は高圧的だった。広瀬は黙《だま》ってチェーンを外した。中年の警官は中へ入ってくる。踏《ふ》み込《こ》みに立って中を見廻《みまわ》した。

「何があったんですか」

広瀬が訊《き》くと、その警官は冷淡《れいたん》な視線で広瀬を見返す。

「記者が殺されたんだよ。六人だ」

広瀬は息を詰《つ》めた。予感はしていたが、実際に聞くとその言葉は衝撃《しょうげき》的だった。高里が身体を起こすのが、開けたままのガラス戸から見えた。

「昨夜何か不審《ふしん》な物音を聞かなかったかね」

いいえ、と広瀬が首を振ると警官は高里に視線を向ける。

「君はどうだ」

「……いえ」

そうか、と言って警官は踵《きびす》を返した。部屋から出る際に、彼は振り返って広瀬たちを見比べる。

「何か思い出したら申し出なさい」

そう言ってからどこか剣呑《けんのん》な笑《え》みをみせた。

「――自首でも構わないよ」

広瀬が絶句している間に警官はドアを閉めた。震《ふる》える手で広瀬は鍵《かぎ》を閉めた。

小半時もしないうちに表に喧噪《けんそう》が押《お》し寄せ始めた。ガラス戸を閉め切って身を寄せ合ううちに表の騒ぎはどんどん膨《ふく》れ上がっていく。さらに一時間して誰《だれ》かがドアを叩《たた》いた。

ノックというよりもドアを力任せに乱打する音だった。

「出て来い！　出て来て申し開きをしろ‼」

怒鳴《どな》る声に高里が身体を硬直《こうちょく》させる。それを皮切りにアパートの前で罵声《ばせい》が轟《とどろ》き始めた。

詳《くわ》しい事情は朝のニュース番組で知った。

深夜、アパートの前で張り込んでいた報道陣六名が殺された。彼らは全員犬か何かに襲《おそ》われたように見えた。高里家の事件もあって、警察は保健所と協力して野犬《やけん》狩《が》りを始めたという。

無惨《むざん》な死体が目に見えるようだった。高里が止めてくれなかったら、広瀬もその仲間になっていただろう、という想像はかなりのところ寒気を催《もよお》させた。

キャスターの口調は、昨日よりもさらに険悪になっていた。いつ魔女《まじょ》を狩れと言いだすかと恐《おそ》ろしくて、広瀬はすぐにテレビを消した。

執拗《しつよう》なノックが続いていた。誰かがドアを乱打し、流しの前の窓を叩いた。大声で弾劾《だんがい》の叫びを上げ、ときには誰かが出て行け、と叫んだ。

投石が始まったのは昼前だった。硬《かた》い音でドアや窓に何かがぶつかる音がし、それから拳大《こぶしだい》の石が窓を破って飛び込んできた。台所の床には石が散乱した。石の中には紙に包まれているものもあった。その一枚には「消えろ」と書いてある。一枚を確認《かくにん》すると、もうそれ以上は見る気がしなかった。

少しすると建物の下からではなく、通路から石が投げ込まれるようになった。石の幾つかがガラス戸を割り膝先《ひざさき》にまで飛んで来て、広瀬は堪《た》えきれずに受話器を取った。耳に当てた受話器から発信音はしなかった。広瀬は受話器をまじまじと見つめる。電話線が切れているようだった。

すぐに堤防《ていぼう》側からも投石が始まった。こちらからも罵声が聞こえる。ベランダに面した窓のガラスが割れてしまうと、次々に石が部屋の中に飛んできた。広瀬は高里を連れてユニットバスの中に閉じ籠《こ》もった。破壊《はかい》が続く音を聞きながらそこで二人、ものも言わずに蹲《うずくま》っていた。


警察が駆《か》けつけてきたのは十二時半ころだったが、広瀬にはそれが途方《とほう》もない長さに感じられた。もう大丈夫《だいじょうぶ》ですよ、と声をかけられてドアを開けると見覚えのある男が立っていた。遺体を引き取りに行くときに迎《むか》えに来てくれた刑事《けいじ》だと思い出した。

警察署に連れて行かれ、そこで集団暴行事件の被害者《ひがいしゃ》として事情を訊かれた。書類を書き終わったところに、十時《ととき》を伴《ともな》って後藤が駆けつけてきた。

「広瀬、大丈夫なのか」

坐っていた小部屋に入ってくるなり、声を上げた後藤に、広瀬は口許《くちもと》に指を立ててみせた。目線で窓際《まどぎわ》の椅子《いす》を示す。高里が窓枠《まどわく》に凭《もた》れて眠《ねむ》っていた。

「具合でも？」

小声で訊く十時に、

「疲れたんでしょう。色々と大変だったし」

二人は頷《うなず》く。後藤は窓に寄って高里を見降ろした。

「引き取り手は決まったのか」

「さあ。そんなのが分かる状況《じょうきょう》じゃなかったですから。親戚《しんせき》連中はみんな帰りましたからね。ひょっとしたらウヤムヤにする気じゃないですか」

後藤は高里を見降ろしたまま呟《つぶや》いた。

「これからこいつはどうなるんだろうなあ」

広瀬は返答しなかった。

高里はニュースを見て、やめてくれと言ったのに、と声を漏《も》らした。あの連中はどうやら高里の意図には関係なく、己《おのれ》の責務を果たす気でいるらしかった。

「せめて親戚が引き取ってくれて、どこか遠い街に行って名字も変わってしまえばいいんでしょうが……それでも同じかな」

あの連中がいる限り。奴《やつ》らはどこへ行こうと高里につきまとって任務を遂行《すいこう》しようとするだろう。――だとしたら、高里の未来には何の光明もない。

広瀬は当初の思惑《おもわく》を思い出す。奴らと高里を分離《ぶんり》せねばならない。その思いはいまや切実だったが、その方策が分からない。

後藤は溜息《ためいき》をついてから広瀬を振り返り、十時を目線で示した。

「十時さんが部屋を貸してくれるとよ。しばらく身を隠してろ」

広瀬は十時を見上げる。

「……済みません」

彼は屈託《くったく》なく微笑った。

「いいんですよ。いくらでも使ってください。それより、身のまわりの物が必要でしょう。言って下されば取ってきて差し上げます」

「しかし、十時先生は……」

彼は、野暮《やぼ》ですよ、と笑って片目を瞑《つぶ》る。

広瀬は深く頭を下げた。事情を知っていながら、それでも厚意を示してくれる人間の存在が心底嬉《うれ》しかった。

2

十時の部屋はニュータウンの海沿いにあるワンルーム・マンションだった。

十時はマンションまで送ってくれると、ざっと部屋の中の説明をし、近所の地理を教えてくれ、さらに部屋を出る前に広瀬の包帯を換《か》えてくれた。

「本当に申し訳ありません」

広瀬と高里が図《はか》らずも同時に言うと、十時は大笑いした。

「電話は留守電になってますから気にしないでください」

「ありがとうございます」

「着るものや何か、足りないものがあったらそのへんを漁《あさ》って勝手に使ってください」

「でも……」

「大丈夫、怪《あや》しげなものはありませんから」

十時はそう言って胸を張る。深々と頭を下げる広瀬たちを笑って、部屋を出ていった。

明るい気持ちのいい部屋だった。八階建ての四階で、広いベランダからは海が間近に見えた。広瀬は大きく窓を開ける。このところ窓もカーテンも閉め切って生活していたので、ひどく気持ちが良かった。夕暮《ゆうぐ》れの海から吹《ふ》く風はずいぶんと涼《すず》しい。夏が去ろうとしている。

「良かったな、高里」

広瀬が言うと、高里は淡《あわ》く微笑って頷いた。ベランダに立ってじっと海を見降ろす。

今朝からあまり喋《しゃべ》ろうとしない。死者が増えていくのを気にしているのだろうと思うと胸が痛んだ。広瀬は強《し》いて明るい声を出す。

「これでちゃんと飯も食えるし。暗くなったら飯のついでに散歩に行こうか」

言いながらテレビをつける。六時のニュースをやっていた。山門の倒壊《とうかい》事故で入院していた雑誌記者が一人死亡していた。

新聞を開くと坂田の死亡記事が見えた。死んだのか、と広瀬は思う。決して好きになれないタイプの人間だったが、死なれてしまうとやはり痛い。

「坂田君……死んだんですね」

顔を上げると高里が新聞を覗《のぞ》き込《こ》んでいた。

「のようだな」

広瀬はなんとなく実習以来の死者の数を数えようとして、馬鹿馬鹿《ばかばか》しくなってやめた。一体合計で何人の人間が奴らに殺されてしまったのだろう。過去のぶんを含《ふく》めると、それは膨大《ぼうだい》な数に違《ちが》いない。

広瀬はふと思いついて高里に尋《たず》ねてみた。

「高里、奴らの気配を小さいころから感じてた、と言ったろ？　それは神隠しの前からか？」

高里は少し考えるようにして、

「……よく覚えていませんけど、多分あとからだと思います」

「怪我人《けがにん》が出始めたのもあと？」

「だと思います」

「ということはだ」

広瀬は新聞を畳《たた》んだ。

「奴らはあっちからついて来たんじゃないのか？　ムルゲン――白汕子《はくさんし》か、あいつの腕《うで》を見たのが最初なんだろう。お前は向こうで奴らに憑《つ》かれてしまったんだ」

高里は困惑したように視線を落とす。

失われた一年と少しの間に何があったのか。なぜ高里は異界に引き込まれ、あんな連中と関《かか》わりを持ったのか。さらになぜ、高里は戻《もど》ってきたのだろう。どうして連中は高里について来たのだろうか。――疑問は果てしないが、高里の記憶《きおく》が甦《よみがえ》らない限り永遠に解答が得られるはずもない。

「僕《ぼく》は何者なんでしょうか」

高里がぽつ、と言って、広瀬は項垂《うなだ》れた。お前は泰王《たいおう》なんじゃないだろうか、と言うことはやはりできなかった。

「どうして僕が呼ばれたんでしょう」

広瀬の思考を追いかけるように高里が呟く。

「僕の存在にどんな意味があるんでしょうか。戻ってきたのはなぜなんでしょう。僕の意思だったのか、それとも誰かの意思だったのか……」

そう呟くように言って高里は広瀬を見る。

「僕はそもそも、どちら側の人間なんでしょうか？」

広瀬はなぜだかひどく狼狽《うろた》えた。

「こちらの人間に決まっている」

慌《あわ》てて言った広瀬の言葉に高里は目を伏《ふ》せる。

「……そうでしょうか」

「当たり前だ。お前が特殊《とくしゅ》なんじゃない。お前のせいじゃない。お前はたまたまあちらに迷い込んで——ひょっとしたらあいつらに引きずり込まれて、それで災厄《さいやく》を背負わされただけだ」

広瀬は強く言ったが高里は得心したふうではなかった。

「もっとちゃんと思い出せれば……」

彼は呟く。

「せめて、帰る道を思い出せたら」

広瀬はそれには答えなかった。

夜を待ってから食事に出て、その帰り、海まで散歩に行った。堤防までは歩いて十分程度しかない。河口に近い広瀬の部屋のあたりとは違って、この海はそんなに汚《よご》れてはいないように見える。堤防の下には浜《はま》と呼んで構わないだけの広さをした砂の広がりがあった。黒に近い銀色をした水の上には、切り落とされた爪《つめ》のように細い月が出ていた。

「お前の行った国ってのは、いったいどこにあったんだろうな」

浜を歩きながら広瀬が問うと、高里は首をかしげた。

「あいつらはそもそも、あちらの生き物なんだろう。それがお前が戻ってきたとき、どういう理由でか一緒《いっしょ》について来た。奴らはお前を守るためにいる。本人がそう言うんだから、そうなんだろう」

高里の返答はない。

「職務に忠実なのはいいが、少しばかり忠実すぎるな。特に近頃ときたら……」

苦笑《くしょう》を含んだ広瀬の科白《せりふ》に高里が立ち止まった。

「——どうした？」

高里は眉《まゆ》を顰《ひそ》めている。何かをひどく考え込んでいた。

「……なんだか、エスカレートしてないでしょうか」

「え？」

「岩木君、クラスの人たち、取材の人、……なんだか近頃、報復の仕方が手酷《てひど》くなっているような気がする……」

広瀬は眼《め》を見開いた。

「確かに……」

形振《なりふ》り構わなくなったと言うべきか。高里のまわりには不吉《ふきつ》なことが多かったが、どれもが一見単なる事故に見えた。五反田も言ってなかったか、見せしめ、と。このところの連中のやりようは見せしめの範囲《はんい》を超《こ》えている。奴らはまるで血に酔《よ》ったように見える。

広瀬がそう言うと、高里も頷く。

「いったいどこまで続くんでしょう」

高里はそう呟いた。

「どれだけの被害が出るんでしょうか」

「さてな」

「僕は……」

高里は言い淀《よど》んだ。広瀬が促《うなが》すと首を振る。

「何でもありません」

広瀬は内心怪訝《けげん》に思いながらも、視線を海に向けた。波が揺籠《ゆりかご》のような動きを続けていた。

どうして言えないのだろう、と思う。

おまえが泰王なのか、と訊《き》けない理由が分からなかった。それを訊くのは不安だった。なぜ不安なのかが分からない。

広瀬は海を見渡《みわた》し、そうしてふと視線を止めた。沖《おき》の、ずいぶんと遠いところにぼんやりと小さな明かりが見えた。水の中に弱い光を発するものが沈《しず》んでいるように見えた。

「高里」

広瀬は呼ぶ。

「あれ、何だろう」

高里は視線を沖へ向けた。広瀬が指したほうを見つめる。

「ずいぶん遠い……。かなり大きいものじゃありませんか？」

「夜光虫……ってことはないよなぁ」

広瀬たちが見守るうちに、それは徐々《じょじょ》に大きくなる。それが野球のボール大に見えたところで、広瀬はようやく気づいた。

「近づいてる」

光が大きくなるのではなく、光が近づいてきているのだった。それは見る見る成長する。スピードにしたら尋常《じんじょう》でない速さだった。高速艇《こうそくてい》といえど、あんなに速くはない。

近づいてみるとその光は弱く大きかった。さらに近づいてきて、それが燐光《りんこう》を放つ何かの群れだと気づいた。ごく淡い蛍火《ほたるび》のような光。白い淡い光が岸を目指して進んでくる。

「高里、逃《に》げよう」

広瀬は正直に言った。ここにいないほうがいい。それは真《ま》っ直《す》ぐにこの浜を目指して進んできている。

「駄目《だめ》です、あれのほうが速い……」

広瀬は高里の腕を摑《つか》んだ。

「高里！」

腕を引く広瀬を高里は制した。

「きっと大丈夫です、彼《かれ》らがいるから。僕のそばを離《はな》れないでください」

そう言う間にもそれは近づく。それは直径にして五メートルを超えていた。ぎっしりと密集した白い何か。ライトが水面を舐《な》めるようにしてそれは近づき、岸に到達《とうたつ》すると波に乗って浜に打ち上げられてきた。

白い人間の集まりだった。波が燐光を放つ人間を打ち上げた。それは溺死体《できしたい》のように、岸に打ち上げられるとそのまま砂の上に残される。次の波が来る。死体の上に死体が重なる。

「死体？」

広瀬が問うと高里は首を振る。

「死体じゃない……」

確かに、それは死体ではなかった。波打ち際《ぎわ》に残されたそれは痙攣《けいれん》するように蠢《うごめ》いていた。四肢《しし》を蠢かせそろそろと砂を掻《か》く。頭髪《とうはつ》のない頭を亀《かめ》のように持ち上げて、広瀬たちを見据《みす》えた。

広瀬は高里の腕を摑んだまま後退《あとじさ》る。

波は次から次へとそれを岸に打ち上げ、それは次々に折り重なって首を擡《もた》げた。白く燐光を放つ蠟《ろう》のような身体《からだ》を、紛《まが》い物のようにぎこちなく動かして這《は》って来る。それは腐乱《ふらん》した溺死体に酷似《こくじ》していた。瘴気《しょうき》のように濃厚《のうこう》な潮のにおいが立ち昇《のぼ》る。

睨《にら》み合ったまま後退るうちに背中に硬《かた》い感触《かんしょく》がした。堤防《ていぼう》の下に追いつめられていた。

広瀬は荒《あら》い息をしながら左右を見渡す。濃《こ》い暗青色をした堤防の表面にさらに濃い切れ目を探《さが》した。右手に見えたそれは、絶望的なほど遠い。

這ってきた群れの先頭は緩《ゆる》やかに広瀬たちを包囲しようとしていた。

「……汕子」

高里の秘《ひそ》かな声がした。

「汕子」

群れが止まった。腕の長さほどの距離《きょり》に残された砂地に小さな渦《うず》ができた。擂鉢《すりばち》状に窪《くぼ》んで、そこに白い指が見える。すぐにそこから一本の白い腕が天を摑むようにして現れた。

──あの、女。

広瀬が瞠目《どうもく》するより早く、周囲の砂が沸騰《ふっとう》した。沸《わ》き立ち噴《ふ》き上がり、そこから二つの影《かげ》が躍《おど》り出た。群れと広瀬たちの──高里の間に降り立った白と赤の一対《つい》。白いほうは女の頭と腕と、そうして白い獣《けもの》の下半身を持っていた。赤いほうは巨大《きょだい》な犬に似ている。毛皮ではなく粘液《ねんえき》に覆《おお》われた鱗《うろこ》を持っている。

広瀬はその一対を愕然《がくぜん》として眺《なが》めた。威嚇《いかく》する獣のように身を低くしたその異形《いぎょう》。これが大量の流血でもって高里を守ってきた者。

溺死体の群れがぎくしゃくと顔を振った。いっせいに爛《ただ》れた口を開ける。何かを吐《は》き出す仕草を見せて、それは夜空へ向かって押《お》し潰《つぶ》された声を上げた。

──タイホ。

──レンタイホ。

唸《うな》り声に似たそれは誰《だれ》かを呼ばう声だった。どよめくように広がった声は漆黒《しっこく》の空に向かって吸い上げられていく。

──ココニ。

──ここに。

──ここに！

唐突《とうとつ》に白と赤の一対が消え失《う》せた。同時に死者の群れは首を下げて砂を掻き始める。眼を見張るうちに砂の中に潜《もぐ》り込《こ》み、次々に地下へ消えていく。砂を掻く音が絶えると、あたりには一面、漏斗《ろうと》型の穴だけが残された。

耳に波の音が甦るまでにはしばらくの時間がかかった。

「何……だったんだ」

広瀬はようやく息を吐いた。

暗い浜にはそれが潜っていった跡《あと》だけが残されていた。おそるおそるあたりを見廻《みまわ》してもすでに何の姿もない。浜はしんとした静けさを取り戻して砂の白さが凍《こお》ったように見えた。砂に染《し》み着いた濃い潮のにおいが立ち込めていた。

潮のにおい。

海から上がってきたものなら当然だが、それはひどく広瀬を揺《ゆ》さぶった。学校の廊下《ろうか》に泥《どろ》の跡がついていた、という話がなかったか。潮の臭気《しゅうき》はいつの間にか広瀬の中で不安と分かち難く結びついていた。

広瀬は膝《ひざ》を突《つ》きその場を少し掘《ほ》ってみる。砂を掻き分けると一層強い臭気がした。

海から来た者。広瀬は傍《かたわ》らに立つ高里を見上げた。驚愕《きょうがく》をいっぱいに浮《う》かべたまま立ち竦《すく》んでいる。この怪異《かいい》と高里が無関係だという可能性はあるだろうか？

「高里」

呼びかけると我に返ったように広瀬を振り返る。

「あれは、何だ?」

深い息をついて、高里は首を振った。

「分かりません」

広瀬はもう一度周囲を見渡した。無数の穴が開いた荒涼《こうりょう》とした砂の広がり。感じたのは変化、だった。何かが大きく動いた気がした。不安に鼓動《こどう》が上がる。それは潮騒《しおさい》と高低を合わせて光の薄《うす》い夜を揺さぶり続けた。

3

広瀬はその翌日、昼前に目を覚ました。床《ゆか》に延べた布団《ふとん》の上に身を起こして隣《となり》のベッドを見ると、すでに高里の姿がない。

部屋の中を見廻した。部屋にはいない。ユニットバスの明かりを点《つ》けると換気扇《かんきせん》が回るが、その音もしていなかった。広瀬は起き上がり、ベランダに近づいた。カーテンを捲《めく》ると外に高里がいるのが見えた。彼は手摺《てすり》に凭《もた》れて下を見ていた。

「高里?」

声をかけると高里は驚《おどろ》いたように首を起こした。もう一度声をかけると静かに振り向く。

「どうした？」

訊くと、首を振る。ごく淡《あわ》い笑《え》みを浮かべた。

「おはようございます」

うん、と頷《うなず》きながら広瀬もベランダに出る。高里がしていたように下を覗《のぞ》いた。

「何かあるのか？」

「いえ……。学校の屋上よりも高いなと思って……」

高里はそう言って微笑《わら》う。そうして部屋の中に戻《もど》っていった。広瀬は釈然としないまま、そのあとに続いた。

広瀬は部屋に戻るなり、テレビを点けようとコントローラーを手に取った。高里が言う。

「火事があったそうです」

広瀬は高里を振り返った。

「……何？」

高里は坐《すわ》ったまま、顔を伏せている。

「先生のアパートです。ゆうべ……」

広瀬は慌《あわ》ててテレビを点けた。昼のニュースには少し早かった。

「何時ごろ？」

「深夜……三時かそのくらいだったそうです」

それならば朝刊には載《の》っていないだろう。何人、と訊きかけた言葉を広瀬は呑《の》み込んだ。それを高里に訊くのは酷だと思った。

トーストとコーヒーだけの昼食を用意した。それに手をつける前に、ニュースが始まった。

広瀬たちが昨日までいたアパートは今朝早く、午前三時前に出火して全焼していた。火元は一階の部屋で出火の原因はガス爆発《ばくはつ》。この火事で三人が死んだ。

見ているうちに目眩《めまい》がした。

――この徹底《てってい》的な報復。

おそらくは投石だか張り紙だかに対する報復なのだろう。当然予想できたことではあるが、それは広瀬を絶望的な気分にさせた。

一人死ぬごとに高里の道は閉ざされていく。騒《さわ》ぎが大きくなればなるほど、高里の居場所はなくなってしまう。

酷《ひど》い悪心《おしん》がした。高里に可能性は残されているのだろうか。この世で、せめて静かに平穏《へいおん》に生きていくことを許される可能性が、彼にはどのくらい残されているのだろう。

「申し訳ありません……」

「お前のせいじゃない」

いったい何度、こんなやりとりを繰《く》り返せばいいのだろう。

広瀬は部屋の中を見廻した。お前たち。守る、と言ったお前たち。白と赤の一対。お前たちには高里が、他《ほか》ならぬお前たちによって緩やかに殺されようとしているのが分からないのか。


高里はこの日、まったく喋《しゃべ》ろうとしなかった。話しかければ返事をしたが、それは到底会話に結びつかなかった。一心に微笑おうとしているようだが、その努力は少しも実を結んではいなかった。午後には後藤がやってきた。火災の事後処理については、彼に全部を委任することにした。

この日、夕方にもう一つ火事があった。その知らせを電話で伝えてきたのは、いつぞやの刑事だった。

高里の家が半焼した。近所の小学生による放火だった。三人の子供は高里の家から駆《か》け出すところを近所の人間に目撃《もくげき》されていた。彼らはすぐに捕《と》らえられ、放火の動機を語った。——家があったらそのうち帰って来ると思ったのだ、と。

彼らは高里が家に戻ることが恐《おそ》ろしかった。広瀬のアパートが燃えたニュースを見て、高里の家も燃えてしまえば彼が帰って来ることもないだろうと考えた。高里はその知らせを、何の反応も表さずに受けとめた。これの事後処理も後藤が代行してくれることになった。

その夜、広瀬は夜中に目を覚ました。理由もなく目覚めて、高里が広瀬の顔をじっと見ているのに気づいた。悲しそうな顔に見えた。声をかけてやりたかったが、ひどく眠《ねむ》くて声にならなかった。広瀬が眼《め》を開けたのに気づいたのか、高里は広瀬に向かって深く頭を下げた。明日起きたらどうしたのか訊いてみよう、と広瀬は思った。そう思って眼を閉じた。

──単なる夢《ゆめ》だったのかもしれない。

そしてそのニュースは昼、正午のニュース番組を見終わってテレビを消そうとした瞬《しゅん》間《かん》にテロップの形で飛び込んできた。

広瀬は立ち上がった。高里が悲鳴に似た声を上げた。その速報は学校が突《とつ》然《ぜん》倒《とう》壊《かい》したと伝えていた。

「行ってください」

高里は広瀬を見上げた。

「僕《ぼく》は行けませんから」

広瀬は頷き、部屋を飛び出した。エレベーターに飛び乗るまでの間、雲を踏《ふ》んで歩くような気がしていた。

月曜、昼。学校には生徒たちがいる。彼らは、準備室のメンバーは、教師たちは。無事でいてくれと祈《いの》るような気持ちで走った。エレベーターのドアが閉まるまで、ただそのことを祈り、下降を始めたとたんにふと昨夜見た夢を思い出した。

いままですっかり忘れていた。どうしてこんなときに思い出したのかよく分からなかった。いまから思い返してみると、夢だったのかどうか判然としない。考えているうちに一階に着いた。広瀬はマンションを駆け出し、そうして何気なく背後を振《ふ》り返った。

八階建ての建物が建っていた。屋上に向かって八層のベランダが並んでいる。

広瀬はふと、昨日の朝、高里をベランダで見たときのことを思い出した。

——何を考えているんだ、こんなときに。

広瀬は小走りに歩き出し、記憶《きおく》を振り払《はら》おうとしたができなかった。

高里はベランダに立って下を見ていた。そのときの何とも釈然としない気分が甦《よみがえ》った。下を見ていた高里の後ろ姿。伸《の》ばされた肘《ひじ》の線、力の入った肩《かた》の線、それは何かを暗示してはいないか。

——学校の屋上よりも高いなと思って。

学校の屋上に高里が足を踏み入れたはずがない。単に想像で言っただけだろう。高い場所に立って、不幸な同級生のことを思い出してしまったのに違《ちが》いない。

——それとも。

広瀬は舌打ちをした。

何かが不安で、不安で。身内を蝕《むしば》むように嫌《いや》な予感がする。踵《きびす》を返して振り返った。マンションに向かって戻る。いったん行動を起こしてしまうと不安だけに囚《とら》われた。広瀬は傷を庇《かば》うのも忘れて走り出した。

部屋に高里の姿は見えなかった。広瀬は窓辺に駆け寄る。ベランダに出る窓が内側から施錠《せじょう》されているのを見て安堵《あんど》した。

「高里？」

いないはずがない。

とっさにまさか屋上ではと思い、このマンションの屋上には出られないと十時が言っていたのを思い出した。

だとしたら、どこへ？

ふと思い至ったのは非常階段だった。非常口は内側から施錠されているが、中から外に出るぶんには何の造作もない。広瀬は身を翻《ひるがえ》した。

真《ま》っ直《す》ぐ四階の廊下を駆け抜《ぬ》けて、非常口をそっと押し開けた。とたんに風が激《はげ》しい勢いで巻く。その踊《おど》り場に高里の姿はなかった。できるだけ音がしないよう気をつけて扉《とびら》を放し、広瀬は手摺から身を乗り出して上を仰《あお》ぐ。そうしてそこで硬直《こうちょく》した。

最上階の踊り場に人影が見えた。

思わず声を上げそうになり、慌ててそれを呑み込む。異物が喉《のど》を通ったように激しい悪心がした。手摺を離《はな》れ、上へ向かう。金属製の階段は足を踏み出すと高い音がした。広瀬は靴《くつ》を脱《ぬ》ぐ。裸足《はだし》になって足音を殺し、可能な限りの速さで階段を駆け上がった。

四階ぶんの階段を息を殺して駆け上がれたのは我ながら驚嘆に値《あたい》した。祈りながら最後の階段に足をかけたとき、踊り場の手摺を摑《つか》んで下を見降ろしている高里の姿が目に入った。

手摺は低い。広瀬が声をかければ、その瞬間重心を傾《かたむ》けるだけで用が足りる。息を殺し足音を殺し、気配を殺していられるよう祈る。深く身を屈《かが》めて中程《なかほど》まで昇《のぼ》ったとき、高里が手摺を跨《また》いだ。

鼓動が振り切れた。残りの階段をどうやって駆け昇ったのか、広瀬は覚えていない。踊り場を震《ふる》わすほど激しい音がして我に返ったときには、高里の身体《からだ》は手摺の内側に転落していた。

「お前は……！」

何を言いたいのか自分でも分からなかった。広瀬の右手は高里の腕《うで》を掴んでいる。引きずり落としたのだと思い出した。

「お前は、どうして」

右手は動かなかった。踊り場に倒《たお》れたまま眼を見開いて広瀬を見上げている顔を左手で殴《なぐ》った。子供が癇癪《かんしゃく》を起こしたような手つきだと、自分でもそう思った。激昂《げっこう》するまま無抵抗《むていこう》の相手を打ってしがみついた。ここまで昇ってくることを選んだ心根が分かるから、絶対に飛び降りさせてはならないのだと思った。

「分かってください」

秘《ひそ》かな声がして広瀬は顔を上げた。歯の根が合わないほど震えていた。

「これしか、ないんです」

「嘘《うそ》だ」

組み敷《し》いた身体を引き起こした。硬直したまま動かない手で掴んだ腕を引きずる。

「先生」

ここに至って静かな声が悲しかった。その声が、ただ理性でもってここへ来たのだと告げている。

非常ドアに手を掛《か》けるとびくともしなかった。外から開ける手段のないことを思い出して、弱く抗《あらが》う腕を摑んだまま階段に足を乗せる。

「先生」

「お前が飛び降りたら俺《おれ》も飛び降りてやるからな」

とっさに口を突《つ》いた言葉だった。卑劣《ひれつ》な、これ以上ないほど卑劣な言葉だと思った。

手の中の腕が一瞬強《こわ》ばった。次いで広瀬のなすまま穏和《おとな》しく階段を降りてくる。

足が震えた。一段降りるごとに膝《ひざ》が砕《くだ》けそうな気がした。ようやくひとつ下の踊り場まで降りたとき、もう一度高里が広瀬を呼んだ。

「先生……」

その語調に変化を感じて広瀬は振り向く。高里はさっきまでいた踊り場を見上げていた。

そこに女が立っていた。

若い女だった。歳《とし》のころは二十かそこら、あるいはもっと下だろう。一瞬だけ、八階の住人が出てきたのだと思った。すぐに非常ドアが開く音がしなかったのを思い出す。ドアは重い金属でできている。開けるのはともかく、それを音もなく閉めるのはほとんど不可能事だと広瀬は知っている。

女は口を開いた。

「死んでは、いけません」

広瀬は女に向き直る。

「誰《だれ》だ」

女はその問いかけに返答をしなかった。

「あなたが死ねば、あの方も死にます」

誰なんだ、と広瀬が叫《さけ》ぶ前に高里が声を上げた。

「あなたは、誰なんですか」

彼女《かのじょ》はただ悲しそうに口を噤《つぐ》んだ。

「どういう意味です」

高里は声を上げる。

「何でもいいんです。知っているのなら教えてください。僕は何者なんですか。いったい、何が起こっているんですか。まわりにいるあれは、何なんですか」

彼女は痛ましそうな顔をした。

「思い出せないのなら、知らないほうがいいでしょう」

そう言って、彼女は非常ドアに手を掛ける。それは難なく外へ向かって開いた。

「さあ」

彼女は中を示す。広瀬は迷い、高里の腕を摑んだまま階段をもう一度昇った。女はドアを支えてじっとそこで待っている。広瀬たちが近づくと、彼女は身体を避《よ》けて彼《かれ》らを通した。そばを通ったとき、微《かす》かに潮のにおいがした。

広瀬は扉を潜《くぐ》り、そこで高里を中に突き飛ばした。よろめく彼に構わず扉を閉める。驚《おどろ》いたような女の顔が目の前だった。

「あんたは何者だ」

背を当てたドアを内側から叩《たた》く音がする。

「何者なんだ」

彼女は眼を伏《ふ》せ、それから眼を上げた。

「わたしはレンリン、です。それ以上は申し上げられません」

「それが名前か」

女は頷《うなず》いた。

「いったい、何が起こってるんだ」

彼女は首を振る。言えない、ということらしかった。

「奴《やつ》を救う方法があれば教えてくれないか」

広瀬の問いに、彼女はただ眼を伏せて応《こた》えた。広瀬は眼を閉じて溜息《ためいき》を落とした。

彼女は秘かな声で呟《つぶや》く。

「……こんなことになっているとは知りませんでした。彼らには大義《たいぎ》しか分からないのです。どうか、許してください」

広瀬には返答できない。言葉の意味をよく理解できなかった。

「彼ら？」

「白汕子《はくさんし》、ゴウラン」

あの連中のことだと、分かった。

「彼らが何だって？」

女は首を振った。広瀬の問いには答えず、

「逃《に》げてください」

広瀬は首をかしげた。彼女は真剣《しんけん》な眼を広瀬に向ける。

「エン王がお出ましになります。タイキは角を失《な》くしたので仕方ないんです。きっと大きな災異になります。どうか、彼を置いて逃げてください」

広瀬はとっさに腕を伸ばした。伸ばした腕の先から女が風に揺《ゆ》らぐ布のように身を引く。

「どういうことだ」

女は首を振った。

「どういうことなんだ！」

女はもう一度首を振り、そうしてその場で身を翻した。見えない何かに隠《かく》れるように、彼女の姿はその場から掻《か》き消えた。

4

広瀬は迷った末に学校に行くことを諦《あきら》めた。いまさら彼が駆《か》けつけたところで、できることは何もない。人一人助けられるわけではないだろう。だとしたら、高里のそばを離れることはできなかった。

「分かってください」

高里は繰《く》り返した。

「家に火を点《つ》けたのは子供なんです」

「黙《だま》れ」

広瀬は高里の手首を摑んで離さない。

「まだ小学生なんです」

広瀬は黙殺《もくさつ》する。これはエゴだ。そんなことは分かっている。

「死んではいけないと言われたろう」

「あの人は誰なんですか」

問われて広瀬はふと思い出した。

あの女はなぜ高里を知っている。なぜ白汕子を知っている。そう思い、白汕子の名前をそもそも杉崎に聞いたのを思い出す。

レンリンとかいうあの女は例の怪談断《かいだんばなし》に出てきた女だろうか？　だとしたら平仄《ひょうそく》が合いはしないか。女はなぜ麒麟《きりん》を捜《さが》している？　なぜ白汕子を捜している。どうして高里は彼女が捜しているものを知っているのだろう。

――むろん、高里と彼女にはつながりがあるのだ。

「レンリンだ。そう言ってた」

高里が広瀬を見返した。

「レン……リン？」

「白汕子とゴウランには大義しか分からないそうだ。だから許してくれって。逃げろ、と言ってた。エン王が出て来るから逃げろ、とさ。タイキが角を失くしたので仕方ないそうだ」

高里は眼《め》を見開き、それから考え込《こ》むように眼を伏せた。成功した、と広瀬は思った。取りあえず高里の注意を逸《そ》らすことには成功した。

ちょうどそのとき電話が鳴った。すぐに留守電に切り替《か》わる。十時が入れたメッセージのあとに、聞きたかった声が流れた。広瀬は受話器を摑んだ。

「後藤さん⁉」

高里が顔を上げて広瀬を見た。

受話器からは、後藤のいつも通りの声が聞こえた。

『ニュース、見たか?』

後藤はそう切り出した。

「見ました。でも、行っても何もできないから」

『その通りだ』

「無事だったんですね」

『俺がくたばるほど善人かよ。教頭の通達を無視して外に飯を食いに出てたんで助かった』

広瀬は息を吐《は》いた。しばらく声が出なかった。

『学校は酷《ひど》い有り様だ。中庭が沈《しず》んで建物が崩《くず》れた。ちょっとまだ被害《ひがい》の状況《じょうきょう》は分からん。本部棟《とう》の半分は無事だった。十時さんも無事だぜ』

広瀬は頷く。電話の向こうでサイレンや人の叫びが聞こえる。

『あとはまだ分からん。とにかく、電話が混んでるんでこれで切る。夜にもう一回、行くなり電話するなりすらぁ』

そう言って後藤の電話は切れた。

「無事だったんですか、後藤先生」

高里が広瀬の顔を覗《のぞ》き込む。

「ああ。十時さんも無事だそうだ」

言って広瀬はテレビを点けた。いきなり学校を上空から見た映像が映った。中庭が大きく陥没《かんぼつ》していた。周囲に建った建物はその穴に向けて落ち込むように崩れている。愕《がく》然《ぜん》とするほど被害は大きそうだった。

高里が息を呑《の》む。広瀬は強く、

「余計なことを考えるなよ」

「でも……」

「でもじゃない」

広瀬は強く言い捨てる。

「あそこでは多分たくさんの人間が死んでいる。一見悲惨《ひさん》なことに見えるが、実は死は死でしかない。一人の人間が死ぬことの意味が変わるわけじゃないんだ。他《ほか》にも大勢の生徒が死んだからといって、自分の子供が死んだ事実を慰《なぐさ》められるか？」

高里は俯《うつむ》いた。まったく納得《なっとく》した様子ではなかった。広瀬にしても自分が吐いた言葉は詭弁《きべん》にすぎないと知っている。

たった一人の人間のために巻き起こされた巨大《きょだい》な惨禍《さんか》。まるで転がるように小さな不和がもたらしたこのあまりに大きな災厄《さいやく》。広瀬は記憶《きおく》を探《さぐ》り、そもそも何が原因だったのか探ろうとした。少なくとも高里は長い間周囲から消極的に無視されることで安穏《あんのん》と

——この状態に較《くら》べればまさしく安穏と——していられた。それがいつの間に、こんな大きな局面を迎《むか》えたのか。

これだろうか？　あの女が言っていた「大きな災異」とはこれを指すのだろうか？

それでも、と広瀬は思う。それは高里のせいではない。彼の存在自体を否定する権利など誰にもない以上、全《すべ》ての惨禍の責任を彼に負わせることは断じてできない。ましてや、彼の死をもって償《つぐな》われるような、そんなことだけはあってはならない。

「謎《なぞと》解きはどうした」

広瀬は目を閉じてしまった高里を見る。

「思い出したいんじゃないのか。あの女が言ったことは重要な手掛かりだぞ」

高里は首を振《ふ》った。分からないということなのか、どうでもいいということなのかは判別できなかった。

「思い出したかったんだろう。絶対に忘れてはいけない約束《やくそく》を忘れた気がすると言ってたじゃないか」

高里の返答はない。

「レンリン、ゴウラン、エン王、タイキ、分からん言葉だらけだ。解説してくれ」

広瀬の挑発《ちょうはつ》めいた問いに高里は深く項垂《うなだ》れたまま声を零《こぼ》す。

「分かりません……」

「思い出せ。お前には分かるはずだ」

広瀬はスケッチブックを開いて鉛筆《えんぴつ》を持たせた。

「女は白汕子とゴウランと言ってたぞ。グリフィンはゴウランという名前なのか？　麒麟のことだと思ってたが」

「よく……分かりません」

高里には考える気がないのだと知れた。広瀬は溜息をつく。事態の収拾を望むなら高里の行動を黙認することが正しいのに違《ちが》いない。高里がこの地上から消えてなくなれば拡大するばかりの災厄も止まるだろう。だからといって黙認できるはずがない。

高里の気を逸らさなければ。何としても彼が解決に突進《とっしん》する前に彼を救う方法を探さなくては。

広瀬はテレビを切って高里に顔を上げさせた。言えなかった言葉をやっと言った。

「──お前は泰王《たいおう》だと思う」

高里が眼を見開いた。とっさに広瀬を振り仰《あお》ぐ。

「何……」

「白汕子に訊《き》かれたことがある。お前は王の敵か、と。連中が守っているのがお前なら、お前が王だ。王というのは泰王のことなんだろう」

高里は瞠目《どうもく》したまま、しばらく言葉を発しなかった。

「そうなんだろう、泰王」

「違います」

彼は反射の速度で言った。

「僕は泰王ではありません」

「高里」

そうでないはずがない。広瀬は丹念《たんねん》にそこへ思考が到達《とうたつ》した過程を説明する。それでも高里は首を横に振った。

「違います。絶対に違うと断言できます」

「どうして」

高里は頑《かたく》なに頭を振る。

「どうしても。そうでないことを僕は知っているんです」

「じゃあ、お前はいったい何者なんだ!?」

広瀬は思わず声を荒《あら》らげた。

「そうでなければどうしてあの連中がお前を守る？　契約《けいやく》とはそういうことなんだろう。何かの代償《だいしょう》にお前を守るという」

「違うんです」

もどかしげに高里は訴《うった》える。

「泰王は違う。僕《ぼく》ではないんです。あの方は……」

言いかけて高里はふいに言葉を呑み込んだ。

広瀬は腕《うで》を摑《つか》んでその顔を覗き込む。

「『あの方は』？」

覗き見た顔は呆然《ぼうぜん》としていた。

「高里？」

宙に浮《う》いた視線がゆっくりと広瀬に結びついた。

「あの方は、僕の主《あるじ》です」

「主？」

「どうして忘れていられたんだろう……」

高里が立ち上がった。窓に向かう。とっさに広瀬は腕を摑んだ。

「死にません」

高里は深い色の眼を向ける。

「僕は王に忠誠を誓《ちか》いました。御前を離《はな》れず、詔命《しょうめい》に背《そむ》かないという誓約《せいやく》です」

「……思い出したのか？」

高里は首を振った。淡《あわ》く切なげな微笑《わら》いが浮かんだ。

「思い出したのはそれだけです。……でも、これで充分《じゅうぶん》です」

そう硬《かた》い表情で言って彼《かれ》は窓のそばに立つ。ガラスに指を当ててじっと海を見据《みす》えた。

「決しておそばを離れないと誓ったのに」

失われた一年の間に交《か》わされた約束。忘れてはならない約束とはこのことか。

「王のおそばに戻《もど》らなければ」

切羽詰《せっぱつ》まった響《ひび》きに広瀬は顔を上げた。

「何とかして方法を探さないと」

「どんな約束にしろ」

なぜだか広瀬は自分が追い詰められている気がした。

「お前はこちらに戻ってきたんだ。泰王のそばを離れて。約束が反故《ほご》になったということなんじゃないのか？」

広瀬は捲《まく》し立てる。喋《しゃべ》れば喋るほど不安になった。

「王がお前を手放したのかもしれん。お前が王から逃げてきたのかもしれん。——きっと逃げて来たんだろう。そうでなきゃ、汕子たちがいるわけが分からん。奴《やつ》らは追って来たんだ、そうじゃないのか。レンリンとかいうあの女もそうだ。お前は逃げ出した世界から追われているんだ」

高里は驚《おどろ》いたように首を振る。

「ありえません」

「なぜ」

「僕が王のそばを自発的に離れるなんて、ありえません」

「どうしてそう言い切れるんだ」

広瀬は指を突《つ》きつける。そうしながら、どうして自分がこうまでむきになるのか理解できないでいた。

「奴らは追って来たんだ。だからお前のまわりで変事を起こす。お前がこちらにはいられないよう、足場を切り崩してしまうつもりなんだ」

高里は困惑《こんわく》したように首を傾《かたむ》ける。広瀬を覗き込むようにした。

「なぜいまになってそんなことを？　汕子《さんし》たちは守っているのだと言いました。そうでしょう？」

広瀬は口を噤《つぐ》む。確かに、そうだ。汕子たちは血迷った忠誠心で高里を守っているにすぎない。それも高里に対する忠誠心ではなく、泰王に対する忠誠心でもって。王は彼らに高里を守る責務を与《あた》えた。

「なぜ汕子は俺《おれ》に、王の敵かと訊いたんだろう」

高里は首をかしげる。

「……僕には分かりません」

泰王と高里とが主従の関係にあるのなら、当然利害は一致《いっち》する。高里の敵は即《すなわ》ち王の敵であると、奴らは考えたのだろう。

「……岩木が泰王の敵か？」

泰王があちらの王なら、こちらの岩木が敵たりうるはずがない。岩木も、その他の生徒も、誰《だれ》一人泰王の敵ではありえなかった。

──ああ、それで。

広瀬は深く嘆息《たんそく》する。それでレンリンは言ったわけだ。「彼らには大義しか分からない」と。あの連中にはこちらの人間が王の敵などではありえないことが分からないのだ。ただひたすら、高里の敵を即ち王の敵であると盲信《もうしん》して排除《はいじょ》する。

「くだらない……」

誤解なのだ。まったくの過《あやま》ちでしかなかった。

「なんて、くだらない」

高里は黙《だま》って広瀬を見ていた。

5

夜には後藤がやって来た。海の上には疵《きず》のように細い月が出ていた。風が強い。雲が走るように流れ始めた。

「後藤さん、学校はどうですか」

後藤は渋面《じゅうめん》を作った。

「中庭に出てた連中は全滅《ぜんめつ》だ」

高里は自分が害されたように眼《め》を閉じた。

「クラス棟、特別教室棟は大破。クラブ棟にいた連中と、体育館で進路指導のオリエンテーションを受けていた連中は無事だった」

「じゃ、橋上は」

「無事だ」

「野末と杉崎、築城《ついき》は」

後藤は首を振った。

「まだ見つかってねえ。生きてるのも、死んでるのもな。とにかく、いま必死で救出作業をやってるが、どうやら台風でも来ている様子でな。下手をすると今夜は適当なところで打ち切りになるかもしれん」

台風が来るなんて予報はなかったんだが、と後藤は苦く微笑う。目許《めもと》に疲労《ひろう》の色が濃《こ》かった。

テレビのニュース番組では崩壊《ほうかい》した学校の風景が映し出されていた。ヘリコプターで上空から撮影《さつえい》したらしく、煌々《こうこう》とした照明に照らされた瓦礫《がれき》は濃い陰影を刻んで緩《ゆる》やかに画面を回転している。救出作業は強風の中、いまも続けられているようだった。中庭に面した建物は完全に瓦解している。クラス棟の半分が折れてひしゃげ、特別教室棟も三分の一が崩壊していた。六組の教室があったはずの場所も、化学準備室があったはずの場所も踏《ふ》み潰《つぶ》されたようにひしゃげてしまっている。上階の天井が床《ゆか》まで落ちて、わずかに開いた間隙《かんげき》から瓦礫が外にはみ出していた。残された部分も辛《かろ》うじて原形を留《とど》めているにすぎない。

教室にいた生徒に、望みはほとんど残されていないだろう。準備室の状況は少しはましだが、あそこには化学薬品が棚《たな》いっぱいある。

画面が切り替《か》わって負傷者の名前が流れ始めた。膨大《ぼうだい》な軽傷者の列。それよりは若干《じゃっかん》少ない重傷者の列。さらに少ない死者の列。それでもその数は三十を超《こ》えた。行方《ゆくえ》不明者はさらにその三倍を数えた。

広瀬は呻《うめ》いた。その原因が高里に対する迫害《はくがい》にあることは疑いがない。本部棟は半分が瓦解していた。形骸《けいがい》になり果てた部分には校長室があり、そこでは校長、教頭を含《ふく》む数人の役員で会議が行われている最中だった。

だが、この事故で死んだほとんどの生徒は単なる巻き添《ぞ》えにすぎなかったのだ。愚《おろ》かな盲信のために失われた膨大な生命。報復などまったく必要ではなかったのに。

まさしく、連中は血に酔《よ》って度を忘れたように見える。あるいは、何かの事情で変化が訪《おとず》れたのか——。

呆然と画面に見入っていると高里がふと窓を振《ふ》り向いた。じっと窓を見つめる。窓の外では低く垂れ込《こ》めた雲が目眩《めまい》のするような速度で動いていた。

「高里？」

ふいに立ち上がった彼に声をかける。高里は窓に近寄ってガラスに手を当てた。

「どうした？」

高里は窓を開ける。とたんに温《ぬる》い湿《しめ》った風が部屋の中に強く吹《ふ》き込んできた。部屋の空気がじっとりと濡《ぬ》れる。いまにも水滴《すいてき》になって滴《したた》りそうな風の中に広瀬は何かの音を聞いた。

耳をそばだてる。荒《すさ》ぶ風の中に何かの声が弱く切れ切れに混じっていた。どこか遠く。遠くから強い風に乗って微《かす》かに届けられた何かを叫《おら》ぶ声。

「……何だ」

高里はじっとその声に聞き入る。海の果てから厚い雲が押《お》し寄せる。広瀬もまた懸命《けんめい》に音を拾い、そうしてそこに呼ぶ声を聞き取った。

広瀬は高里を振り返る。何かが高里を呼んでいる。それは海の果てから、あるいは海底の奥底《おくそこ》から声を限りに呼んでいた。

後藤が不審《ふしん》げな声を漏《も》らした。

「何か……声が聞こえないか？」

突然、高里が踵《きびす》を返した。小走りに窓辺を離れて部屋を出て行こうとする。広瀬は追う。玄関《げんかん》でその腕を捕《つか》まえた。

「出るんじゃない」

手の中の腕が抗《あらが》う。

「呼んでるんです」

「風の音だ」

高里がドアを開けると、風が大きくうねって流れた。窓から戸口へと音を立てて走っていく。その風にも微かに声が混じった。

「僕を呼んでるんです」

広瀬は高里を捕《と》らえたままドアに手を伸《の》ばす。閉めようとする手を高里が遮《さえぎ》る。

「行かなくちゃ」

「風のせいだ」

高里は頭を振る。

「電線か何かが唸《うな》る音だ」

「声、です。呼んでいるんです」

「海鳴りだ」

手の中の腕がひときわ大きく抵抗《ていこう》した。広瀬を振り切る。

「声なんかじゃない、高里！」

大きく風が逆巻いた。高里が滑《すべ》り出てドアが閉じた。

「……広瀬？」

何かに搦《から》め捕《と》られたようにドアを見つめていた広瀬は後藤の声で我に返った。

「おい、広瀬。どうしたんだ？」

広瀬は玄関を飛び出しながら叫《さけ》んだ。

「ここにいてください」

「ここに、って、おい、広瀬！」

6

広瀬は走る。エレベーターまで駆《か》け寄って、すでにケージが下降しているのを見て取った。慌《あわ》てて階段を駆け降りる。マンションを駆け出して、建物の前で左右を見渡《みわた》した。傷のせいで時間を取った。高里の姿は見えなかった。

——どこへ行った？

高里を呼ぶ声。それだけが手掛《てが》かりになりうるものだった。広瀬は海に向かって走り出す。強い風が海から吹きつけていた。大気の中に何かの力が漲《みなぎ》っているのが分かった。走りながら、小走りに歩きながら堤防《ていぼう》へ辿《たど》り着いたころには足許を掬《すく》われるほどの風になっていた。雨が混じり始めた。細い雨滴は針のように肌《はだ》を刺《さ》した。

広瀬は堤防沿いに駆け、浜《はま》と左右とを見比べる。風上に向かっては眼を開けていられない。腕で顔を覆《おお》いながら、真っ暗な浜に人影《ひとかげ》を捜《さが》す。足が縺《もつ》れるほど走って、ようやく浜辺に人影を見つけた。

堤防を飛び降りた。砂と風に足を取られながら走って、汀《みぎわ》に立った高里を捕まえた。

高里は驚愕《きょうがく》を露《あら》わにする。

「先生」

「どういうことなんだ」

腕を捕らえる広瀬を押し戻そうとする。

「部屋に戻ってください」

「戻るのはお前だ。危険だろうが」

波頭《はとう》はちぎれて飛沫《ひまつ》が高く舞《ま》い上がっていた。

「危険です。だから、戻ってください」

「お前も戻るんだ」

雨で滑る腕を強く引く。高里は首を振った。

「お願いですから部屋に戻ってください。僕《ぼく》は自分がなぜ呼ばれるのか、知らなければならないんです」

黙って腕を引いた。さして強く引いたわけではなかったが、海から吹きつける風が広瀬に味方をした。

「どうしてあんなにたくさんの人が死ななければならなかったんですか!」

「考えても仕方がない」

「いったい何が起こっているんですか。いったい何のためにあんなに多くの血が流されたんです。このままじゃ納得《なっとく》することなんてできない!」

納得できないのは広瀬も同様だった。それでもこの場に高里を置いて去ることはできなかった。危険だからなのではない、と広瀬は自覚している。汕子たちがいる。どんな状況《じょうきょう》からも連中は高里を守るだろう。分かっていてなお、もっと違《ちが》った種類の不安で広瀬には高里を解放することができなかった。

腕を掴《つか》んだ手に力を込める。この手を放したら、堪《た》えがたいことが起こる。そんな予感が強くする。

遮二無二《しゃにむに》腕を引いたとき、突然《とつぜん》声をかけられた。

「その手を放して、逃《に》げてください」

声のしたほうを振り返る。吹きつけた雨が顔を叩《たた》いた。女が立っていた。

「あんたは」

彼女《かのじょ》は広瀬に向かって訴《うった》える。

「どうか、逃げてください。まもなく王がお出ましになります」

「どういうことだ」

彼女は首を振る。長い髪《かみ》が風に攫《さら》われて躍《おど》った。

「水害になります。王がお渡りになるので仕方ないのです。どうか、彼《かれ》を放して少しでも高いところに逃げてください」

「ふざけたことを」

「どうか」

言って女の身体《からだ》が歪《ゆが》んだ。それは歪んだとしか言いようがなかった。ふいに歪み、輪《りん》郭《かく》が熔《と》ける。熔けた塊《かたまり》が伸びた。燐光《りんこう》が浮《う》かぶ。何かがくるりと裏返った様に似ていた。一頭の獣《けもの》が姿を現していた。

風雨のせいで視野が濁《にご》る。淡《あわ》く浮かんだ燐光がさらに姿を霞《かす》ませた。それでもそれが雌《し》黄《おう》の毛《け》並《な》みを持っているのが分かる。背は複雑な色の燐光を放っている。馬のように蹄《ひづめ》を持ち、金の鬣《たてがみ》を持っていた。

その獣は何かを語りかけるように高里を見つめると、緩やかに飛翔《ひしょう》して天へ舞い上がった。風雨をまるで感じていないように海へ向かって駆け上がり、雨が降ろした幄《とばり》の奥へ溶《と》け入るように消えていった。

しばらくの間、声が出なかった。一層強くなった風に押されて蹈鞴《たたら》を踏み、我に返った。いまのは何だったんだ、と訊《き》こうとして向けた視線の先でも、高里が呆然《ぼうぜん》と立ちつくしている。

「高里」

呼んだ声に反応はなかった。強く呼んだ。それでも彼は振り返らなかった。獣が消えたほうに視線を向けたまま唇《くちびる》が動いた。

「思い出した」

彼は微笑《わら》った。

「……思い出した」

呟《つぶや》くように言って高里は深く眼を閉じる。

「僕は、人では、ないんです」

彼はその言葉をさも幸福なことを発見したかのように言った。

「高里──?」

彼はようやく広瀬を見た。

「タイキというのは、僕の名前です。泰麒──泰王《たいおう》の麒麟《きりん》」

「……何を言い出す」

高里は柔《やわ》らかな笑《え》みを浮かべて広瀬を真《ま》っ直《す》ぐに見た。

「僕は人じゃない。麒麟なんです」

「馬鹿《ばか》なことを言うんじゃない」

とっさに沸《わ》き上がってきたのは、怒《いか》りだった。そんなことは認められない。自然、荒《あら》い語気になった。

「お前は人間だ」

どうしてなのか分からない。なぜだか憤《いきどお》ろしくて、平静でいることができなかった。

高里は静かに首を振る。

「麒麟なんです。泰王は僕の主《あるじ》です。白汕子《はくさんし》は僕を迎《むか》えに廉麟《れんりん》が遣《つか》わした人妖《にんよう》で、以来傲濫《ごうらん》とともに僕の守護を務めています」

「廉……麟」

高里は頷《うなず》く。

「十二の王がいて十二の麒麟がいます。廉麟は廉王《れんおう》の麟。延王《えんおう》には延麒《えんき》」

馬鹿な、と思わず広瀬は叫んでいた。

「馬鹿な。ありえない！」

高里はただ広瀬を見返した。

「麒麟だって？　獣だって？　お前が？　人の姿をしているじゃないか。ちゃんと両親がいただろう。人から獣は生まれない。そんなことはありえない」

「僕は胎果《たいか》です」

「タイカ……？」

問い返す声に高里は頷く。

「そもそもこちらの生き物ではないんです。誤ってこちら側に落ちて人のお腹《なか》に宿った……。それを胎果と」

「ありえない」

ニべもない物言いに高里は悲しげな顔をする。

「麒麟だと言うのなら、お前も化けてみせてくれ」

高里は首を振る。

「角を失ってしまったので、それはできません。だから、自力で帰ることもできない」

帰る、という単語が胸を刺した。

「帰る――？」

高里は頷いた。

「戻《もど》らなければなりません。戻って王をお助けしないと。僕は記憶《きおく》を失《な》くしたために恐《おそ》ろしいほど時間を無駄《むだ》にしました」

「戻る……じゃないだろう？」

何かに追われている気がした。捕まることは堪えられない。逃げるために広瀬はただ喋《しゃべ》り続ける。

「お前は人間だ。もともと何だろうと、いまは人間だろう。この世に生を享《う》けてここに存在している。いったんは向こうへ行ったが、結局戻ってきた。お前は……こちらに戻ってきたんだ」

高里は首を振《ふ》った。

「戻ってきたわけではありません。これは事故なんです」

広瀬は何かを怒鳴《どな》りたくて口を開いたが、言うべき言葉が見つからなかった。

「ありえない」

繰《く》り返した言葉は覇気《はき》を欠いた。自分でも駄々《だだ》を捏《こ》ねているだけだと分かっていた。

「僕は戻らなくてはなりません」

「どうやって」

「迎えが来ます」

細い強い雨滴が広瀬の身体を打つ。肌に張りついた服の上を流れ落ちていく。高い波が打ち寄せて広瀬の足許《あしもと》を崩《くず》した。

「……延王か」

高里は頷く。

「はい。ここに延王がお出ましになるというからには、水の害が起こります。どうか、部屋に戻ってください」

高里が岸を示したが、広瀬はそこを動かなかった。動くことができなかった。

高里が戻ることは彼にとってもこの世界にとっても、いいことであるのに違いない。高里はそれを望んでいた。この世もそれを望んでいたはずだ。だとしたら微笑って見送るべきだろう。

そう思ってもなお、広瀬にはその場を動くことができなかった。雨と風とに曝《さら》されながらじっとその場に立ちつくしている。

「お願いです」

やはり身動きすることはできなかった。風と雨とを避《さ》けて俯《うつむ》いた足許にはいつの間にか波が追い縋《すが》ってきていた。砕《くだ》けた飛沫が眼《め》に沁《し》みる。――背後で何かの気配がしたのはそのときだった。

振り返ってみると、すぐ間近に人の顔があった。とっさに声を上げて高里の横に飛び退《すさ》る。頭髪のない白い首。――死体に見えたそれは、つい先日見たあの顔だった。いつの間にか死人の群れが広瀬の背後まで迫《せま》っていたのだった。

一昨日の夜とは反対に、群れは堤防のほうからやってきた。連中はいまにも崩れそうな姿勢でゆっくりと歩いてくる。広瀬たちのそばまで来ると、頭を下げるように身を屈《かが》め、そうしてその場に手を突《つ》いた。腹這《はらば》いになると亀《かめ》のように四肢《しし》を動かして踊《おど》る波頭の中に分け入り、そうして海へ帰っていく。群れの全《すべ》てが波の中に消えるまでいくらの時間もかからなかった。

広瀬は大きく安堵《あんど》の息をつく。そうして何気なく見廻《みまわ》した浜の遠くで、雨に霞んで大きな獣が蠢《うごめ》いているのを見つけた。牛ほどもある獣だった。どんな姿をしているのかはよく見えない。反射的に周囲を見廻すと、いつの間にか浜は得体の知れない生き物の坩堝《るつぼ》と化していた。あちらにもこちらにも風雨と闇《やみ》とに溶《と》け入るようにして蠢く姿がある。そのどれもが恐ろしく歪んだ姿をしていた。

とっさに高里の腕《うで》を摑《つか》んだ。摑んだ腕を引いてその場を逃げようとする。手の中の腕が強く抗《あらが》った。

「先生」

「逃げるんだ」

「……そんな必要はありません。彼らは危害を加えません。彼らも帰っていくんです」

なぜだか言葉が深く胸を抉《えぐ》った。反射的に高里の腕を渾身《こんしん》の力で引いていた。

「先生！」

その場に踏《ふ》み留まろうとする身体を強引に引きずる。

「お願いです、放してください」

広瀬は無言で腕を引く。足を縺《もつ》れさせて転んだ高里を引きずり起こして堤防《ていぼう》に向かう。突然、その足許が大きく崩れた。海から吹《ふ》きつける風よりも濃《こ》く足許で潮のにおいがした。

——潮のにおい。

気がつくと足を引いていた。赤い軌跡が爪先《つまさき》を掠《かす》める。その一撃《いちげき》を避けることができたのは奇蹟《きせき》に等しかった。

砂の中から赤い獣が頭を覗《のぞ》かせた。さらに退《さが》ろうとした広瀬の足を強い力でその場に繋《つな》ぎ止めたのは、砂の中から突き出された白い女の手だった。

——高里を妨《さまた》げてはならなかったのだ。

絶望的な気分でそう思った。高里に危害を加えてはならない。傷つけてはならない。その意図を妨げてはならない。高里が行くと言うのなら、黙《だま》ってそれを見守らなければならない。さもなくば、必ず報復があるだろう。

砂の中から半身を乗り出した女は両腕を広瀬の足に絡《から》めていた。振り解《ほど》くことはおろか、もはや動かすことさえできなかった。赤い獣は砂の中から完全に姿を現した。あの爪《つめ》は広瀬をたやすく切り裂《さ》き、あの顎《あご》は簡単に広瀬を噛《か》み砕くだろう。

「傲濫《ごうらん》」

強い声が響《ひび》いた。いつの間にか広瀬と獣の間に高里が立っていた。

「やめなさい。この人は敵ではない」

赤い獣が逡巡《しゅんじゅん》するように頭を揺《ゆ》らす。

「汕子も、離《はな》しなさい。そんなことをする必要はない」

広瀬の足に巻きついた腕の力は緩《ゆる》まない。傲濫と呼ばれた赤い獣も深く身構えたまま歯列を剝《む》き出している。

「この人は敵じゃない。助けてくれた人だ。分かるだろう？」

いささかの時間ののち、広瀬の足に巻き付いた腕が緩んだ。即座にその手を振り解き、広瀬は二歩だけその場を退る。汕子と呼ばれた者も、傲濫と呼ばれた獣も何かを迷う様子が明らかだった。獣はいまもガチガチと歯列を小さく鳴らしている。

「傲濫、やめなさい」

もう一度命じて高里はその場に膝《ひざ》を突く。腕を獣に向けて伸《の》ばした。

「どうした？　分別を失くしたのか？」

傲濫はわずかに身を引くと、やがて大きな頭を垂れた。血膿《ちうみ》の色の頭を高里の手の下に差し出す。高里はそっと手を置いた。傲濫が身を寄せると高里はその頭をやんわりと抱《だ》き込んだ。

汕子が砂から這い出て深く頭を下げた。汕子が頭を向けているのは広瀬のほうだった。他《ほか》ならぬ自分に頭を下げているのだと知って広瀬は愕然《がくぜん》とする。

高里が広瀬を振り返った。まぎれもなく人の形をした彼は異形《いぎょう》の獣を抱いている。その姿に広瀬は言葉を失くした。

広瀬と高里は違《ちが》う、と後藤は言った。広瀬も漠然《ばくぜん》とそれを認めていた。それでも——この世の者とこの世のものでない者と。こんなに深い差異があるとは思わなかった。

不安の実体を摑んだと思った。この差異を確認することが怖《こわ》かった。広瀬を自分でも理解できない行動に駆《か》り立てていたものの正体——。

いつの間にか波が足許まで押《お》し寄せていた。泡立《あわだ》った波頭が足の下の砂を勢いよく攫《さら》っていく。

高里が立ち上がった。真っ直ぐな視線が広瀬を見る。赤と白の異形が雨に溶けるように姿を消した。

「逃げてください。少しでも高い所へ」

広瀬にはその場を動くことができない。低く言葉を零《こぼ》した。

「……この世界に未練はないのか？」

高里は広瀬を見た。一瞬《いっしゅん》の間だけ何か言いたげにして眼を伏《ふ》せる。

「……それでも戻らなければならないんです」

「行くな」

思わず口を突いた。

「どうして戻る必要があるんだ。戻ることなんか、ない」

高里は首を振った。

「もう……この世のどこにも、僕《ぼく》のいる場所はないんです」

「居場所が必要なら作ってやる。——行くな」

高里はただ首を振る。

「じゃあ、俺《おれ》は？」

広瀬は手を伸ばした。伸ばした手を雨が叩《たた》く。冷えた身体《からだ》が足許まで震《ふる》えた。

「高里、俺は？」

「これ以上、先生を巻き込むことはできません」

広瀬は伸ばした手で高里の腕を摑んだ。

「……俺を置いて行くのか」

高里が眼を見開いた。広瀬は顔を歪《ゆが》める。高里は気がついたのだ、と思った。広瀬の汚《きたな》いエゴに気づいた。

彼はしばらく広瀬をただ見返し、それから眼を閉じて悲しいばかりの溜息《ためいき》を落とした。零された深い悲嘆《ひたん》を風が千にも引きちぎっていく。

もはや広瀬には、どんな顔も取り繕《つくろ》うことができなかった。人は人であること自体がこれほど汚い。広瀬は高里の腕を握《にぎ》る。渾身の力でそれに縋った。

「——俺は戻れない！　なのに俺を置いて、お前だけが帰るのか⁉」

彼は眼を閉じたままだった。濡《ぬ》れた髪《かみ》を風が巻き上げて瞼《まぶた》に打ちつけていった。

「お前だけが帰るのか、高里！」

——分かります、と。

そう言ったのは高里だった。後藤は広瀬にならば高里が理解できるはずだと言った。理解はできた。広瀬は高里の唯一《ゆいいつ》の理解者だったろう。そして同時に、高里は広瀬の唯一の理解者だったのだ。

「お前だけが故国に迎えられて」

同じように故国を失くして、この地上に桎梏《しっこく》で繋ぎ止められて。故国をただ語り偲《しの》ぶことしかできない異邦人《いほうじん》のわずか一人の同胞《どうほう》。

「じゃあ、俺は？　ここに独りで残される俺は？」

真実が露呈《ろてい》した。もはや真意を虚飾《かざ》るどんな言葉も広瀬は持たない。

「どうしてお前だけなんだ！」

救いたいと思った。それは紛《まぎ》れもなく真実だった。平穏《へいおん》な未来を歩ませてやりたかった。そのためにできるだけのことをしてやりたかった。それはいまも変わらない。それでもその陰《かげ》に、故国に迎えられる高里に対する醜《みにく》いばかりの嫉妬《しっと》がある。

——人が人であることは、こんなにも汚い。

広瀬の腕から力が抜《ぬ》けた。解き放たれた手で高里は顔を覆《おお》った。浄《きよ》いばかりの高里には理解できまい。広瀬だってずっと帰りたかったのだ。高里は片手で顔を覆ったまままもう一方の手を横に上げた。広瀬に命じるように指が岸を示していた。

「行ってください」

「高里」

彼《かれ》は顔を上げた。強い視線が広瀬を貫いた。

「あなたは行って、この世界で生きなければならない」

頑是《がんぜ》なく口を開こうとした広瀬を、ただ首を振って制した。

「行ってください。あなたは、人なのだから」

広瀬は項垂《うなだ》れた。

――分かっている。広瀬は選ばれなかったのだ。まさしく、この不浄《ふじょう》のために選ばれることができなかったのだ。

その場から動けない広瀬を高里が押し出す。その力に押されて広瀬は歩き始めた。海から押し寄せた風雨が叩くように背中を押した。

帰したくなかった。自分が帰れないのなら、せめて誰《だれ》もが帰れないままでいてほしかった。

人は誰も何かしら異端《いたん》だ。身体の欠けた者、心の欠けた者、そんなふうに誰もが異端だ。異端者は郷里の夢《ゆめ》を見る。虚《むな》しい愚《おろ》かな、けれども甘《あま》い夢だ。

広瀬が「帰りたい」と呟《つぶや》くのは世迷《よま》い言《ごと》にすぎなかったが、高里には全身全霊《ぜんれい》でそれを叫《さけ》ぶ権利があった。彼は帰る世界を持ち、広瀬は帰る世界を持たない。

高里が人であるか否《いな》かは広瀬にとってどうでもいいことだった。高里はそもそも異端であり、広瀬は彼ほど異端にはなれなかった。まさしく人間でしかありえなかった。

だから――彼は選ばれ、広瀬は選ばれることができない。彼は帰還《きかん》し、広瀬はこの世に縫《ぬ》い止められる。広瀬が帰る世界など、どこにもありはしないのだ。

堤防の上から見降ろすと高里が広瀬を見守っていた。広瀬は立ち止まる。高里が広瀬の背後を示した。

広瀬は足を引きずるようにして歩き始めた。走る気にはなれなかった。生きることも死ぬことも、全部がどうでもいいことに思えた。足が萎《な》えて膝を突きそうになったとき、追い風に押されて微《かす》かに声が届いた。

「――山に……ってください」

広瀬は振り返った。高里がじっと彼を見ていた。広瀬は沸騰《ふっとう》する波頭を背に立つ姿に見入る。彼は同じことをもう一度叫んだ。

頷《うなず》いた。

高里が深く、深く頭を下げた。

広瀬はもう一度、頷く。頷いて、今度は路面を洗う雨の中を小走りに歩き始めた。風が吹き寄せる。それに押され、やがて広瀬は駆け出した。

——その日近隣《きんりん》を襲《おそ》った高潮は、付近一帯を呑《の》み込んで二百名あまりの死者、行方《ゆくえ》不明者を出した。

それ以後、風の強い日に海岸へ行くのは禁忌《きんき》になった。水底から死体が打ち寄せられるからだった。

五日、十日と経《た》つうちに行方不明者の長いリストが一行ずつ消されていって、死者の長いリストが書き加えられていったが、一カ月を過ぎても消されずに残る名前があった。

その名前は台風の季節が過ぎ、霜《しも》の降る季節になっても消されないままぽつねんと残されていた。

——ただ、一人だけ。

積水《せきすい》　極《きわ》む可《べ》からず
安《いずく》んぞ滄海《そうかい》の東を知らんや
九州　何処《いずこ》か遠き
万里《ばんり》　空《くう》に乗ずるが若《ごと》し
国に向かっては惟《た》だ日を看《み》
帰帆《きはん》は但《た》だ風に信《まか》すのみ
鼇身《ごうしん》　天に映《えい》じて黒く
魚眼　波を射て紅《くれない》なり
郷樹《きょうじゅ》　扶桑《ふそう》の外《そと》
主人　孤島《ことう》の中《うち》
別離《べつり》　方《まさ》に異域
音信《いんしん》　若為《いかんし》てか通ぜん

解説

菊地秀行

これまで、欧米《おうべい》に比して、あまりにも非力を通してきた本邦《ほんぽう》ホラー小説の分野にも、ようやく強力な新兵器が誕生《たんじょう》しつつあるようだ。

面白いことに、世の風潮に合っているのか女流の活躍《かつやく》が殊《こと》にいちじるしい。

本書『魔性の子』の作者＝小野不由美氏は、そのホラー戦線の最前線に颯爽《さっそう》と登場した、最《もっと》も活《い》きのいい新鋭《しんえい》といえるだろう。

新潮ファンタジーノベル・シリーズの一冊として出版されるものの、本書は濃厚《のうこう》なホラーの香《かお》りを漂《ただよ》わせ、しかも、——後で触《ふ》れるが——ファンタジーの矜持《きょうじ》も失っていない、見事なミックスド・ノベルなのである。

母校に教生としてやって来た広瀬は、自分と幾《いく》つも離《はな》れていない生徒たちの中に不思議な印象の若者を発見する。

高里というこの若者は、どこか、みなといるのが場《ば》違《ちが》いな、いや、この世界にいること自体が不可解に思える存在だった。

広瀬は彼に興味を持つが、やがて、奇怪な事実に気づくことになる。高里に反抗したり、喧嘩《けんか》を売ったりしたものは、ことごとく、〝報復〟ともいうべき不慮《ふりょ》の事故に遭遇するのである。その原因は、どうやら、高里が体験した一年間の「神隠《かみかく》し」にあるらしい。必死に真相に近づこうとあがく広瀬の見ている前で、ついに死者が出た。

それでも、広瀬は高里を見捨てても、攻撃《こうげき》もしない。彼自身、似たような秘密を有しているからだ。あたかも、奇妙な娘と獣《けもの》とが、跳梁《ちょうりょう》を開始した頃《ころ》である……。

「神隠し」――なんという魅力的《みりょくてき》な題材だろう。

ある日、忽然《こつぜん》と消え去った人物が、やはり、同じ状況《じょうきょう》で誰《だれ》にも知られず現われる。その間、彼（彼女）は何をしていたのか？

これに、謎《なぞ》めいた脇役《わきやく》や怪現象が絡《から》めば、天下無敵である。こう書いているだけで、背筋がゾクゾクしてくる。このテーマを選んだこと自体が、著者の幻想文芸に対するセンスの良さの証明であろう。

主人公・高里の身辺で次々と起こる級友の負傷と死――これは物語の進行につれて、徐々に凄惨強烈《せいさんきょうれつ》なものとなる。書きようによっては、いくらでも派手なアクションが可能な筋立てなのに、著者の興味はそこにはない。

『魔性の子』は、人間の精神の暗部を捉《とら》えたことでも珍《めずら》しい作品である。

次第次第に孤独《こどく》に陥《おちい》り、世界から切り離されていく主人公。彼を罵倒《ばとう》し、傷つけ、それが不可能となるや即座に追従し、最後には殺意すら抱く人々。両者のエゴイズムの追求に、著者は手をゆるめない。女性らしい細《こま》やかな情景描写《びょうしゃ》に連動する心理描写は、間違って、戻《もど》ってきてしまった主人公・高里の孤独をよく浮き彫《ぼ》りにしている。

我々は誰でも、ふと、夜半に眼醒《めざ》め、猛烈《もうれつ》な孤独に身を苛《さいな》まれた経験を持つだろう。そのときの思考＝精神《こころ》の声は、

どうして、自分はこんなところにいるんだろう

の筈《はず》である。

すなわち、我々は間違った場所にいるのだ。もし、それが他者の意志によるものなら、人間は永劫《えいごう》の流刑囚《るけいしゆう》――流され人《びと》なのである。〝さまよえるオランダ人《フライング・ダッチマン》〟は、とどまるべき陸地をついに見つけられないが、我々の場合は、何とか我慢《がまん》してしまったりするだけ、もっと始末が悪いといえるだろう。

友人から、隣人《りんじん》から、父から、弟から――とどめとばかり、生みの母親からも疎外《そがい》され、殺意すら抱かれた高里の孤愁《こしゆう》は、すなわち、我々の絶望でもある。本当は何処《どこ》かに、安住の地があるのではないだろうか。この世界はすべて誤りであり、自分の記憶の隅《すみ》の

暗黒には、本来属すべきシャングリ・ラの断片が、ひっそりと息づいているのではなかろうか。

それを知らないままに終わるなら、まだ救われる。だが、知ってしまった者は？

――本作の冒頭《ぼうとう》に描《えが》かれる、それこそ夢のように美しく瑞々《みずみず》しい世界を眼《ま》のあたりにし、記憶の層の最深部に引き止めている者は、いつまでも、この世界の桎梏《しっこく》から解放されることはない。

高里の周囲に異形の少女や獣たちが現われ、無惨な殺戮《さつりく》が繰《く》り広げられていく。読者のためにいちいち紹介はしないが、初回の転倒圧死よりも二度目の集団飛び下り自殺、二度目よりも三度目と、スケール・アップしていく大殺戮の恐怖《きょうふ》を平然と（女性とは怖いものだ）描破しながらも、スプラッター描写に陥らず（ちゃんと入ってるけれども）、ホラー・タッチの戦慄《せんりつ》とファンタジーの品位とを見事に両立させ得たのは、主人公を通して我々の存在の根源的な不安定さを追求し抜《ぬ》く著者の姿勢によるものだ。

その意味で、これは、主人公よりも読者たる我々にとって哀《かな》しい小説である。

いるべきでない世界に暮していることを知りながら、そして、生きるべき世界があることを突《つ》き止めながら、決してそこへは戻れないと思い知らされてしまうからだ。

著者に訊《たず》ねたいと思う。

私たちは、何処へ行けばいいのか、と。

オカルトや超常現象に興味のない読者のためにつけ加えておくと、神隠しとは、昭和三〇年代くらいまでは日本のあちこちに存在していた現象である。ある日突然、何の前触れもなく人間が消えてしまい、ある期間をおいて帰ってくるものもいれば、それきりになる場合も多い。

今なら人間蒸発が該当《がいとう》するか。大抵は現代社会のストレスが原因で、発見される率も、いわゆる「神隠し」よりは多いだろうが、うち幾つかは、本当に超自然的な力が働いているのかも知れない。

有名な例では、寛延《かんえん》年間（一七四八〜五一）に、近江《おうみ》の商人が自宅の便所へ入ったきり、いつまで経《た》っても出てこない。待たされていた下女が怪《あや》しみ、人を呼んで開けると、主人は匆然と消滅《しょうめつ》していた。

これは後日談があり、それから二〇年後、同じ便所から人を呼ぶ声がする。あわてて駆《か》けつけると、本人が失踪《しっそう》時と同じ恰好《かっこう》でしゃがみ込《こ》んでいた。二〇年間、何処で何をしていたのか、家人が訊《き》いてもわからんというばかり、髪《かみ》の毛も真っ白に変わり、食事をしている間に、着物だけが埃《ほこり》となって崩《くず》れ去ったという。この男の身辺で以後、続々と怪事がつづき——とこうくれば面白いのだが、後のことはさっぱりわからない。

外国では、テネシーでの農夫デビッド・ラングの失踪――これは、何人もの目撃者の前で起こった有名な事件で、数多くの研究書にも取り上げられている。現実の事件としても好奇心《こうきしん》をかきたてられるが、フィクションで扱《あつか》うにも絶好のテーマといえるだろう。

本書『魔性の子』は、その先駆として、多くの読者を魅了するに違いない。

――『ミステリー・ゾーン（TV）／消えた少女』を観ながら。

（平成三年八月、作家）

本書は新潮文庫に書下ろされたものです。

畠中 恵著

しゃばけ

日本ファンタジーノベル大賞優秀賞受賞

大店の若だんな一太郎は、めっぽう体が弱い。なのに猟奇事件に巻き込まれ、仲間の妖怪と解決に乗り出すことに。大江戸人情捕物帖。

畠中 恵著

ぬしさまへ

毒饅頭に泣く布団。おまけに手代の仁吉に恋人だって？　病弱若だんな一太郎の周りは妖怪がいっぱい。ついでに難事件もめいっぱい。

仁木英之著

僕僕先生

日本ファンタジーノベル大賞受賞

美少女仙人に弟子入り修行!?　弱気なぐうたら青年が、素晴らしき混沌を旅する冒険奇譚。大ヒット僕僕シリーズ第一弾！

梨木香歩著

西の魔女が死んだ

学校に足が向かなくなった少女が、大好きな祖母から受けた魔女の手ほどき。何事も自分で決めるのが、魔女修行の肝心かなめで……。

中村 弦著

天使の歩廊

—ある建築家をめぐる物語—

日本ファンタジーノベル大賞受賞

その建築家がつくる建物は、人を幻惑する——日本初！　超絶建築ファンタジー出現。選考委員絶賛。「画期的な挑戦に拍手！」

篠原美季著

よろず一夜のミステリー

—水の記憶—

不思議系サイトに投稿された「呪い水」の怪現象は、ついに事件に発展。個性派揃いのチーム「よろいち」が挑む青春〈怪〉ミステリー開幕。

魔《ま》性《しょう》の子《こ》

十二国記

新潮文庫　お－37－51

平成二十四年七月一日発行

著者　小《お》野《の》不《ふ》由《ゆ》美《み》

発行者　佐藤隆信

発行所　株式会社新潮社

郵便番号　一六二―八七一一
東京都新宿区矢来町七一
電話　編集部(〇三)三二六六―五四四〇
　　　読者係(〇三)三二六六―五一一一
http://www.shinchosha.co.jp

価格はカバーに表示してあります。

乱丁・落丁本は、ご面倒ですが小社読者係宛ご送付ください。送料小社負担にてお取替えいたします。

印刷・凸版印刷株式会社　製本・株式会社大進堂

ISBN978-4-10-124051-0 C0193